KB207067

서문

ONZE MINUTOS
by Paulo Coelho

11분

ELEVEN MINUTES

파울로 코엘료 장편소설·이상해 옮김

문학동네

죄 없이 잉태하신 동정녀 마리아여,

당신께 도움을 청하는 우리를 위해 기도해주소서, 아멘

2002년 5월 29일, 이 책에 마침표를 찍기 몇 시간 전, 나는 기적의 샘물을 구하기 위해 프랑스의 루르드*에 갔다. 성당 광장에 서 있는데, 70세쯤 되어 보이는 노신사가 말을 걸어왔다. "파울로 코엘료를 꼭 닮으셨군요." 나는 내가 파울로 코엘료라고 대답했다. 노신사는 반갑게 날 포옹하고는 자기 부인과 손녀를 소개했다. 그는 내 책들이 자신의 삶에 얼마나 소중한지 모른다며 말했다. "당신 책들은 날 꿈꾸게 한답니다." 내가 종종 듣는 그 말은 언제나 나를 아주 기쁘게 하는 찬사였다. 그런데 바로 그 순간, 나는 걷잡을 수 없는 불안에 휩싸였다. 『11분』이 아주 미묘하고 껄끄러운, 충격적인 주제를 다루고 있다는 사실이 마음에 걸

---

* Lourdes, 프랑스 남서부 피레네 산맥 북쪽의 작은 마을. 이곳의 마사비엘 동굴에는 성모가 발현했다는 기적의 샘이 있어 순례지로 유명하다. 동굴 위에는 아름다운 성당이 세워져 있다.

렸던 것이다. 나는 샘에 가서 기적의 물을 뜨고 돌아와, 그 노신사에게 이름과 주소를 묻고 메모해두었다. 그는 벨기에 국경이 멀지 않은 프랑스 북부에 살고 있었다.

이 책을 당신께 바칩니다, 모리스 그라블린. 저는 당신과 당신 부인, 당신의 손녀, 그리고 저 자신에게 한 가지 의무가 있습니다. 모두가 듣고 싶어하는 것만이 아니라 저를 사로잡고 있는 것에 대해 이야기해야 할 의무 말입니다. 세상엔 우리를 꿈꾸게 하는 책도 있고, 또 우리에게 현실을 일깨워주는 책도 있습니다. 하지만 어떤 책도 작가에게 가장 근본적인 문제, 자신에게 얼마나 정직하게 글을 쓰느냐 하는 문제에서 자유로울 수는 없습니다.

나는 최초의 여자이자 마지막 여자이니

나는 경배받는 여자이자 멸시받는 여자이니

나는 창녀이자 성녀이니

나는 아내이자 동정녀이니

나는 어머니이자 딸이니

나는 내 어머니의 팔이니

나는 불임이자 다산이니

나는 유부녀이자 독신녀이니

나는 빛 가운데 분만하는 여자이자 결코 출산해본 적이 없는 여자이니

나는 출산의 고통을 위로하는 여자이니

나는 아내이자 남편이니

그리고 나를 창조한 것이 내 남자라

나는 내 아버지의 어머니이니

나는 내 남편의 누이이니

그리고 그는 버려진 내 자식이니

언제나 날 존중하라

나는 추문을 일으키는 여자이고 더없이 멋진 여자이니

〈이시스 찬가〉, 기원전 3~4세기경 나그 함마디에서 출토

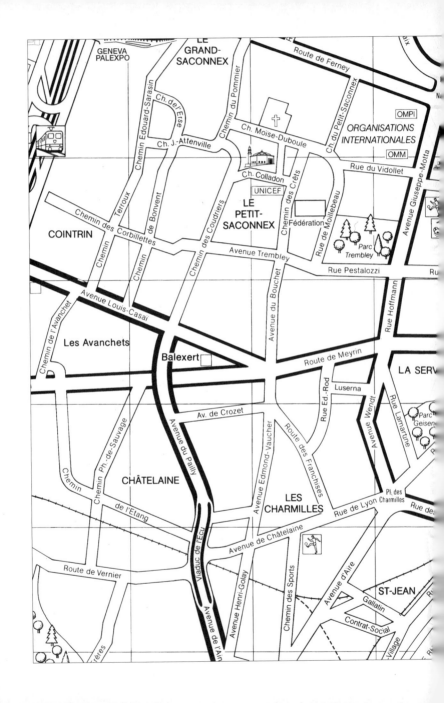

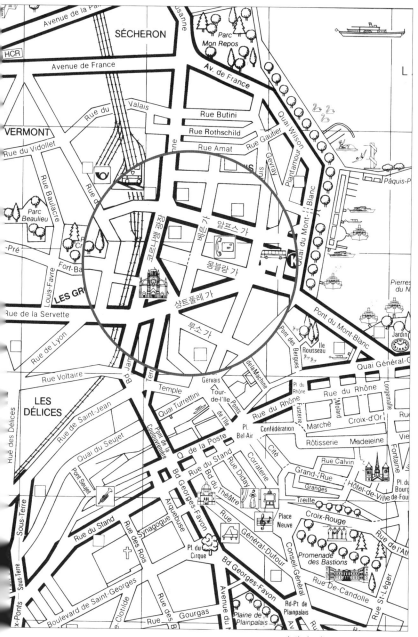

제네바 지도 © Geneva Tourism

예수께서 바리새인의 집에서 식사하
시는 걸 알고 그 동네의 죄지은 한 여인
이 향유 담은 옥합을 들고 왔다. 여인은
예수의 뒤로 가 그 발치에 서서 울며 눈
물로 그분의 발을 적시고 자기 머리칼로
씻고 그 발에 입맞추고 향유를 부었다.

예수를 초대한 바리새인이 이것을 보
고 마음속으로 생각했다. '이 사람이 만
일 선지자라면 자기를 만지는 저 여인이
어떠한 자, 곧 죄인인 줄을 능히 알리라.'

예수께서 그에게 말씀하셨다. "시몬
아, 내가 너에게 할말이 있구나." 그가 말
했다. "선생님, 말씀하소서." 그러자 예
수 가라사대, "어떤 사람에게 빚을 진 이
가 둘 있었다. 한 사람은 그에게 오백 데
나리온을 빚졌고, 또 한 사람은 오십 데나
리온을 빚졌다. 그런데 그 두 사람에게 갚
을 능력이 없었으므로 그는 두 사람의 빚
을 모두 탕감하여주었구나. 그 두 사람 중

에 누가 더 그를 사랑하겠느냐?" 시몬이 대답했다. "제 생각에는 더 많은 빚을 탕감받은 사람일 것 같습니다." 그러자 예수께서 말씀하셨다. "네 판단이 옳도다."

예수께서 여인을 돌아보시며 시몬에게 이르셨다.

"이 여인이 보이느냐. 내가 네 집에 들어왔을 때 너는 내게 발 씻을 물도 주지 아니하였으되 이 여인은 눈물로 내 발을 적시고 제 머리칼로 씻었구나. 너는 내게 입맞추지 아니하였으되 이 여인은 이곳에 들어온 이래 내 발에 입맞추기를 그치지 아니하는구나. 너는 내 머리에 감람유도 붓지 아니하였으되 이 여인은 향유를 내 발에 부었구나. 이러므로 내가 네게 이르노니, 여인의 많은 죄가 사하여졌도다. 이는 여인의 사랑이 많음이라. 사함을 받은 일이 적은 자는 적게 사랑하느니라."

누가복음 7장 37~47절

옛날 옛적에 마리아라는 창녀가 있었다.

잠깐. '옛날 옛적에'는 아이들에게 옛날 이야기를 해줄 때 흔히 사용하는 표현인 반면, '창녀'는 나이든 자들의 용어다. 어떻게 이 러한 명백한 모순을 이제부터 들어갈 이야기의 출발점으로 삼을 수 있는가? 하지만 우린 삶의 매 순간 한 발은 동화 속에, 또 한 발은 나락 속에 담근 채 살아가고 있으니 그냥 이렇게 시작하도 록 하자.

옛날 옛적에 마리아라는 창녀가 있었다.

모든 창녀가 그렇듯, 그녀 역시 순결한 동정녀로 태어났다. 소 녀 시절, 그녀는 (돈 많고, 잘생기고, 머리 좋은) 남자를 만나, (웨

딩드레스를 입고 정식으로) 그와 결혼하고, (장차 유명인사가 될) 아이를 둘쯤 낳고, (바다가 내려다보이는) 예쁜 집에서 살기를 꿈꾸었다.

그녀의 아버지는 떠돌이 상인이었고, 어머니는 양장점 재단사로 일하면서 생계를 유지했다. 브라질 동북부에 있는 그녀의 고향도시에는 영화관 하나, 나이트클럽 하나, 은행 지점 하나밖에 없었다. 그래서 마리아는 백마 탄 왕자가 어느 날 불쑥 나타나 자기 마음을 사로잡을 날만을, 그와 함께 세상을 정복하러 떠날 날만을 손꼽아 기다렸다.

그렇게 꿈에 젖어 백마 탄 왕자를 기다리던 그녀가 처음으로 사랑에 빠진 것은 열한 살 되던 해 등교길에서였다. 개학날, 그녀는 등교길에 자기 혼자가 아니라는 것을 깨달았다. 멀지 않은 곳에서 한 소년이 부지런히 걷고 있었다. 그녀와 거의 비슷한 시각에 등교하는 이웃 남학생이었다. 한마디 말도 나누지 않았지만, 그날 이후, 마리아에게는 햇빛이 쨍쨍 내리쬐고 흙먼지가 폴폴 날리는 그 길을 걷는 순간이 하루 중 가장 즐거운 시간이 되었다. 걸음이 빠른 소년을 따라잡기 위해 발을 재게 놀리다 보면 갈증이 나고 피곤하기도 했지만 말이다.

그렇게 몇 달이 흘러갔다. 공부를 싫어하고, 오락거리라고는 텔레비전밖에 없었던 마리아는 시간이 빨리 흐르기를 바라기 시작했다. 그녀는 또래 여학생들과는 반대로 주말을 아주 지겨워했고, 등교 시간을 초조하게 기다렸다. 어른들에 비해 아이들에게는 시간이 천천히 흘러가기 마련이라, 그녀는 하루하루가 너무나 길게만 느껴졌다. 소년과 함께할 수 있는 시간은 하루 중 고작 10분에 불과했지만, 그를 떠올리며 그와 얘기를 나눌 수 있으면 얼마나 좋을까 상상하는 시간은 아주 많았으니까.

그리고 그 일이 일어났다.

그날 아침, 소년이 다가와 연필을 빌려달라고 부탁했다. 마리아는 대답하지 않았다. 그녀는 갑작스런 접근에 화가 난 척하며 발걸음을 재촉했다. 사실 그녀는 소년이 다가오는 것을 본 순간 겁에 질려 꼼짝도 할 수 없었다. 자신이 그를 사랑하고 있고, 그를 기다리고 있고, 그와 손을 잡고 학교 문을 지나 그 길을 끝까지 가서, 사람들 말로는 영화배우와 탤런트, 자동차, 수많은 영화관, 그 외 온갖 신비로운 것들이 있다는 대도시로 가기를 꿈꾸고 있다는 사실을 그가 눈치챌까봐 두려웠던 것이다.

그날 온종일 그녀는 수업에 집중할 수가 없었다. 그녀는 바보같았던 자신의 행동에 속이 상하면서도, 소년 역시 그녀의 존재를 염두에 두고 있었다는 사실에 안도했다. 연필은 대화를 나누기 위한 핑곗거리에 불과했다. 그가 다가왔을 때 그의 주머니에 꽂혀 있는 볼펜을 분명히 보았으니까. 그녀는 그를 다시 만날 등교 시간을 애타게 기다리며 그날 밤을, 그리고 이어지는 며칠 밤을 그가 말을 걸어오면 뭐라 답할까 궁리하며 보냈다. 결코 끝나지 않고 오래 이어질 아름다운 이야기에 가장 잘 어울리는 대답을 찾으면서.

하지만 소년은 더이상 말을 걸지 않았다. 마리아는 그와 함께 등교하면서 어떤 날은 오른손에 연필을 쥔 채 몇 발자국 앞서 걷기도 하고, 어떤 날은 그를 바라보기 위해 몇 걸음 뒤에서 걷기도 했다. 그렇게 그녀는 학기가 끝날 때까지 사랑을 품은 채 말없이 괴로워했다.

방학이 도무지 끝나지 않을 것처럼 길고 지루하게 이어지던 어느 날 아침, 잠에서 깨어난 그녀는 피로 얼룩진 허벅지를 보고 자신이 죽을병에 걸렸다고 생각했다. 그녀는 소년에게 진정 사랑했노라고 고백하는 편지를 써보내기로 결심했다. 그런 다음 오지로 들어갈 것이다. 그곳 깊이 들어가면 사람들이 무서워하는 야만적인 짐승들, 늑대인간이나 머리 없는 노새가 그녀를 잡아먹을 테니까. 그렇게 되면 부모가 눈물을 흘리며 그녀의 죽음을 슬퍼하는 일은 없을 터였다. 가난한 사람들은 불행에 짓눌릴 때에도 늘 희망을 잃지 않는 법이니까. 그들은 그녀가 자식이 없는 부잣집에 납치되었을 거라고, 언젠가 돈과 명예를 얻어 다시 돌아올 거라고 스스로를 위로할 것이다. 그리고 소년은, 그녀가 지금 그리고 영원히 사랑할 소년은 그녀를 잊지 못할 것이고, 그녀에게 말을 건네지 않은 것을 매일 아침 뼈저리게 후회하리라.

하지만 그녀는 편지를 쓰지 못했다. 방으로 들어온 어머니가

피 묻은 시트를 보고 웃으며 말했던 것이다.

"우리 딸이 이제 여자가 되었네."

마리아는 여자가 되는 것과 다리 사이에서 피가 흐르는 것이 무슨 관계가 있는지 알고 싶었다. 하지만 어머니는 그녀가 이해할 만한 설명을 해주지 못했다. 다만 그게 정상이고, 앞으로 매달 사나흘은 인형 베개 같은 천을 다리 사이에 차고 다녀야 한다고만 말했다. 그럼 남자들은 피가 바지에 묻지 않도록 파이프 같은 것을 차느냐고 어머니에게 물었다가 그녀는 그것이 여자들에게만 일어나는 일이라는 걸 알았다.

마리아는 신을 원망했다. 하지만 결국 생리라는 것에 익숙해졌다. 그러나 소년의 부재, 그를 만나지 못하는 것에는 아무래도 익숙해지지 않았다. 그녀는 가장 갈망하는 것을 피해 달아나는 자신의 어리석은 태도를 자책했다. 개학 전날, 그녀는 도시에 하나뿐인 성당에 들어가 성 안토니오 성화 앞에서 맹세했다. 자신이 먼저 나서서 소년에게 말을 걸겠다고.

이튿날, 그녀는 정성을 다해 치장하고, 어머니가 개학날을 위해 특별히 맞춰준 원피스를 입었다. 그리고 마침내 방학이 끝난 것에 대해 하느님께 감사드리며 등교길에 나섰다. 하지만 소년은 보이지 않았다. 다음날도, 그 다음날도, 그렇게 애태우며 일 주일을 보내고 나서야 마리아는 소년의 소식을 듣게 되었다.

"그 아인 멀리 떠났어."

다른 도시로 전학을 갔다는 것이다.

그 순간, 마리아는 어떤 것을 영원히 잃을 수도 있다는 사실을 깨달았다. 또한 '멀리'라고 불리는 곳이 존재한다는 것, 세상은 넓고 그녀가 사는 도시는 깨알만큼 작다는 것, 마음에 드는 존재들은 결국에는 늘 떠나고 만다는 사실을 알게 되었다. 그녀도 떠나고 싶었다. 하지만 그녀는 아직 너무 어렸다. 그녀는 먼지가 폴폴 날리는 길을 바라보며 결심했다. 언젠가는 소년을 찾아 자기도 이곳을 떠나리라고.

그리고 아홉 주일이 지나는 동안, 그녀는 관습에 따라 금요일마다 영성체를 받으며 성모 마리아에게 간구했다. 이 도시를 벗어나게 해달라고.

한동안 그녀는 마음을 앓았고, 소년의 소식을 묻고 다녔다. 하지만 소년이 어디로 이사 갔는지 아는 사람은 아무도 없었다. 그렇게 마리아는 깨달아갔다. 세상은 너무 넓고, 사랑은 너무 위험하다는 것을. 그녀는 생각했다. 성모 마리아가 계시는 하늘나라는 너무나 멀어서 아이들의 소원이 들리지 않는 모양이라고.

삼 년의 세월이 흘렀다. 그녀는 지리와 수학을 배웠고, 텔레비전 연속극을 보았고, 학교에 은밀히 도는 포르노 잡지를 훔쳐보았다. 그리고 일기를 쓰기 시작했다. 그녀는 자신을 둘러싼 단조로운 일상에 대한 불평을 일기에 털어놓았다. 그리고 새로 알게 된 것들, 바다와 눈雪, 터번을 쓰는 남자들, 보석으로 치장한 우아한 여자들, 그 모든 것을 자신의 두 눈으로 직접 보고자 하는 욕망을 일기에 마음껏 펼쳐놓았다. 하지만 어느 누구도 당장 실현 불가능한 욕망에만 매달려 살 수는 없는 법이다. 양장점 재단사인 어머니와 늘 집을 비우는 아버지를 둔 마리아에게는 더욱더 그랬다. 그녀는 곧 주위에서 일어나는 일에 주의를 기울여야 한다는 것을 깨달았다. 그녀는 삶을 헤쳐나가기 위해 공부를 했고,

모험에 대한 꿈을 함께 나눌 사람을 찾았다. 그리고 열다섯 살이 되었을 때, 그녀는 성^聖주간* 행렬에서 만난 한 청년을 사랑하게 되었다.

그녀는 어린 시절의 실수를 되풀이하지 않았다. 그와 이야기를 나누고, 친구가 되었고, 영화관과 축제에 함께 다녔다. 그녀는 또다시 확인할 수 있었다. 사랑은 상대의 존재보다는 부재와 연결되어 있다는 것을. 그와 함께 있을 때보다 혼자 있을 때 사랑은 증폭되었다. 그녀는 끊임없이 그 청년이 보고 싶었다. 그녀는 다음에 그를 만나면 뭐라 말할까 궁리하느라, 자신이 잘하거나 잘못한 것을 되짚으며 함께 나눈 매 순간을 떠올리느라 많은 시간을 보냈다. 그녀는 자신이 이미 뜨거운 정열을 불태웠고, 그래서 사랑의 아픔을 잘 아는 경험 많은 처녀라고 상상했다. 그녀는 그와 결혼하기 위해서라면 온몸과 영혼을 다해 싸우기로 결심했다. 그와 함께라면 결혼과 아기, 바다가 내려다보이는 집, 그 모든 것에 가 닿을 수 있을 것 같았다.

그녀는 엄마에게 이런 마음을 털어놓았다.

"아직은 너무 일러."

"하지만 엄만 열여섯에 아빠와 결혼했잖아."

뜻하지 않은 임신 때문이었다고 말할 수 없었던 어머니는 시대

---

* 부활절 전의 7일.

타령으로 마리아의 말을 막았다.

"그때하고 지금은 다르잖니."

이튿날, 마리아와 청년은 교외로 바람을 쐬러 나갔다. 잠시 잡담을 나누다가 마리아가 여행을 떠나고 싶지 않으냐고 묻자, 그는 대답 대신 그녀를 품에 안으며 키스를 했다.

생애 첫키스! 그 순간을 얼마나 꿈꿔왔던가! 주변 풍경도 여느날과는 달랐다. 하늘을 나는 왜가리, 석양, 거친 아름다움을 지닌 황량한 들판, 그리고 멀리서 들려오는 희미한 음악소리. 마리아는 그를 밀어내는 척하다가 힘껏 끌어안았다. 그녀는 영화와 잡지, 텔레비전에서 수없이 본 동작을 따라했다. 리드미컬하면서도 다소 어색하게 고개를 이쪽저쪽으로 젖히며 자신의 입술을 그의 입술에 대고 꽤나 격렬하게 비벼댔다. 때때로 청년의 혀가 자신의 앞니에 와 닿는 느낌이 무척이나 달콤했다.

갑자기 그가 키스를 멈추고 물었다.

"하기 싫은 거야?"

뭐라고 대답해야 하지? 키스를 원하느냐고? 물론 원했다! 하지만 여자는 그렇게 쉽게 자신을 허락해서는 안 되는 법이다. 특히 남편감에게는. 그랬다간 평생, 누구에게든 쉽게 허락하는 여자로 의심받게 될 테니까. 그녀는 아무 말도 하지 않는 쪽을 택했다.

그가 다시 그녀를 품에 안았다. 하지만 이번에는 그렇게 열정적이지 않았다. 그가 얼굴이 벌게져 다시 동작을 멈췄다. 마리아는 뭔가 잘못됐다는 것을 깨달았지만 물어볼 수는 없었다. 그녀는 대신 그의 손을 잡았다. 그들은 도시로 돌아왔다. 마치 아무 일도 없었던 것처럼 이런저런 얘기를 나누며.

그날 저녁, 그녀는 신중하게 어려운 단어를 골라가며 일기를 썼다.

누군가를 만나 사랑에 빠지면, 온 우주가 그 사랑을 위해 공모하는 것 같다. 오늘 석양 무렵, 그 일이 내게 일어났다. 하지만 뭔가 하나만 잘못되어도 모든 것이 무너져 사라진다! 노을 속을 나는 왜가리, 멀리서 들려오는 음악소리, 달콤한 그의 입술, 그 모든 것. 몇 분 전만 해도 분명히 거기 있었던 아름다움이 어떻게 그렇게 빨리 사라질 수 있었을까?
삶은 아주 빠르다. 삶은 우리를 천국에서 지옥으로 데려다놓는다. 단 몇 초 사이에.

다음날, 그녀는 여자친구들을 만났다. 모두 그녀가 '애인'과 함께 거니는 것을 본 친구들이었다. 뜨거운 사랑을 경험하는 것만으로는 충분하지 않았다. 누군가 자신을 강렬히 갈망한다는 사실을 다른 사람들이 알게 해야 했다. 친구들은 두 사람 사이에 있었던 일을 무척이나 궁금해했다. 마리아는 자랑스럽게 말했다. 그의 혀가 자신의 앞니에 와 닿을 때가 가장 짜릿했다고. 그러자 한 친구가 깔깔대며 웃기 시작했다.

"너, 입을 벌리지 않았던 거야?"

순간, 모든 것이 확실해졌다.

"왜 입을 벌려?"

"그래야 혀가 들어올 수 있지."

"그러면 뭐가 달라지는데?"

"키스는 그렇게 하는 거야."

키득거림, 내심 고소해하면서도 안됐다는 듯이 바라보는 표정들, 한 번도 애인을 가져보지 못한 계집애들의 복수. 마리아의 영혼은 울상을 짓고 있었지만, 그녀는 아무렇지도 않은 척하며 함께 웃어주었다. 그러면서 그녀는 정말 중요한 것은 보여주지 않고, 두 눈을 감은 채 한 손으로 상대의 머리를 잡고 얼굴을 왼쪽 오른쪽으로 돌려대는 것만 가르쳐준 영화들에 저주를 퍼부었다. 그녀는 "확신이 없어서 그렇게 빨리 허락하고 싶지 않았어. 하지만 이제는 네가 내 남자라는 확신이 섰어"라는 적절한 해명의 말을 마련해두고 기회가 오기를 기다렸다.

사흘 후, 마을 축제 때 마주친 청년은 그녀 친구의 손을 잡고 있었다. 입을 벌리지 않았냐고 물었던 바로 그 친구의 손이었다. 마리아는 무관심을 가장한 채, 놀이패와 마을 청년들과 이야기를 나누며 축제가 끝날 때까지 버텼다. 그녀는 애인을 앗아간 친구가 때때로 보내는 연민의 눈길을 애써 못 본 척했다. 하지만 집으로 돌아왔을 때, 더이상 자신을 억제할 수가 없었다. 그녀의 우주가 와르르 무너져내렸다. 그녀는 밤새 울었다. 그리고 8개월 동안 가슴을 앓았다. 그리고 결론내렸다. 사랑은 그녀를 위한 게 아닌 것, 그녀와는 별 인연이 없는 것이라고. 그때부터 그녀는 예수에 대한 사랑, 마음에 고통스러운 상처를 남기지 않는 종교적인 사랑에 여생을 바치기 위해 수녀가 되겠다는 뜻을 품었다. 때마침 학교에서는 아프리카에서 활동하는 선교사들이 화제였다. 그녀는 사랑도 슬픔도 없는 삶을 선택한 자신이 가야 할 길이 바로 거기에 있다고 믿었다. 그녀는 선교회에 들어가기로 마음먹었다. 수많은 사람들이 죽어가고 있다는 아프리카에서 활동하기 위해 응급처치 요령을 배우고, 종교 교리 수업에도 부지런히 참석했다. 그녀는 자신을 표범과 사자가 득실대는 밀림을 누비며 죽어가는 생명을 구하는 현대의 성녀로 상상하기 시작했다.

그리고 바로 그해, 키스할 때는 입을 벌려야 하고 사랑은 고통의 근원이라는 걸 깨달은 열다섯 살에, 그녀는 세번째 발견을 한다. 자위의 쾌감이었다. 어머니의 귀가를 기다리면서 자신의 성기를 만지작거리다가 자위를 하게 되었다. 어릴 적 그녀는 습관적으로 성기를 만지작거리며 쾌감을 느꼈다. 아버지가 그런 모습을 보고 아무 설명도 없이 사정없이 볼기를 때렸던 그날까지. 마리아는 그때의 아픔을 결코 잊지 않았고, 남 앞에서 성기를 만져서는 안 된다는 것을 배웠다. 그때 이후로, 자신만의 방도 따로 없었기 때문에 그녀는 그 느낌이 주는 쾌감을 아예 잊어버리고 있었다.

키스 사건이 있은 지 6개월 가까이 지난 그날 오후, 어머니는 아직 귀가하지 않았고 아버지는 막 외출해 집에는 그녀 혼자뿐이었다. 할 일도 없었고 볼 만한 텔레비전 프로도 없어, 보기 흉한 털이나 뽑을 생각으로 성기를 살피기 시작했다. 그러다가 외음부 위쪽에 작은 돌기가 솟아 있는 걸 발견하고는 깜짝 놀랐다. 호기심이 발동한 그녀는 그것을 만지작거리기 시작했다. 느낌이 짜릿했다. 그 느낌은 점점 더 강렬해졌다. 그녀의 온몸이, 특히 그녀가 만지는 그 부분이 쾌감으로 팽팽해졌다. 그녀는 서서히 천국으로 빨려올라갔다. 강렬한 느낌이 그녀를 휩싸안았고, 더이상 잘 볼 수도, 들을 수도 없었다. 모든 것이 황금빛으로 물드는 것 같았다. 팽팽한 쾌감이 치솟으면서 신음이 터져나왔다. 첫 오르가슴이었다.

오르가슴! 절정의 쾌락!

하늘 높이 올라갔다가 낙하산을 타고 천천히 땅을 향해 내려오는 느낌이었다. 몸은 땀으로 흠뻑 젖었다. 그녀는 활짝 피어난, 생명력으로 가득한 자신을 느꼈다. 바로 이런 것이었다. 섹스란! 얼마나 멋진가! 너나없이 고통으로 일그러진 표정으로 쾌락을 말하는 포르노 잡지는 더이상 필요치 않았다. 여자의 몸은 사랑하지만 마음 따윈 안중에도 없는 남자도 더이상 필요치 않았다. 혼자서도 할 수 있었다! 그녀는 유명한 배우가 자신을 애무한다고 상상하며 또다시 시작했다. 그리고 또다시 천국에 도달했다가 터져오르는 기운을 발산하며 땅으로 내려왔다. 세번째 자위를 시작하려는데 어머니가 귀가했다.

마리아는 친구들에게 달려가 자신의 발견을 이야기했다. 하지만 그것을 몇 시간 전에야 처음으로 경험했다는 사실은 말하지 않았다. 두 명만 빼고 모두 그것을 알고 있었다. 다만 공개적으로 말한 적이 없을 뿐이었다. 자신이 혁명적이라고 느낀 마리아는 그룹의 리더로서 '비밀 고백 놀이'라는 말도 안 되는 놀이를 만들어 각자가 가장 즐겨 하는 자위방법을 털어놓게 만들었다. 거기에서 그녀는 여러 가지 테크닉을 알게 되었다. 한여름에 두꺼운 이불을 덮고 한다든지(땀이 촉촉이 배면 하기 쉽기 때문에), 거위 깃털로 그곳(그녀는 그곳의 명칭을 아직 몰랐다)을 건드린다든지, 남자친구의 손을 빌려 한다든지(마리아는 전혀 그럴 필요성을 느끼지 못했다), 비데의 물줄기를 이용한다든지(마리아의 집에는 비데가 없었기 때문에 부유한 친구 집에 놀러 가면 한번 해봐야겠다고 생각했다) 하는.

어쨌거나 자위의 쾌락을 발견하고 친구들에게 들은 몇몇 테크닉을 시도해본 마리아는 수녀의 삶을 포기했다. 자위는 그녀에게 큰 쾌감을 안겨주었다. 그런데 종교에서 섹스는 죄악 중에서도 가장 큰 죄악이 아닌가. 친구들은 자위를 자주 하면 얼굴이 부스 럼으로 뒤덮인다거나, 미쳐버린다거나, 임신을 하게 된다는 소문 들도 들려주었다. 하지만 그 모든 위험에도 그녀는 일 주일에 적 어도 한 번은, 대개 아버지가 친구들과 카드놀이를 하러 외출하 는 수요일을 기해 자위의 쾌락을 즐겼다.

그러면서 그녀는 남자들에 대해서는 점차 자신감을 잃어갔다. 먼 곳으로 훌쩍 떠나고 싶은 마음이 점점 더 커져갔다. 그녀는 세 번째 남자를 만나 사랑에 빠졌고, 네번째 남자를 만나 사랑에 빠 졌다. 키스하는 법, 애무하는 법, 애인으로 하여금 자신을 애무하 게 하는 법을 모두 알고 있었다. 하지만 늘 뭔가 삐걱거렸다. 마침 내 평생을 함께할 남자를 찾았노라고 확신하는 순간, 관계가 끝 나곤 했다. 많은 시간을 허비한 끝에 결국 남자는 고통과 욕구불 만, 번민과 근심밖에 가져다주지 않는 존재라는 결론에 도달했 다. 그런 어느 날 오후, 그녀는 공원에 앉아 한 엄마가 두 살배기 아들과 노는 것을 바라보며 결심했다. 남편과 자식, 바다가 내려 다보이는 집을 가지겠노라고. 하지만 열정은 모든 것을 망쳐놓으 니, 두 번 다시 사랑에 빠지지는 않겠노라고.

그렇게 소녀 시절이 흘러갔다. 마리아는 점점 더 예뻐졌다. 그녀의 우울하고 신비한 분위기는 많은 남자들을 매혹했다. 더이상 사랑에 빠지지 않겠다고 다짐했지만, 그녀는 이런저런 남자들을 만나 데이트를 했고, 꿈꿨고, 괴로워했다. 그렇게 남자들과 데이트를 하다가, 그녀는 자동차 뒷좌석에서 순결을 잃고 말았다. 그날 그들은 평소보다 더욱 격렬하게 서로를 애무했고, 흥분한 청년이 떼를 쓰자 친구들 중 혼자만 숫처녀로 남아 있는 것도 지긋지긋했던 그녀는 삽입을 허락했다. 그것은 천국으로 이끌었던 자위와는 반대로 고통스럽기만 했다. 치마에 묻은 핏자국을 씻어내는 일도 짜증스러웠다. 그녀는 첫키스의 마술적인 인상, 하늘을 나는 왜가리, 석양, 음악을 전혀 느끼지 못했다. 아니, 그 모든 걸 잊고 싶었다.

그녀는 자신의 순결을 빼앗았다는 걸 알게 되면 아버지 손에 맞아죽을 거라고 협박해두고는 그 청년과 몇 차례 더 사랑을 나누었다. 그녀는 그를 수업의 도구로 삼아 이런저런 방법을 시도하며 성관계의 쾌락이 어디에 있는지 찾아내려고 애썼다.

허사였다. 자위가 힘도 덜 들고 훨씬 편하고 더 큰 만족을 주었다. 그런데 잡지와 텔레비전, 책, 친구, 모두, 절대적으로 모두, 남자의 중요성을 설파했다. 마리아는 아무래도 자기에게 문제가 있다고 생각했다. 그렇다고 남에게 털어놓을 수도 없었다. 그녀는 한동안 공부에만 전념하며, 사람들이 사랑이라 칭하는 신비하고 괴로운 것을 잊고 지냈다.

그해, 열일곱 살에, 마리아는 일기에 썼다.

사랑을 이해하고 싶다. 나는 알고 있다. 사랑에 빠졌을 때 나는 더욱 활기에 넘쳤다는 것을. 그리고 지금 내가 가진 모든 것이 아무리 흥미로워 보일지라도, 전혀 나를 열광시키지 못한다는 것을.

하지만 사랑은 끔찍하다. 사랑 때문에 괴로워하는 친구들을 숱하게 보면서 그런 일이 내게는 일어나지 않기를 바랐다. 나의 순진함을 비웃던 친구들이 이제는 나에게 묻는다. 남자들을 어떻게 그렇게 잘 다루느냐고. 나는 입을 다물고 미소만 짓는다. 약이 고통보다 더 쓰다는 걸 잘 알고 있으니까. 사랑에 빠지지 않는 것이 내 처방이니까. 남자들이 얼마나 약하고, 변덕스럽고, 자신감이 없고, 황당한지, 나는 매일매일 더욱 확실하게 본다. 매정하게 외면하긴 했지만, 친구 아버지가 은근히 추파를 던지기도 했다. 예전에는 충격을 받았지만 지금은 그것이 남자의 본성이라는 걸 안다.

사랑을 이해하고 싶긴 하지만, 그리고 내 마음을 앗아간 남자들 때문에 고통스러워한 적도 있지만, 나는 이제 깨닫는다. 내 영혼에 와 닿은 사람들은 내 육체를 일깨우지 못했고, 내 육체를 탐닉한 사람들은 내 영혼에 도달하지 못했다는 것을.

열아홉 살이 된 마리아는 고등학교를 졸업하고 직물 가게에 일 자리를 얻었다. 가게 주인은 첫눈에 그녀에게 홀딱 빠져들었다. 그녀는 이미 남자를 애태우고 이용하는 방법을 터득하고 있었다. 그녀는 늘 애교를 떨면서도 몸을 만지려는 주인의 손길을 절대 허락하지 않았다. 그녀는 자신의 아름다움이 발휘하는 힘을 잘 알고 있었다.

아름다움의 힘. 못생긴 여자들에게 세상은 과연 어떤 것일까? 축제 때 누구의 눈길도 받지 못하고 아무도 말 한마디 건네지 않는 친구들이 있다. 믿기 힘든 일이지만, 그 아이들은 자기가 받는 약간의 사랑에 엄청난 가치를 부여했고, 버림받았을 때에는 말없이 고통을 삭였고, 자기를 좋아할 누군가가 있을 거라는 불확실한 희망 위에 자신의 미래를 세우지 않으려고 애썼다. 그러고도 어떻게 삶을 견딜 수 있을까 싶지만, 그들은 훨씬 더 자립적이고, 스스로에게 훨씬 더 몰두했다.

마리아, 그녀는 자신의 아름다움을 의식하고 있었다. 그녀는 어머니의 충고를 늘 흘려들었지만, 적어도 이 한마디는 늘 가슴에 새겨두고 있었다.

"얘야, 아름다움은 오래 가지 않는 법이란다."

그녀는 주인과 가깝지도 멀지도 않은 관계를 유지했고, 그 대가는 시간 외 근무수당으로 돌아왔다. 일찍 퇴근한 그녀가 저녁에 외출해서 남자를 만나 사랑에 빠지지나 않을까 두려운 주인은 퇴근 시간 이후에도 그녀를 곁에 붙잡아두고 싶어했으니까. 또한 놀랄 만한 급여 인상으로도 돌아왔다. 언젠가 그녀와 동침할 수 있을 거라는 주인의 희망이 얼마나 오래 갈지는 알 수 없지만, 어쨌든 주인이 그 희망을 품고 있는 동안은 벌이가 쏠쏠할 것이다. 그녀는 24개월 동안 쉬지 않고 일해 일부나마 어머니의 생활비를 댔고, 마침내, 오 마침내! 꿈의 도시, 예술가들의 낙원, 그림엽서 속의 도시, 리우데자네이루에서 보낼 일 주일 동안의 휴가 비용을 마련했다!

가게 주인은 모든 경비를 자기가 부담할 테니 함께 가자고 제안했다. 마리아는 엄마가 리우데자네이루는 세계에서 가장 위험한 도시라고 하며, 그곳에서 무술을 수련하는 사촌 집에 묵는 것을 조건으로 여행을 허락했다고 거짓말을 했다.

"게다가 사장님, 믿을 만한 사람도 없는데 가게를 비워두고 가실 수는 없잖아요."

"날 사장이라 부르지 마."

마리아는 주인의 눈 속에서 그녀가 이미 알고 있는 것을 보았다. 사랑의 불꽃이었다. 그녀는 화들짝 놀랐다. 주인이 오로지 섹스에만 관심이 있다고 생각했던 것이다. 그런데 그의 눈은 다른 것을 말하고 있었다.

"난 네게 집과 가정을, 네 부모를 위한 돈을 줄 수 있어."

그녀는 미래를 위해 그 불꽃을 살려놓기로 마음먹었다.

그녀는 자신이 그토록 사랑하는 일이 그립고 가까이 지내는 사람들이 많이 보고 싶을 거라고, 아무 일 없이 돌아올 테니 걱정하지 말라고 그를 다독였다. '가까이 지내는 사람들'이 보고 싶을 거라고, 구체적으로 누구인지는 모르게, 그 사람들에 그도 포함될 수 있다는 여운을 남긴 채. 하지만 그녀의 내심은 완전히 달랐다. 그녀는 난생 처음으로 완전한 자유를 누리는 일 주일에 주인이 끼어드는 게 싫었다. 해수욕을 즐기고, 처음 보는 낯선 사람들과 대화를 나누고, 아이쇼핑을 즐기고, 백마 탄 왕자가 나타나 그녀를 영원히 납치해가도록 틈을 보이며 한가한 시간을 보낼 작정인데 말이다.

"겨우 일 주일인데요, 뭘."

그녀는 자기의 말과 다른 결과를 간절히 바라며 유혹적인 미소를 띠었다.

"일 주일은 금방 지나가잖아요. 곧 돌아와 제 일에 충실할 거예요."

낙담한 주인은 조금 더 떼를 쓰다가 물러섰다. 지나치게 떼를 쓰다 모든 것을 망치고 싶지는 않았다. 그는 그녀에게 청혼할 비밀스런 계획을 그녀가 돌아오면 바로 실행에 옮기기로 마음먹었다.

마리아는 버스를 타고 48시간을 달려 리우데자네이루 남동쪽에 있는 해안도시 코파카바나에 닿았고, 5등급 호텔에 방을 잡았다. 아! 코파카바나! 해변, 하늘…… 우중충한 날씨였지만, 그녀는 짐을 풀기도 전에, 최근에 장만한 비키니부터 꺼내 입고는 해변으로 나갔다. 그녀는 두려움 가득한 표정으로 바다를 바라보았다. 그러다가 조심스레 물 속으로 들어갔다.

해변에 있던 어느 누구도 그녀가 대양의 여신 이에만자, 해류, 파도의 포말, 그리고 대서양 건너편에 있는, 사자가 거니는 아프리카 해안과 처음으로 만나고 있다는 사실을 알지 못했다. 그녀가 물에서 나왔을 때, 세 사람이 접근해왔다. 야채 샌드위치를 파는 행상 아주머니와 저녁때 시간이 있느냐고 묻는 잘생긴 흑인, 그리고 함께 코코넛 주스를 마시지 않겠느냐고 묻는 외국인이었다. 포르투갈어를 하지 못하는 외국인은 몸짓으로 물었다.

마리아는 샌드위치를 샀다. 거절할 용기가 없어서였다. 하지만 말을 건네는 두 남자는 외면했다. 그러고는 우울함이 밀려드는 것을 느꼈다. 원하는 걸 뭐든지 하겠노라고 나선 여행지에서조차 소심하게 행동하는 자신을 이해할 수 없었다. 그녀는 모래 위에 앉아 구름에 가린 태양이 나타나기를 기다렸다.

얼마 후, 외국인이 코코넛 주스를 들고 다시 나타나 그녀에게 권했다. 말을 하지 않아도 된다는 것이 마음에 든 그녀는 코코넛 주스를 한 모금 마시고 살짝 웃어주었다. 그도 살짝 미소였다. 둘은 한동안 미소만 간혹 주고받는 아주 편한 의사소통에 만족했다. 남자가 주머니에서 붉은색 표지의 작은 사전을 꺼내 뒤적이다가 아주 이상한 억양으로 "예쁘다"라고 말할 때까지는. 그녀는 그 말에 웃어주었다. 물론 그녀는 백마 탄 왕자를 원했다. 하지만 그녀가 바라는 왕자는 포르투갈어를 잘하고 그보다는 훨씬 젊은 사람이었다.

사전을 뒤적이던 사내가 다시 말했다. "오늘, 저녁 식사?" 그러고는 곧 "스위스!"라고 덧붙였다. 이어 그는 어떤 언어로 말하더라도 천국의 종소리처럼 울리는 낱말들을 내뱉었다. "일자리! 달러!"

마리아는 스위스라는 상호의 식당을 알지 못했다. 게다가 모든 게 이렇게 술술 풀리는 것이, 꿈이 이렇게 빨리 실현되는 것이 가능한 일일까? 조심하는 편이 나았다.

"초대해줘서 고맙지만 해야 할 일이 있어요. 그리고 저는 달러를 살 생각이 없어요."

그녀의 대답을 전혀 알아듣지 못한 사내는 절망하기 시작했다. 진땀을 흘리며 미소만 짓던 그는 견디다 못해 잠시 자리를 떴다가 통역을 데리고 다시 돌아왔다. 통역을 통해, 그는 자신이 스위스에서 왔다고 말했다. 스위스는 식당 이름이 아니었다. 또한 그는 제안할 일자리가 있다며 저녁을 함께 했으면 좋겠다고 말했다. 사내가 묵고 있는 호텔 경호원이라는 통역이 덧붙여 설명했다.

"내가 당신이라면 받아들이겠어요. 이 사람은 연예계에서 아주 영향력 있는 프로듀서예요. 유럽에서 활동할 새로운 얼굴들을 스카우트하러 브라질에 온 분이죠. 원한다면, 과거에 그의 제안을 받아들였던 사람들을 소개해줄 수도 있어요. 다들 부자가 됐죠. 지금은 결혼해서 자식들을 뒀는데, 그애들도 실업이나 강도 걱정 없이 잘살고 있어요."

통역은 그녀에게 깊은 인상을 남기고 싶었는지 자신의 국제적 교양을 과시하며 말을 맺었다.

"스위스는 최고급 초콜릿과 시계로 유명한 나라죠."

마리아의 예술적 경험은 보잘것없었다. 성주간이면 늘 공연하는 〈그리스도의 수난〉에서 대사가 없는 물장수 역을 해본 것이 고작이었다. 버스를 타고 여기까지 오면서 잠을 설치긴 했지만, 그녀는 처음 보는 바다 앞에서 고양되어 있었다. 야채가 들었건 햄이 들었건 샌드위치로 끼니를 때우는 것도 지겨웠고, 아는 사람이 없다는 것도 마음을 바쁘게 했다. 되도록 빨리 누군가와 친해지고 싶었다. 그녀는 남자들이 이런 약속 저런 약속을 남발하지만 결국 하나도 제대로 지키지 않는 상황을 이미 경험한 적이 있었다. 이 남자가 스카우트 운운하는 것도 그녀가 거절하는 척하고 있는 저녁 초대에 관심을 가지도록 하기 위한 미끼에 불과하다는 것도 알고 있었다.

하지만 그녀는 생각했다. 이러한 기회를 제공한 것은 성모 마리아라고. 일 주일 동안의 휴가를 매 순간 즐겨야 한다고. 고향으로 돌아가 친구들에게 들려줄 흥미로운 이야깃거리를 만들어야 한다고. 그녀는 초대를 받아들이기로 마음먹었다. 단, 통역이 동석해야 한다는 조건을 내걸었다. 계속 미소만 지으며 외국인의 말을 알아듣는 척하는 것은 몹시 피곤한 일이다.

문제가 또 하나 있었다. 가장 심각한 문제이기도 했다. 저녁 식사 자리에 입고 갈 만한 옷이 없었다. 여자는 이런 종류의 미묘한 문제는 결코 털어놓지 않는다. 자기 옷장 속 사정을 털어놓는 것보다는 남편이 바람을 피웠다는 사실을 받아들이는 것이 훨씬 쉬운 게 여자들이다. 하지만 이 남자들은 모르는 사람들이었고 두 번 다시 만나지 않을 사람들이었다. 마리아는 잃을 것이 아무것도 없다고 생각했다.

"동북부에서 막 도착한 길이라 식당에 입고 갈 만한 옷이 없어요."

통역에게 말을 전해들은 외국인은 걱정할 것 없다며 그녀가 묵고 있는 호텔 이름을 물었다. 그날 오후, 그녀는 자신의 일 년 수입과 맞먹을 가격의 구두 한 켤레와 아이쇼핑에서도 보지 못한 드레스 한 벌을 받았다.

그녀는 시작되고 있다는 것을 느꼈다. 미래가 없는 사람들이 살아가는 황량한 고장, 정직하지만 가난한 지역 세르타웅에서 하루하루가 똑같은 단조로운 일상을 견디며 그토록 열렬히 갈망했던 모험이 시작되고 있는 것이다. 세상의 공주가 될 준비를 하는 것이다! 한 남자가 일자리와 달러, 명품 구두 한 켤레와 동화 속의 드레스를 보내온 것이다! 남은 문제는 화장이었지만, 그녀가 묵는 호텔의 프런트 직원이 호의를 베풀어 해결해주었다. 그러면서 그는 정색을 하며 말했다. 외국인이라고 해서 다 돈 많은 신사는 아니고, 카리오카스*라고 해서 다 건달은 아니라고.

마리아는 그의 경고를 무시했다. 그녀는 하늘에서 떨어진 선물을 입고, 그 순간을 영원히 남길 카메라를 가져오지 않은 걸 후회하며 거울 앞에서 긴 시간을 보냈다. 자신의 모습에 취해 이미 약속 시간에 늦은 것을 깨달은 그녀는 방을 박차고 나와 마치 신데렐라처럼 스위스인이 묵고 있는 호텔로 달려갔다.

---

*Cariocas. 리우데자네이루의 주민을 일컫는 말.

뜻밖에도 통역은 그녀를 만나자마자 자기는 따라가지 않을 거라며 말했다.

"언어 문제에 대해서는 걱정하지 말아요. 그가 당신과 함께 있는 게 기분 좋으면 되는 거니까."

"하지만 서로 말을 못 알아듣는데 어떻게요?"

"대화를 나눌 필요는 없어요. 그래요, 중요한 건 '느낌'이니까."

마리아는 그의 말을 이해할 수 없었다. 그녀의 고향에서는 사람들이 만나면 서로 대화를 하고, 질문과 답변을 주고받았다. 그런데 이름이 마이우손이라는 통역은 리우데자네이루를 비롯한 다른 세상에서는 만남이 다른 식으로 이루어진다며 그녀를 안심시켰다.

"이해하려고 애쓰지 말아요. 오로지 그가 기분 좋게 느끼도록만 해보세요. 그 사람, 나이트클럽 사장인데 자식 하나 없는 홀아비예요. 그는 외국에 나가 일하고 싶어하는 브라질 여자들을 찾고 있어요. 당신은 그런 타입이 아니라고 말했지만 막무가내예요. 바다에서 나오는 당신을 본 순간 완전히 반해버렸대요. 당신 비키니도 아주 멋지다고 하던데."

그가 잠시 숨을 돌렸다.

"솔직히 말할게요, 여기서 남자를 꼬시려면 비키니부터 바꿔요. 그 스위스인을 빼놓고는 당신 비키니를 보고 멋있다고 할 사람은 아무도 없으니까. 그 비키니는 너무 구닥다리예요."

마리아는 그 말을 못 들은 척했다. 마이우손이 말을 이었다.

"그 사람, 당신과 연애만 하려 드는 건 아닌 것 같아요. 당신에게 자기 클럽의 명물이 될 만한 자질이 있다고 평가하고 있어요. 물론, 그는 당신이 노래하는 걸 본 적도, 춤추는 걸 본 적도 없죠. 그건 배우면 되는 거니까. 하지만 아름다움은 타고나는 거예요. 유럽인이라는 작자들이란! 브라질 여자면 다 관능적이고 삼바를 출 줄 안다고 믿는다니까. 만약 그의 의도가 진지하다면, 브라질을 떠나기 전에 스위스 영사가 서명한 공증 계약서를 요구하세요. 그리고 미심쩍은 게 있으면 날 찾아와요. 내일 호텔 앞 해변에 있을 테니까."

그 사이에 다가온 스위스인이 미소를 지으며 그녀의 팔을 잡고는 대기하고 있는 택시를 가리켰다.

"만약 그의 의도가 다른 데 있고, 당신도 받아들일 용의가 있다면, 하룻밤 요금은 삼백 달러예요. 그 이하는 절대 받지 마세요."

그녀가 대답을 하기도 전에, 그들을 태운 택시는 이미 식당을 향해 달리고 있었다. 통역이 빠진 대화는 최소한으로 줄어들었다. "일? 달러? 브라질 여자 스타?"

그러는 동안 마리아는 통역의 마지막 말에 대해 계속 생각하고 있었다. 하룻밤에 3백 달러! 엄청난 돈이었다! 사랑에 기력을 소진할 것도 없이. 가게 주인에게 그랬듯이 이 남자를 유혹할 수 있을 것이다. 결혼을 하고 아이를 낳고 부모님의 편안한 노후를 보장해줄 수 있을 것이다. 손해볼 게 뭐 있는가? 그는 이미 늙었으니 오래잖아 죽을지도 모르고, 그러면 그녀는 부자가 될 것이다. 결국, 스위스 남자들이 금 위에서 뒹굴며 산다 해도 말짱 헛일 아닌가 싶은 생각도 들었다. 이렇게 멀고먼 나라까지 여자를 찾으러 다녀야 한다면 말이다.

저녁 식사 동안, 그들은 가끔 서로 미소만 지었을 뿐 별 이야기를 나누지 않았다. 마리아는 서서히 통역이 말한 '느낌'이 무엇을 뜻하는지 깨달았다. 남자는 그녀에게 앨범 하나를 보여주었다. 앨범에는 그녀가 모르는 언어로 작성된 다양한 서류, 신문 스크랩, 그날 그녀가 입었던 것과는 비교도 할 수 없게 고급스럽고 노출이 심한 비키니를 입은 여자들 사진, 그리고 그녀가 알아볼 수 있는 것이라곤 Brazil이라는 단어밖에 없는 원색의 소책자들이 들어 있었다. 그녀는 그 단어를 바라보면서, 이 남자는 학교에서 브라질의 철자가 Brasil이라고 배우지 않았나? 하고 생각했다. 그녀는 혹 스위스 남자가 노골적인 제안을 하지 못할까봐 술을 많이 마셨다. 3백 달러는 무시할 수 있는 액수가 아니었다. 그리고 주위에 아는 사람이 없을 때는 술을 조금만 마셔도 일이 훨씬 더 쉬워지는 법이다. 하지만 사내는 그녀가 앉거나 일어설 때마다 재빨리 먼저 일어나 의자를 밀어주거나 빼줄 정도로 예의를 잃지 않았다. 밤이 깊어갔다. 결국 그녀는 피곤하다는 시늉을 하며 다음날 해변에서 다시 만나자고 제안했다. 차고 있던 손목시계를 가리켜 약속 시간을 알리고, 손으로 파도의 움직임을 흉내 내어 약속 장소를 알리고, 아주 천천히 '내일'이라고 발음했다. 그는 아주 흡족한 표정으로, 스위스 제품일 자신의 손목시계를 들여다보며 약속 시간에 꼭 나가겠다는 의사를 표시했다.

그날 밤 그녀는 잠을 설쳤다. 그 모든 것이 한낱 꿈에 불과한 것으로 밝혀지는 꿈이었다. 소스라쳐 잠에서 깨어난 그녀는 도리어 그것이 꿈이라는 것을 알았다. 초라한 호텔방 의자 위에, 다음 날 해변에서의 약속을 기약하는 드레스와 명품 구두가 분명히 놓여 있었으니까.

스위스 남자를 해변에서 만나기로 한 날, 마리아는 일기에 썼다.

아무래도 내가 옳지 못한 결정을 내리려는 것 같다. 하지만 실수 역시 앞으로 나아가는 한 방식 아닌가. 세상은 나에게 뭘 원하는 걸까? 위험을 무릅쓰지 말라고? 삶에게 용기 있게 '그래'라고 말 한 번 못 해보고 왔던 곳으로 되돌아가라고?

열한 살 때, 소년이 다가와 연필을 빌려달라고 했을 때, 나는 이미 실수를 저질렀다. 그때 나는 깨달았다. 때로 두번째 기회란 아예 없기도 하다는 것, 세상이 주는 선물을 망설이지 않고 받아들이는 편이 더 낫다는 것을. 물론 위험하다. 하지만 그 위험이 이곳에 오기 위해 버스를 48시간이나 타며 무릅썼던 위험보다 더 심각한 것일까? 누군가에게 또는 무언가에 충실하려면, 우선 나 자신에게 충실해야 할 것이다. 진정한 사랑을 찾으려면, 내가 했던 보잘것없는 사랑들과 먼저 결별해야 할 것이다. 많은 경험을 한 것은 아니지만, 나는 경험을 통해 배웠다. 뭔가에 대해 확실한 소유권을 주장할 수 있는 사람은 아무도 없다는 것을, 모든 것이 환상에 불과하다는 것을. 물질적인 부나 정신적인 부나 마찬가지다. 내가 종종 겪었던 것처럼, 확실히 자기 것이라고 여겼던 뭔가를 잃은 사람은 결국 깨닫게 된다. 진실로 자신에게 속하는 것이란 아무것도 없다는 사실을.

그리고 나에게 속하는 것이 아무것도 없다면, 나에게 속하지 않는 것들에 대해 구태여 걱정할 필요가 뭐 있는가. 오늘이 내 존재의 첫날이거나 마지막 날인 양 사는 것이 오히려 낫지 않은가.

이튿날, 매니저를 자처하고 나선 마이우손을 대동하고 외국인을 만난 그녀는 스위스 영사가 공증한 계약서를 준다면 초청에 응하겠다고 말했다. 스위스인은 그런 종류의 요구에 익숙한 듯 그건 자기도 바라는 바라고 대답했다. 그녀가 스위스에서 일을 하기 위해서는, 그녀가 하려는 일을 할 수 있는 스위스 사람이 없다는 것을 증명해줄 서류가 필요하다는 것이었다. 그러면서 그는 스위스 여자들은 삼바춤에 재능이 없으니 증명서를 얻는 것은 그리 어렵지 않을 거라고 덧붙였다. 그들은 함께 영사관으로 갔고, 계약서에 서명을 했다. 마이우손은 자기 몫을 현금으로 선불해달라고 요구했다. 그는 외국인이 지불한 5백 달러의 30퍼센트를 가졌다.

"이게 일 주일치 선금이오, 일 주일치. 알겠어요? 당신은 이제 일 주일에 오백 달러씩 버는 거예요. 수수료도 떼지 않을 거고요. 매니저 수수료는 첫 지불금에서만 나가니까!"

그 순간까지, 지구 반대편으로 여행한다는 것은 마리아에게는 하나의 꿈에 지나지 않았다. 꿈꾸는 것은 아주 편한 일이다. 그 꿈을 이루지 않아도 된다면. 우리는 힘든 순간들을 그렇게 꿈을 꾸면서 넘긴다. 꿈을 실현하는 데 따르는 위험과 꿈을 실현하지 못하는 데서 오는 욕구불만 사이에서 망설이며 세월을 보낸다. 그리고 나이가 들면 다른 사람들을, 특히 부모와 배우자와 자식을 탓한다. 우리의 꿈을, 욕망을 실행에 옮기지 못하게 가로막은 죄인으로 삼는 것이다.

그녀가 간절히 바랐던, 하지만 다른 한편으론 찾아오지 않았으면 하고 소원했던 기회가 갑자기 마리아를 찾아왔다. 미지의 삶 속에 도사리고 있는 위험과 도전에 어떻게 맞서지? 여태까지 익숙해진 것들을 하루아침에 어떻게 버리지? 왜 성모 마리아는 나를 그토록 멀리까지 가게 하시는 거지?

마리아는 언제든 생각을 바꿀 수 있을 거라고 스스로를 위로했다. 이 모든 것이 전혀 심각하지 않은 하나의 농담, 고향에 돌아가 친구들에게 들려줄 아주 흥미로운 얘깃거리에 불과하다고. 요컨대, 그녀의 집은 이곳에서 천 킬로미터 이상 떨어진 곳에 있고, 지금 그녀의 주머니에는 350달러가 들어 있다고. 당장 내일이라도 짐을 싸서 고향으로 돌아간다면, 외국인과 마이우손은 그녀가 어디로 사라졌는지 전혀 알 수 없을 거라고.

영사관을 방문한 날 오후, 그녀는 혼자 해변을 거닐며 아이들을 데리고 나온 엄마, 배구 하는 사람들, 거지, 술 취한 사람, 조잡한 공예품을 팔러 다니는 행상, 기체조나 요가 같은 몸동작을 하고 있는 사람, 관광객, 둘러앉아 카드놀이를 하고 있는 노인들을 구경했다. 그녀는 리우데자네이루에 왔고, 외국인과 만났고, 매니저를 두었고, 최고급 식당과 영사관에도 갔다. 그녀의 고향에서는 누구도 결코 살 수 없는 드레스와 구두를 선물받았다.

이제 어떡하지?

그녀는 수평선을 바라보았다. 이 바다 맞은편에는 사자들이 어슬렁거리는 초원과 고릴라들이 득실대는 숲으로 뒤덮인 아프리카가 있다고 지리 시간에 배웠다. 거기서 조금 더 북쪽으로 방향을 틀어 나아가면, 에펠탑과 유로디즈니와 피사의 사탑이 있는 환상의 땅 유럽에 닿을 것이다. 잃을 게 뭐가 있는가? 브라질 여자라면 다 그렇지만, 그녀는 "엄마"라는 말을 내뱉기 이전에 이미 삼바춤을 배웠다. 직업이 마음에 들지 않으면 언제든지 돌아올 수 있을 것이다. 좋은 기회는 찾아오는 즉시 잡아야 한다는 사실을 이미 알고 있지 않은가.

돌이켜보면, 그녀는 몇몇 남자들과의 연애처럼 자신이 통제할 수 있는 경험만을 하기로 마음먹고는 "예"라고 말하고 싶을 때 "아니오"라고 말하며 대부분의 시간을 보내왔다. 그리고 지금 그녀는 미지의 세계 앞에 서 있다. 역사 시간에 배운, 오래 전 대양을 건너려는 야망을 품은 탐험가들이 바다를 마주하고 느꼈을 예감도 크게 다르지 않을 것이다. 이제까지 그랬듯이, 이번에도 '아니오'라고 말해야 할까? 그랬다가 평생을 후회하며 보내게 되지는 않을까? 연필을 빌려달라고 했던 첫사랑이 어느 날 갑자기 사라져버린 이후로 그녀는 그때의 '아니오'를 계속 후회해오지 않았던가! '예'를 시도해보지 못할 이유가 뭐지?

이유가 하나 있었다. 그녀는 동북부 지방도시 출신이었다. 학교에서 공부하며 보낸 몇 년의 세월, 텔레비전 연속극에 대한 풍부한 교양, 자신이 아름답다는 확신 외에는 삶에 대한 별다른 경험이 없었다. 그것으론 당장 미지의 세계에 맞서기엔 부족하지 않을까.

그때, 바다를 바라보며 웃고 있는 사람들이 눈에 띄었다. 그들은 바다에 들어가길 두려워하는 것처럼 보였다. 이틀 전엔 그녀도 똑같은 두려움을 느꼈다. 하지만 지금은 달랐다. 지금은 마치 이곳에서 태어난 사람처럼 원하면 언제든 물 속으로 들어갈 수 있었다. 유럽에 가서도 이렇지 않을까?

그녀는 성모 마리아에게 말없이 기도를 올렸다. 몇 초 후, 그녀는 유럽에 가기로 한 것이 잘한 결정이라고 생각했다. 성모 마리아의 보호를 받고 있다는 느낌도 들었다. 돌아오는 건 언제든 가능할 것이다. 하지만 그렇게 멀리까지 갈 기회는 영영 다시 오지 않을지도 모른다. 그 꿈은 위험을 무릅쓸 만한 가치가 있었다. 에어컨 없는 버스를 타고 고향에 돌아가는 48시간을 버텨낼 수 있다면, 그리고 그 스위스 사람이 생각을 바꾸지 않는다면.

그녀는 너무나 들뜬 나머지 스위스 남자가 또다시 그녀를 저녁 식사에 초대했을 때 요염한 표정을 지으며 그의 손을 살짝 잡기도 했다. 남자는 슬그머니 손을 뺐다. 마리아는 불안과 안도감을 동시에 느끼며, 그가 자신을 정말 진지하게 대하고 있다는 것을 알았다.

"삼바 스타!"

그가 말했다.

"아름다운 브라질 삼바 스타! 다음주 여행!"

모든 게 꿈만 같았다. 하지만 '다음주 여행'은 생각도 할 수 없는 일이었다. 마리아는 가족들의 의견을 묻지도 않고 그런 중대한 결정을 내릴 수는 없다고 설명했다. 스위스인은 불같이 화를 내며 서명된 서류의 사본을 내보였다. 그녀는 처음으로 겁이 났다.

"계약서! 계약서!"

그가 반복하여 말했다.

여행을 하기로 마음을 굳힌 마리아는 매니저 마이우손에게 의견을 묻고 싶었다. 그는 그녀를 돕기로 하고 돈을 받지 않았던가?

하지만 마이우손은 최근에 호텔에 투숙한, 브라질이 세상에서 가장 자유분방한 나라라고 여겨 가슴을 드러낸 채(가슴을 드러낸 사람이 자기밖에 없고, 지나가는 사람들이 거북한 눈길로 힐끔힐끔 쳐다보는 것도 눈치채지 못한 채) 모래 위에 누워 일광욕을 즐기는 독일 여자를 유혹하는 데 온통 정신이 팔려 있어서, 마리아가 그의 주의를 끄는 데에는 상당한 어려움이 있었다.

"만약 내가 마음을 바꾼다면 어떻게 되죠?"

그녀가 물었다.

"계약서에 어떻게 되어 있는지는 모르겠지만, 아마 당신을 감옥에 처넣을 거요."

"나를 절대 찾아내지 못할 텐데요!"

"그래요, 그러네요. 그럼 걱정할 필요도 없겠네요, 뭘."

한편, 스위스인은 슬슬 걱정이 되기 시작했다. 이미 현금 5백 달러, 구두 한 켤레, 드레스 한 벌, 저녁 식사 두 끼, 서류 공증 비용을 지불한 터였다. 그는 가족을 만나봐야 한다고 고집부리는 마리아의 요구를 들어주기로 마음먹었다. 그는 비행기표 두 장을 끊어 그녀의 고향에 함께 가자고 제안했다. 단, 48시간 내에 모든 일을 끝내고 계약서 조항대로 다음주에 유럽으로 떠난다는 조건이었다. 그녀는 자신이 서명한 서류에, 다음주에 유럽으로 떠난다는 조항이 명시되어 있음을 알게 되었다. 그리고 깨달았다. 유혹, 감정, 계약서를 가지고는 장난을 쳐서는 안 된다는 것을.

마리아가 그녀를 유럽으로 데려가 스타로 만들어주겠다는 외국인을 대동하고 나타나자, 고향 사람들은 놀라기도 하고 자랑스러워하기도 했다. 눈 깜짝할 사이에 소문은 온 도시로 퍼졌고, 고등학교 친구들이 몰려와 물었다.

"어떻게 된 거야?"

"운이 좋았지, 뭐."

친구들은 리우데자네이루에서는 늘 그런 일이 벌어지는지 알고 싶어했다. 텔레비전 드라마에서 그런 종류의 모험과 행운을 보아온 그들이었다. 마리아는 이것이 지극히 남다른 경우라는 걸 은근히 부각시키기 위해, 그리고 자신이 예외적 존재라는 사실을 친구들의 머릿속에 각인시키기 위해 긍정도 부정도 하지 않았다.

스위스인은 마리아의 어머니 앞에서 또다시 사진들, s 대신 z가 들어간 '클럽 브라질'의 선전용 소책자들, 계약서를 꺼내 보여주었다. 그러는 동안, 마리아는 자신에겐 이제 매니저도 생겼고, 스위스로 건너가 연예계에서 경력을 쌓고 싶다고 설명했다. 어머니는 비키니 차림의 아가씨들 사진을 보고는 못 볼 것을 본 것처럼 화들짝 놀라 즉시 돌려주었다. 이것저것 물어보지도 않았다. 그녀에게 중요한 것은 오로지 딸이 행복한 것, 또는 불행하더라도 돈을 많이 버는 것뿐이었다.

"저 사람, 이름은 뭐래?"

"로제."

"로제리오! 사촌들 중에 똑같은 이름을 가진 사람이 있었는데."

스위스인이 웃으며 박수를 쳤다. 다들 그가 대화를 이해하지 못한다는 것을 알아차렸다. 아버지가 마리아에게 말했다.

"내 연배는 족히 되겠다!"

그러자 어머니가, 공연히 끼어들어 딸의 행복을 망쳐놓지나 말라고 잔소리를 했다. 시골 양장점 재단사는 손님들과 잡담을 나누는 게 일이라, 이런저런 귀동냥으로 결혼과 사랑에 대해 많은 것을 알게 되는 법이다. 그런 어머니가 마리아에게 충고했다.

"애야, 가난한 남자와 행복하게 사는 것보다는 돈 많은 남자와 불행하게 사는 게 더 낫다. 그곳에 가면 돈 많은 불행한 여자가 될 가능성도 높겠지. 하지만 만약 일이 잘 안 풀리면, 차를 잡아타고 집으로 돌아오너라."

그녀의 어머니나 미래의 남편이 생각하는 것보다는 훨씬 더 총명한 처녀였던 마리아는 들으라는 듯이 대답했다.

"유럽과 브라질을 오가는 차는 없어요, 엄마. 그리고 전 연예계에서 성공하고 싶어요. 전 남편을 찾고 있는 게 아니라고요."

어머니는 거의 절망적인 표정으로 그녀를 바라보았다.

"그곳에 갈 수 있다는 건 돌아올 수도 있다는 것 아니냐. 연예계에서 경력을 쌓는 건 젊은 아가씨들이 좋아하는 일이긴 하지.

하지만 그건 네가 예쁠 동안만 가능한 일이야. 나이가 삼십쯤 되면 종치는 거야. 그러니까 그 전에, 널 원하는 성실한 남자를 찾거라. 제발 부탁이니 결혼을 해. 사랑 따위에는 조금도 얽매일 필요가 없다. 난 처음에 네 아버지를 사랑하지 않았어. 하지만 돈이면 뭐든지 살 수 있다. 진정한 사랑까지도. 네 아버지는 돈마저 없었지만!"

그것은 친구는 할 수 없는, 어머니만이 할 수 있는 아주 훌륭한 충고였다. 리오로 돌아가기 전에 마리아는 옛 직장에 얼굴을 비치는 것을 잊지 않았다. 그녀가 사표를 내자, 가게 주인이 말했다.

"프랑스인 거물 매니저라는 사람이 널 파리로 데려가기로 했다는 소문은 들었어. 행복을 찾아 가겠다는데 말릴 수는 없지만, 떠나기 전에 한 가지만 알아줬으면 좋겠어."

그리고는 주머니에서 메달이 달린 목걸이를 꺼냈다.

"은총의 성모 마리아가 새겨진 기적의 메달이야. 노트르담 성당이 파리에 있으니, 그곳에 들러 기도해. 그리고 여기 씌어 있는 걸 읽어봐."

마리아는 메달에 새겨진 낱말 몇 개를 읽어보았다.

"죄 없이 잉태하신 동정녀 마리아여, 당신께 도움을 청하는 우리를 위해 기도해주소서, 아멘."

"잊지 말고 하루에 한 번씩 이 글을 읽도록 해. 그리고……"

그는 잠시 망설였다. 청혼을 하기에는 너무 늦었다는 걸 그도 알고 있었다.

"언젠가 돌아오고 싶으면 내가 널 기다리고 있다는 걸 기억해줘. 난 아주 짧은 말, 그러니까 널 사랑한다고 말할 기회를 놓쳐버렸어. 이젠 너무 늦었겠지만, 이제라도 그걸 알아줬으면 좋겠어."

'기회를 놓치는 것'이 무엇을 의미하는지 그녀는 아주 일찍이 깨달았다. 하지만 '난 널 사랑해'라는 말은 그녀가 스물두 해를 살아오면서 수없이 들은 말이었다. 이제 그녀에겐 그 말이 아무런 의미도 없는 것처럼 느껴졌다. 그 말에는, 지속적인 관계를 통해 확인할 수 있는 진지하고 깊은 감정이 한 번도 따라온 적이 없었으니까. 마리아는 그가 해준 말들에 대해 감사하고, 그 말들을 기억 속에 하나하나 새겨두었다. 삶이 앞날에 무엇을 마련해두었는지 알 수 없으므로 언제나 비상구를 알아두는 것은 필요했으니까. 그녀는 그의 뺨에 입을 맞추고는 뒤도 돌아보지 않고 그곳을 나왔다.

리오에 돌아온 그녀는 단 하루 만에 여권을 발급받았다.

"브라질이 정말 많이 변했어."

포르투갈어 단어 몇 개와 수없이 많은 손짓을 사용해 로제가 말했다. 마리아는 그 말이 "예전에는 훨씬 더 오래 걸렸는데"라는 말이라는 걸 알았다. 마이우손의 도움을 받으며, 그들은 옷, 신발, 화장도구 등 마리아 같은 처녀가 꿈꿀 수 있는 모든 것들을 마지막 준비물로 일일이 챙겼다. 유럽으로 떠나기 전날 밤, 나이트 클럽에 놀러 가서 로제는 마리아가 춤추는 것을 보았다. 그는 열 광하며 자신의 탁월한 선택을 자축했다. '콜로니' 클럽을 빛내줄 스타. 브라질 작가들이 검은 머릿결을 묘사할 때 습관적으로 거 론하는 그라우나*의 날개처럼 검은 머릿결과 밝은 색 눈을 가진 라틴 미녀가 그의 앞에서 춤을 추고 있었다. 스위스 영사관에서 발급한 취업카드를 받아들고 그들은 짐을 꾸렸다. 그리고 다음 날, 초콜릿과 시계와 치즈의 나라를 향해 날아갔다. 마리아는 이 남자로 하여금 자신을 사랑하게 만들겠다고 마음먹었다. 요컨대, 그는 지나치게 늙지도, 못생기지도, 가난하지도 않았다. 뭘 더 바 라겠는가?

---

* graúna. 브라질과 그 인접 국가에 광범위하게 퍼져 있는, 금속성의 광채가 나 는 보랏빛 또는 푸른빛을 띤 검은 깃털과 검은 부리를 가진 새.

마리아는 기진맥진한 상태로 도착했다. 공항에서부터 두려움에 가슴이 조여왔다. 그녀는 자신이 곁에 있는 남자에게 완전히 매여 있다는 사실을 깨달았다. 그녀는 이 나라도, 이 나라의 언어도, 추위도 알지 못했다. 로제의 태도도 시간이 갈수록 변해갔다. 그는 더이상 그녀의 비위를 맞추려 애쓰지 않았다. 이전에도 키스를 하려 하거나 가슴을 더듬으려 들지는 않았지만, 눈길이 확실히 냉랭해졌다. 그는 그녀를 작은 호텔에 투숙시키고, 쓸쓸한 표정을 가진 브라질 여자 비비안을 소개했다. 마리아가 앞으로 하게 될 일의 초보적인 지식을 가르쳐줄 여자라고 했다.

비비안은 이제 막 외국 땅에 발을 디딘 여자에 대한 배려는 찾아볼 수 없는 눈길로 마리아를 발끝부터 머리끝까지 천천히 훑어보았다. 그리고 외국땅을 밟은 소감이 어떠냐는 질문 따위는 아예 없이 단도직입적으로 말했다.

"환상은 버려. 로제는 댄서들 중 하나가 결혼할 때마다 브라질로 가니까. 늘상 있는 일이야. 로제는 자신이 뭘 원하는지 알고 있어. 너 역시 그걸 알고 있으리라 믿어. 넌 분명히 모험, 돈, 남편, 이 세 가지 중 하나를 찾아 여기까지 왔을 거야."

그걸 어떻게 알아맞혔을까? 누구나 다 같은 것을 찾기 때문일까? 아니면 이 여자가 남의 생각을 읽을 줄 아는 걸까?

"여기 있는 여자들은 누구나 그 세 가지 중 하나를 찾아 이곳에 오니까."

비비안이 말을 이었다. 마리아는 그녀가 자신의 생각을 읽는다고 확신했다.

"모험이라면, 이곳은 모험을 시도하기엔 너무 추워. 게다가 여행에 쓸 돈도 한푼 없잖아. 돈이라면, 숙박비와 식비를 떼고 나면 돌아가는 비행기 삯만도 족히 일 년은 뼈빠지라 일해야 할 거야."

"하지만……"

"나도 알아. 그렇게 알고 오진 않았겠지. 사실, 물어보는 걸 잊은 건 바로 너야. 누구나 다 그래. 네가 좀더 신중했더라면, 서명하기 전에 계약서를 꼼꼼히 읽어봤다면, 네가 어디로 기어드는지 정확하게 알 수 있었을 거야. 스위스 사람들은 입을 다물고 있을 망정 거짓말은 하지 않으니까."

땅이 꺼지는 것 같았다.

"마지막으로 남편이라면, 데려온 여자들이 결혼할 때마다 로제는 경제적으로 막대한 손해를 입어. 그래서 손님과 이야기를 나누는 걸 금지하고 있어. 네가 그쪽 방향으로 뭔가를 하려 들면 엄청난 위험을 겪게 될 거야. 이곳은 사람들이 만나는 장소가 아냐. 베른 가와는 반대지."

베른 가?

"여기는 남자들이 아내를 동반하고 오는 곳이야. 이곳 분위기가 너무 가족적이라고 생각하는 관광객들은 여자를 찾아 다른 곳으로 가지. 물론 춤은 출 줄 알겠지? 노래도 부를 줄 안다면 급료가 올라갈 거야. 하지만 다른 아가씨들의 질투도 함께 올라가. 그러니까 네가 브라질에서 가장 아름다운 목소리를 가졌더라도 다 잊어. 노래는 아예 부르려 들지 않는 게 신상에 좋을 거야. 특히, 전화는 절대로 사용하지 마. 몇 푼 되지 않을, 아직 벌지 못한 돈까지 다 날리게 될 테니까."

"하지만 그 사람이 일 주일에 오백 달러씩 지불하겠다고 약속한 걸요!"

"두고 봐, 알게 될 테니."

스위스에 온 지 이 주째 되는 날, 마리아는 일기에 썼다.

클럽에 모로코라는 나라 출신의 '춤선생'이 있었다. 브라질 땅에 한 번도 발을 들여놓은 적이 없는 그가 삼바춤이라고 믿는 것의 스텝을 하나하나 따라하며 배워야 했다. 비행기를 타고 그 긴 여행을 했는데, 잠시 쉴 틈조차 없었다. 첫날 저녁부터 만면에 미소를 짓고 춤을 춰야 했다. 여자는 모두 여섯 명이었는데, 누구도 행복하지 않았고 자신이 여기서 무얼 하고 있는지조차 알지 못했다. 손님들은 술을 마시고, 박수를 쳐대고, 키스를 보내고, 남의 눈을 피해 음란한 몸짓을 했다. 하지만 그뿐, 별일은 없었다.

어제 첫 급료를 받았는데, 약속된 금액의 십분의 일밖에 되지 않았다. 나머지는 계약에 따라 여기까지 오는 데 든 항공료와 숙식비를 변제하는 데 사용될 거라고 한다. 비비안의 말대로라면, 일 년은 족히 일해야 돌아가는 항공료를 모을 수 있다. 그 동안은 어디로도 달아날 수 없다.

그런데 달아나야 할까? 나는 이제 막 도착했고, 아직 아무것도 모른다. 매일 밤 춤을 추는 게 뭐 그리 대수인가? 전에는 좋아서 췄지만, 지금은 돈과 명성을 위해 춘다. 다리가 아픈 건 견딜 만하다. 가장 힘든 건 계속 미소를 짓고 있어야 하는 것이다.

둘 중 하나를 선택할 수 있다. 나는 세상의 제물일 수도 있고, 자신의 보물을 찾아 떠난 모험가일 수도 있다. 문제는, 내가 어떤 시선으로 내 삶을 바라볼 것인지에 달려 있다.

마리아는 자신의 보물을 찾아 떠난 모험가이기를 택했다. 그녀는 자신의 감정들은 접어두고, 밤새 울던 울음도 그치고, 자신이 누구인지도 잊었다. 그녀는 마치 갓 태어난 것처럼 살아갈 의지가 자신에게 있다는 것을, 따라서 어느 누구의 부재도 아쉬워할 필요가 없다는 것을 깨달았다. 그녀는 마음을 느긋하게 먹기로 했다. 돈도 벌고, 세상도 구경한 후에 당당하게 고향으로 돌아가리라고.

그러고 보니 그녀 주변의 모든 것이 브라질의 일반적인 분위기, 특히 고향도시의 분위기와 흡사했다. 여자들은 포르투갈어를 사용했고, 남자들에 대해 끊임없이 불평을 늘어놓았고, 시끌벅적하게 말다툼을 했고, 빡빡한 일정에 항의했다. 지각하기 일쑤였고, 사장에게 대들고, 자신을 세상에서 가장 아름다운 여자라고 착각했고, 백마 탄 왕자 이야기를 늘어놓았다. 그들의 왕자는 대개 아주 먼 곳에 있거나, 결혼한 사람이거나, 가난하거나, 그들에게 빌붙어 살아갔다. 로제의 홍보책자를 보고 마리아가 상상했던 것과는 반대로, 그곳 분위기는 비비안이 말한 그대로 가족적이었다. 취업카드에 '삼바 댄서'라고 기재되어 있었기 때문에 여자들은 초대에 응할 수도 없었고, 손님과 외출할 수도 없었다. 전화번호가 적힌 쪽지라도 받았다가 들키는 날에는 이 주 동안 일을 할 수 없었다. 모험과 감동을 기대했던 마리아는 서서히 우울과 권태에 빠져들어갔다.

첫 이 주 동안, 그녀는 묵고 있던 하숙집에서 거의 나가지 않았다. 특히 그녀가 아무리 천천히 발음해도 도시 주민 중에 그녀의 말을 알아듣는 사람이 없다는 사실을 안 이후로는. 또한 그녀는 이 도시의 이름이 주민들에게는 주네브, 브라질 여자들에게는 제네브라라고 불린다는 사실을 알고는 깜짝 놀랐다.

결국, 텔레비전도 없는 하숙집 골방에서 오랜 시간을 곰곰이 생각한 끝에 그녀는 이렇게 결론지었다.

첫째, 생각하는 것을 말하지 못하는 한 결코 목표를 달성하지 못할 것이다. 이곳 말을 배워야 한다.

둘째, 모두 똑같은 것을 추구하고 있는 동료들 중에서 두각을 나타내야 한다. 아직은 그럴 수 있는 해결책도 방법도 없지만.

제네바에 온 지 사 주째 되는 날, 마리아는 일기에 썼다.

이곳에 온 지 정말 오래된 것 같다. 아직 이곳 말을 못 한다. 라디오로 음악을 듣거나, 벽을 골똘히 바라보거나, 브라질을 생각하며 하루하루를 보낸다. 하숙집에 있을 때는 일할 시간만을, 일을 할 때는 하숙집으로 돌아갈 시간만을 초조하게 기다린다. 현재가 아닌 미래를 살고 있는 셈이다.

언젠가는 항공료를 마련할 수 있을 것이다. 그러면 브라질로 돌아가 직물 가게 주인과 결혼하고, 위험을 무릅쓴 적도 없으면서 남의 실패를 고소해하는 친구들의 험담이나 듣게 되겠지. 아니, 그렇게 돌아갈 수는 없다. 차라리 대양 위를 나는 비행기에서 뛰어내리고 말 것이다.

참, 비행기 창문은 열리지 않지. 그건 정말 생각지 못했던 일이다. 그 긴 여행을 하면서 신선한 바람을 쐴 수 없다는 건 정말 안타까운 일이다! 그렇다면 난 여기서 죽겠다. 하지만 죽기 전에 삶을 위해 싸워보고 싶다. 혼자 걸을 수 있을 때, 내가 원하는 곳으로 갈 것이다.

이튿날, 그녀는 일어나자마자 프랑스어 강좌 아침반에 등록하러 달려갔다. 그녀는 그곳에서 눈부신 색깔의 양복을 입고 손목에 무거운 금팔찌를 찬 남자들, 머리에 늘 베일을 쓰고 다니는 여자들, 묘하게도 어른보다 훨씬 더 빨리 배우는 아이들, 신앙도 다르고 나이도 다른 많은 사람들을 알게 되었다. 그녀는 그들이 브라질, 카니발, 삼바, 축구를 알고 있다는 것이, 그리고 펠레를 세상에서 가장 유명한 사람으로 알고 있다는 사실이 몹시 자랑스러웠다. 처음에 그녀는 한껏 친절을 베풀어 그들의 발음을 고쳐주려고 애썼다. "펠레! 펠레라구요!" 하지만 다들 그녀의 이름도 제대로 발음해주지 않아 끝내는 포기하고 말았다. 이름을 모두 바꿔 부르면서도 자신이 옳다고 여기는 외국인들의 그 편집증이란!

그날 오후, 그녀는 프랑스어를 연습하기 위해 두 개의 이름을 가진 그 도시에 발을 내디뎠다. 살살 녹는 초콜릿과 전엔 먹어본 적이 없는 치즈를 맛보았고, 그녀의 고향 사람들은 한 번도 밟아 본 적이 없는 눈을 밟으며 호수 한가운데에서 솟아오르는 거대한 분수를 구경하고, 벽난로가 있는 식당을 발견했다. 식당에 들어가지는 않고 창가에 서서 벽난로의 불꽃을 구경했는데, 그것은 아주 포근한 행복의 느낌을 주었다. 또 그녀는 광고판들이 시계만이 아니라 수많은 은행들도 선전하는 것을 보고는 놀랐다. 주민 수는 얼마 안 되는데 무슨 은행이 그렇게 많은지 이해할 수 없었고, 은행 안에 사람이 별로 없다는 것도 묘했지만, 그녀는 더이상 의문을 가지지 않기로 했다.

마리아는 석 달 동안 자신의 관능적이고 성적인 본능, 잘 알려진 브라질 여자들의 본성을 억누른 채 지내왔다. 그런데 어느 날 그것이 깨어났다. 그녀는 프랑스어 수업을 함께 듣는 한 아랍 남자와 사랑에 빠졌다. 그와 만난 지 삼 주째 되는 어느 날 저녁, 그녀는 모든 걸 팽개치고 제네바 근교에 있는 산으로 놀러 갔다. 이튿날 오후에 일터에 나가자, 로제의 호출이 기다리고 있었다.

사무실 문을 열고 들어가자마자, 로제는 히스테리를 부리며 또 당했다고, 브라질 여자들은 도무지 신뢰할 수가 없다고 고래고래 소리를 질러댔다. 아! 제기랄, 모든 걸 일반화시키는 저 편집증이라니! 기온차에서 발생한 고열 때문에 결근한 것이라고 아무리

변명하고 사정해도 로제는 도무지 이해하려 들지 않았다. 그녀는 결국 다른 아가씨들에게 나쁜 본보기를 보였다는 이유로 형식적인 절차도 없이 해고당하고 말았다. 로제는 그녀를 대신할 아가씨를 찾으러 또다시 브라질로 가야 하는 자신의 신세를 한탄하고는, 훨씬 더 예쁘고 훨씬 더 믿을 만한 유고슬라비아 전통무용 팀으로 쇼를 구성하는 게 차라리 낫겠다고 덧붙였다.

마리아는 아직 젊기는 했지만 호락호락한 여자는 아니었다. 그녀는 사귀는 아랍 남자를 찾아갔고, 남자는 스위스의 노동법에 대해 설명해주었다. 스위스에서는 노동조건이 법으로 엄격히 규정되어 있다는 것, 그리고 업주가 그녀 급료의 상당 부분을 갈취하고 있는 게 분명하니 당국에 신고할 수 있다는 것도 알게 되었다.

그녀는 로제를 다시 찾아가 정확한 프랑스어로 '변호사'라는 단어를 분명하게 발음하면서 항의했다. 로제에게 몇 차례 욕설을 듣긴 했지만 결국 그녀는 손해배상금 5천 달러를 챙길 수 있었다. 꿈도 꿔보지 못한 액수가 '변호사'라는 마술적인 단어 덕분에 굴러들어온 것이다. 그녀는 이제 애인을 자유롭게 만날 수도, 쇼핑을 할 수도, 눈 덮인 경치를 카메라에 담을 수도, 그리고 고향으로 당당하게 돌아갈 수도 있었다.

그녀는 가장 먼저 고향집 이웃 아줌마에게 전화를 걸었다. 잘 지내고 있고 연예인으로 성공을 거두고 있다며, 엄마에게 걱정하지 말라고 전해달라고 부탁했다. 하숙방을 비워줘야 할 날짜도 아직 남아 있었고, 달리 할 일도 없는 그녀는 아랍인 애인을 만나러 갔다. 그에게 영원한 사랑을 맹세하고, 머리에 그 이상한 천을 쓰고 다녀야 한다 하더라도 그의 종교로 개종하고, 그와 결혼하기로 마음먹었다. 이곳 사람들은 모두 아랍인들이 부자라고 말하고 있었다. 결혼을 할 만한 충분한 이유였다.

하지만 그는 이미 떠나고 없었다. 그녀는 마음 한편으로 자신의 종교를 포기하지 않게 된 것에 대해 성모 마리아께 감사했다. 이제 프랑스어도 제법 하고, 고향으로 돌아갈 비행기표를 살 수 있는 돈도 있고, 삼바 댄서 취업허가증과 아직 유효한 체류증을 가지고 있고, 최악의 경우 직물 가게 주인과 결혼하는 방책까지 마련해두고 있는 마리아는 자신이 해낼 수 있는 일, 즉 자신의 미모를 이용해 돈 버는 일에 나서기로 마음먹었다.

브라질에 있을 때, 그녀는 자신의 보물을 찾아 떠나는 양치기의 이야기를 읽은 적이 있었다. 양치기는 수많은 어려움에 직면하지만 바로 그 어려움 덕분에 마침내 원하는 것을 얻었다. 그녀의 경우가 바로 그랬다. 그녀는 이제 자신의 진정한 운명을 만나기 위해, 모델이 되기 위해 해고당했다는 것을 분명히 의식하고 있었다.

그녀는 작은 방을 빌렸다. 텔레비전도 없는 방이었다. 당분간 돈을 벌지 못하므로, 가진 돈을 아껴야 했다. 이사한 다음날부터 에이전시를 돌아다녔지만, 어딜 가나 사진집을 두고 가라는 말뿐이었다. 어쨌거나 미래를 위한 투자가 필요했다. 꿈을 실현하기 위해서는 값비싼 대가를 치러야 했다. 그녀는 아주 까다롭고 과묵하다는 유명 사진작가를 찾아가 가진 돈의 상당 부분을 지불하고 사진을 찍었다. 그의 스튜디오에는 엄청나게 큰 옷장이 있었다. 그녀는 평범한 의상, 괴상망측한 의상, 심지어 그녀가 리우데자네이루에서 알게 된 유일한 브라질 사람인 마이우손이 눈을 휘둥그레 뜨고 좋아할 만한 비키니도 입고 포즈를 취했다. 그녀는 사진을 한 장씩 더 뽑아달라고 부탁했다. 스위스에서 행복하게 지내고 있다는 내용의 편지와 함께 고향집에 보낼 생각이었다. 그 사진들을 본 고향 사람들은 그녀가 큰돈을 벌었고, 부러워 배가 아플 만큼 큰 옷장을 가지고 있고, 고향 출신 중에 가장 성공했다고 믿을 것이다. '긍정적 사고'에 관한 책들을 많이 읽은 그녀는 자신의 성공을 믿어 의심치 않았다. 모든 것이 생각대로만 되어준다면, 그녀는 브라스 밴드가 연주하는 가운데 금의환향하게 될 것이고, 고향 사람들의 성화에 못 이긴 시장이 도시의 광장에 그녀의 이름을 붙여줄 수도 있을 것이다.

그녀는 휴대폰을 구입했다. 일을 제안하는 연락을 기다리기 위해서였다. 에이전시들에 사진집을 돌리고, 다음날부터 값싼 중국 식당에서 식사를 해결하고, 기다림의 지루함을 잊기 위해 미친 듯이 공부에 몰두하며 시간을 잊고자 했다.

하지만 시간은 느릿느릿 흘러갔고 전화벨은 좀처럼 울리지 않았다. 놀랍게도, 호숫가를 거니는 그녀에게 접근해오는 사람은 아무도 없었다. 늘 같은 장소, 오래된 공원과 신시가지를 이어주는 다리 아래에서 어슬렁거리는 마약 밀매꾼들을 제외하고는.

그녀는 자신의 아름다움을 의심했다. 카페에서 우연히 만난 동료 무희가 그건 그녀가 아름답지 않아서가 아니라고 말해줄 때까지는. 옛 동료의 말에 따르면, 스위스 사람들은 남을 방해하는 것을 싫어하고, 외국인들은 성희롱 죄로 처벌받을까 두려워 감히 접근하지 못하는 거라고 했다.

외출할 힘도, 살아갈 힘도, 오지 않는 전화를 기다릴 힘도 모두 잃고 지쳐버린 어느 날 저녁, 마리아는 일기에 썼다.

오늘, 놀이공원 앞을 지나갔다. 돈을 쓸 순 없어서 구경만 했다. 특히 롤러코스터를 아주 오랫동안 바라보았다. 롤러코스터에 오르는 사람들은 스릴을 만끽하고 싶어하는 사람들이다. 그런데 일단 그게 움직이기 시작하면 겁에 질려, 멈춰달라고 내리게 해달라고 사정하는 사람이 많았다.

그들은 뭘 원하는 걸까? 모험을 선택했다면, 끝까지 갈 각오를 해야 하는 게 아닐까? 아니면 정신없이 오르락내리락하는 롤러코스터보다는 안전한 회전목마나 타는 게 낫다고 뒤늦게 생각한 것일까?

지금, 나는 너무 외로워 사랑은 생각조차 할 수 없다. 하지만 나는 점차 나아질 거라고, 나에게 맞는 직업을 찾게 될 거라고, 내가 여기 있는 것은 내가 이 운명을 선택했기 때문이라고 나 자신을 설득해야 한다. 롤러코스터, 그게 내 삶이다. 삶은 격렬하고 정신없는 놀이다. 삶은 낙하산을 타고 뛰어내리는 것, 위험을 감수하는 것, 쓰러졌다가 다시 일어서는 것이다. 그것은 산을 오르는 것과도 같다. 자기 자신의 정상에 오르고자 하고, 그곳에 도달하지 못하면 불만과 불안 속에서 허덕이는 것.

가족과 멀리 떨어져, 내 느낌을 마음대로 표현할 수 있는 언어를 사용하지 못하며 지내는 건 괴로운 일이지만 오늘 이후로는 의기소침해질 때마다 이 놀이공원을 떠올릴 것이다. 잠이 들었다가 롤러코스터 안에서 갑자기 깨어난다면, 과연 어떤 기분이 들까?

갇혔다는 기분이 들 것이고, 커브가 두려울 것이고, 거기서 내려 토하고 싶을 것이다. 하지만 그 롤러코스터의 궤도가 내 운명이라는 확신, 신이 그 롤러코스터를 운전하고 있다는 확신만 가진다면, 악몽은 흥분으로 변할 것이다. 롤러코스터는 그냥 그것 자체, 종착지가 있는 안전하고 믿을 만한 놀이로 변할 것이다. 어쨌든 여행이 지속되는 동안은, 주변 경치를 바라보고 스릴을 즐기며 소리를 질러대야 하리라.

마리아는 스스로 현명하다고 판단하는 것들을 쓸 수는 있어도 그것들을 실천에 옮기지는 못했다. 의기소침해지는 순간들이 점점 더 잦아졌다. 전화벨은 여전히 울리지 않았다. 그녀는 무료한 기분도 풀고 프랑스어 공부도 할 겸 『피플』 잡지를 사다 읽기 시작했다. 하지만 곧 그런 잡지에 돈을 쓰는 건 낭비라는 생각이 들어 가까운 도서관을 찾아갔다. 사서는 그녀에게 잡지는 대출이 되지 않는다고 말하고는, 대신 프랑스어를 빨리 배우는 데 도움이 될 책들을 추천해주겠다고 했다.

"전 책 읽을 시간이 없는 걸요."

"시간이 없다고요? 무슨 일을 하는데요?"

"이것저것 하는 일이 많아요. 프랑스어도 공부하고, 일기도 쓰고, 그리고……"

"그리고?"

마리아는 "전화벨이 울리길 기다려요"라고 말하려다가 그냥 입을 다물었다.

"아가씨는 아직 젊어요. 앞날이 창창하죠. 책을 읽으세요. 책에 대해 사람들이 말하는 건 다 잊어버려요. 그리고 책을 읽어요."

"이미 많이 읽었어요."

갑자기 마리아는 언젠가 마이우손이 '느낌'이라고 말했던 것을 떠올렸다. 사서는, 모든 것이 실패로 돌아갔을 때 그녀에게 도움을 줄 수 있는, 마음이 따뜻한 사람으로 보였다. 마리아는 직감적으로 그녀와 친구가 될 수 있겠다고 느꼈다. 그러려면 그녀의 환심을 사야 했다.

마리아가 말했다.

"……하지만 더 읽고 싶어요. 책 고르는 걸 좀 도와주세요."

사서는 그녀에게 『어린 왕자』를 가져다주었다. 그날 저녁, 그 책을 펼쳐나가던 마리아는 앞부분에서 모자를 그린 것처럼 보이는 삽화를 보았다. 작가는 어린아이들 눈에는 그 그림이 코끼리를 삼킨 보아뱀처럼 보인다고 했다. '난 아이의 눈을 잃었나봐. 아무리 봐도 모자처럼 보일 뿐인걸.' 그녀는 생각했다. '사랑'이라는 주제가 등장할 때마다 슬프긴 했지만, 사랑에 빠지느니 자살을 하고 말겠다는 각오로 사랑에 대해 생각하는 것을 스스로 엄격하게 금하고 있는 그녀였지만, 텔레비전이 없었기 때문에 그녀는 어린 왕자의 여행을 따라가보았다. 왕자, 여우, 그리고 장미 사이에 벌어지는 로맨틱하고 마음 아픈 사랑이야기를 제외하면, 5분마다 휴대폰 배터리가 방전되지 않았는지 확인하는 일을 잊을 정도로 그 책은 재미있었다.

마리아는 부지런히 도서관을 드나들기 시작했다. 외롭기는 자신과 매한가지로 보이는 사서와 잡담도 나누고, 책을 추천해달라고 부탁하고, 삶과 작가들에 대해 토론을 벌이기도 했다. 모아둔 돈이 바닥을 드러낸 그날까지는. 이제 이 주 후면 브라질로 돌아가는 항공료도 모자랄 판이었다.

하지만 삶은 늘 위기상황이 되어서야 탈출구를 열어주는지, 마침내 전화벨이 울렸다.

그녀가 '변호사'라는 말의 위력을 알고 난 3개월 후, 그렇게 해서 받은 손해배상금으로 생활한 2개월 후, 한 모델 에이전시에서 걸려온 전화였다. 혹시 아직 마리아 양과 통화를 할 수 있느냐고 물어왔다. 그녀는 불안한 심정이 묻어나지 않도록 그 동안 숱하게 연습했던 대로 냉랭하게 '예'라고 대답했다. 전화 내용은, 자기 나라 패션계를 주름잡고 있는 한 아랍인이 그녀의 사진을 보고 몹시 마음에 들어하며 그가 주관하는 한 패션쇼에 그녀를 참가시키고 싶어한다는 것이었다. 마리아는 자신을 실망시킨 다른 아랍인을 떠올렸지만, 지금 그녀에겐 무엇보다 돈이 절실했다.

약속된 고급 식당에 들어섰을 때, 지긋한 나이에 이전 아랍인보다 훨씬 더 매력적이고 우아한 사내가 그녀를 기다리고 있었다.

그가 물었다.

"저 그림이 누구 작품인지 아십니까? 후안 미로의 작품입니다. 후안 미로가 누군지 아십니까?"

마리아는 테이블에 놓인 요리가 더없이 흥미로운 듯 요리에 집중하고 있는 척하며 대답하지 않았다. 사실, 최근 두세 달 동안 먹어온 중국식당의 음식들과는 비교도 할 수 없었다. 하지만 다음에 도서관에 가면 후안 미로에 대해 알아봐야겠다고 머릿속에 담아두었다.

아랍인이 또다시 물었다.

"저기 저 테이블은 페데리코 펠리니가 즐겨 앉았던 자리입니다. 펠리니의 영화를 어떻게 생각하십니까?"

그녀는 아주 좋아한다고 대답했다. 하지만 아랍인은 좀더 구체적인 대화를 원했다. 자신의 교양이 시험을 버텨내지 못할 거라고 판단한 마리아는 단도직입적으로 말하기로 결심했다.

"모르는 걸 아는 척하고 싶지 않아요. 제가 아는 건 코카콜라와 펩시콜라가 다르다는 것밖에 없으니까요. 이제 패션쇼 얘기나 하는 게 어때요?"

사내는 마리아의 솔직함에 좋은 인상을 받은 것 같았다.

"그 얘긴 식사 후에 술이나 한잔 하면서 합시다."

그들은 잠시 입을 다물고 마주 쳐다보며 상대방이 뭘 생각하고 있을지 상상했다.

"당신 정말 예쁘군요."

아랍인이 입을 열었다.

"내가 묵는 호텔방으로 가서 같이 한잔 해준다면 천 프랑을 드리리다."

마리아는 즉시 상황을 이해했다. 모델 에이전시의 잘못일까? 아니면 그녀 자신의 잘못일까? 저녁 식사의 성격에 대해 더 자세히 알아봤어야 했던 것일까? 아니, 그것은 에이전시의 잘못도, 그녀의 잘못도, 아랍인의 잘못도 아니었다. 세상은 으레 그런 식으로 돌아가는 거니까. 순간, 그녀는 자신에게 고향도시가, 브라질이, 엄마의 품이 필요하다고 느꼈다. 또한 하룻밤에 3백 달러 이하는 절대 받지 말라고 했던 마이우손의 말도 떠올랐다. 그때 그녀는 그 액수가 남자와 하룻밤을 보내고 받는 돈으로는 과하다고 생각했다. 그렇다면 천 스위스프랑은? 하지만 지금 이 순간, 그녀는 이 세상에 의논할 사람이 아무도, 절대적으로 아무도 없다는 사실을 깨달았다. 이 낯선 도시에 오로지 그녀 혼자뿐이었다. 비교적 순탄하게 보냈지만 최선의 대답을 선택하는 데에는 아무런 도움이 안 되는 이십이 년의 세월과 함께.

"와인 한 잔 더 주세요."

아랍인이 와인을 따라주는 동안, 그녀의 생각은 혹성들을 돌아다닌 어린 왕자보다 더 빨리 여행했다. 그녀는 모험, 돈, 혹은 남편감을 찾아 이곳에 왔다. 그녀는 자신이 결국 이런 종류의 제안을 받게 되리라는 것을 모르지 않았다. 그녀는 더이상 순진하지 않았고, 이미 남자들의 행동에 익숙해져 있었다. 하지만 모델 에이전시, 성공, 돈 많은 남편, 가정, 자식들, 손자들, 화려한 의상, 금의환향, 이 모든 것을 그녀는 아직 믿고 있었다. 그녀는 총명한 머리만으로, 매력으로, 불굴의 의지력으로 모든 어려움을 극복하기를 꿈꿔왔다.

그런데 현실이 지금 그녀를 덮친 것이다. 그녀는 울음을 터뜨렸다. 당황한 사내는 스캔들에 대한 두려움과 남성적인 보호본능 사이에서 어쩔 줄 몰라하다가 웨이터에게 빨리 계산서를 가져오라고 손짓했다. 마리아가 그를 말렸다.

"그냥요, 잠시 더 있어요. 와인 한 잔 더 주시고, 절 잠시 울게 해주세요."

마리아는 연필을 빌려달라던 소년을, 입을 벌리지 않는 그녀에게 키스했던 청년을, 리우데자네이루에 도착했을 때의 기쁨을, 아무것도 주지 않은 채 그녀를 이용해먹은 남자들을, 여태껏 살아오면서 잃어버린 정열과 사랑을 생각했다. 겉으론 자유로워 보였지만 그녀의 삶은 기적, 진정한 사랑, 영화나 책에서처럼 언제나 낭만적으로 끝나는 모험, 그것들을 기다리며 보낸 시간들의 끝없는 연속이었다. 어떤 작가는 시간은 인간을 변화시키지 못한다고, 지혜 역시 그렇다고, 한 존재를 변하게 만드는 것은 오로지 사랑뿐이라고 썼다. 바보 같은 소리! 그 작가는 동전의 한면밖에 보지 못했다.

물론 사랑은 한 인간의 삶을 눈 깜짝할 사이에 180도 바꾸어 놓을 수 있다. 하지만 동전의 이면, 또다른 감정 역시 인간 존재로 하여금 그가 가고자 했던 방향과 완전히 다른 방향으로 나아가게 할 수 있다. 그것은 절망이다. 그렇다, 사랑은 누군가를 변화시킬 수 있을 것이다. 하지만 절망은 훨씬 더 신속하게 그 일을 해치운다.

자리를 박차고 나가야 할까? 브라질로 돌아가 프랑스어 교사가 되고, 직물 가게 주인과 결혼해야 할까? 아니면 아는 사람이 아무도 없는, 아무도 그녀를 모르는 도시에서 단 하룻밤이라도 갈 데까지 가봐야 할까? 단 하룻밤이라는 생각과 손쉽게 버는 돈이 그녀를 더 멀리까지, 돌아나올 수 없는 곳까지 나아가도록 만들까? 지금 그녀를 갈등하게 만드는 이것은 뜻밖에 찾아온 기회일까, 아니면 성모 마리아의 시험일까?

아랍인의 시선은 후안 미로의 그림, 펠리니가 즐겨 식사했다던 테이블, 휴대품 보관소의 여종업원, 들고나는 손님들 사이를 헤맸다.

"모르고 온 거요?"

"와인 좀 더 주세요, 제발."

눈물에 젖은 마리아의 유일한 대답이었다.

그녀는 종업원이 다가오지 않도록, 그들 사이에 벌어지고 있는 일을 눈치채지 못하도록 낮은 목소리로 애원했다. 하지만 곁눈질로 계속 그들을 훔쳐보고 있던 종업원이 다가와 식당이 만원이고 다른 손님들이 기다리고 있으니 빨리 계산을 해달라고 부탁했다.

그녀에겐 영원처럼 느껴진 시간이 흐른 후, 마침내 그녀가 말했다.

"한잔 하는 데 천 프랑이라고 하셨나요?"

그녀 자신도 자기 목소리에 깜짝 놀랐다.

"그렇소. 하지만 나는······"

그런 제안을 이미 후회하고 있던 아랍인이 대답했다.

"계산부터 하세요. 그리고 당신 방으로 그 한잔을 하러 가요."

또다시, 그녀는 자신이 낯선 사람처럼 느껴졌다. 지금까지 그녀는 제대로 된 교육을 받고 자란, 친절하고 쾌활한 처녀였다. 낯선 외국 남자에게 이런 말을 한다는 것은 그녀로서는 상상도 할 수 없는 일이었다. 분명, 이전의 그 처녀는 이제 죽고 없었다. 그녀 앞에 또다른 삶이, 술 한 잔 값이 천 스위스프랑, 좀더 널리 사용되는 화폐로 환산하자면 약 6백 달러가 되는 삶이 열리고 있었다.

모든 것이 예상한 대로 진행되었다. 그녀는 그 아랍인과 함께 호텔방으로 갔고, 완전히 취할 때까지 샴페인을 마셨고, 다리를 벌렸고, 그가 오르가슴을 느낄 때까지 기다렸고(그녀는 오르가슴을 느끼는 시늉은 아예 생각조차 하지 않았다), 대리석 욕조에서 몸을 씻었다. 그리고 돈을 받아 택시를 타고 귀가하는 호사를 누렸다.

집에 돌아오자마자 그녀는 침대에 뛰어들어 꿈 없는 잠을 잤다.

이튿날, 마리아의 일기.

결정을 내린 순간을 빼놓고는 모든 것이 생생하게 기억난다. 신기하게도 전혀 죄의식이 들지 않는다. 예전에 나는 몸을 파는 여자들에 대해, 오죽 선택의 여지가 없으면 그런 짓을 할까 하고 생각했었다. 지금 나는 그것이 잘못된 생각이란 걸 안다. 나는 '예'라고도 '아니오'라고도 말할 수 있었다. 그 둘 중 하나를 나에게 강요한 사람은 아무도 없었다.

나는 거리를 걸으며 행인들을 바라본다. 그들은 자신의 삶을 선택했을까? 아니면 그들 역시 나처럼 운명에 의해 '선택당한' 것은 아닐까? 모델이 되기를 꿈꾸었던 청소부, 음악가가 되고자 했던 은행간부, 문학에 투신하고 싶었던 치과의사, 연예인이 되고 싶었지만 슈퍼마켓 계산대 일밖에 찾지 못한 아가씨……

나는 나 자신이 전혀 불쌍하지 않다. 나는 희생자가 아니니까. 자존심을 지킬 수도 있었을 테니까. 그 남자에게 도덕적인 훈계를 할 수도, 당신 앞에 앉아 있는 사람은 공주이니까 돈으로 사기보다는 마음을 빼앗는 편이 더 나으리라는 포즈를 취할 수도, 수없이 많은 다른 태도를 보일 수도 있었을 것이다. 하지만 나는, 내가 가야 할 길을, 나 대신 운명이 선택하도록 내버려두었다. 대부분의 인간들이 그러하듯이.

물론 내 운명이 다른 사람들의 운명에 비해 더럽고 음습한 것으로 보일 수도 있다. 하지만 행복을 추구하는 길에서 우리는 모두 동등하다. 음악가가 되고자 했던 은행간부, 작가가 되고 싶었던 치과의사, 연예인이 되고 싶었지만 슈퍼마켓 계산대에 서 있는 아가씨, 모델이 되기를 꿈꾸었던 청소부…… 우리들 중 행복한 사람은 아무도 없다.

고작 이거였나? 이토록 쉬운 것이었나? 어제는 형벌이었던 것이 오늘은 그녀에게 엄청난 해방감을 제공해주었다. 마리아는 아는 사람이 아무도 없는 낯선 도시에 있었다. 그녀는 어느 누구에게도 해명할 필요가 없었다.

몇 년 만에 처음으로 그녀는 온종일 오로지 자신만을 생각하기로 마음먹었다. 그때까지 그녀는 늘 다른 사람들이, 어머니가, 학교 친구들이, 아버지가, 모델 에이전시 직원들이, 프랑스어 선생이, 식당 웨이터가, 도서관 사서가, 길을 다니는 생면부지의 행인들이 자신을 어떻게 생각할지를 먼저 걱정했다. 사실, 불쌍한 외국 여자에 불과한 그녀에 대해 특별히 뭔가를 생각하는 사람은 아무도 없을 터였다. 그녀가 내일 감쪽같이 사라진다 해도 아무도, 경찰조차도 그 사실을 알아차리지 못할 것이다.

이젠 지겨워. 그녀는 일찍 외출해 늘 가던 중국식당에서 아침을 먹고, 공원 주변을 조금 거닐다가 시위를 하는 망명자들과 마주쳤다. 작은 개를 안고 있는 한 여자가 그들 시위대가 쿠르드족이라고 그녀에게 말해주었다. 이번에도 마리아는 실제로 아는 것보다 더 많은 것을 아는 척하는 대신 물었다.

"쿠르드인들은 어디서 왔죠?"

놀랍게도 그 여자는 아무 대답도 하지 못했다. 세상은 그런 식이었다. 사람들은 모든 것을 아는 것처럼 말하지만, 막상 질문해보면 아무것도 제대로 알지 못했다. 마리아는 한 인터넷카페에 들어가 쿠르드족을 검색해보았다. 쿠르드족은 나라 없는 민족이며, 그들의 나라 쿠르디스탄은 오늘날 터키와 이라크에 분할 합병되어 있었다. 그녀는 공원 주위로 다시 갔지만, 작은 개를 안고 있던 여자는 이미 사라지고 없었다.

"내가 바로 그래. 아니, 내가 바로 그랬어. 여태껏 침묵 속에 숨어 마치 모든 것을 아는 척하며 살아왔어. 어제는 그 아랍인이 워낙 신경을 건드리는 바람에 발끈해서 내가 아는 거라곤 코카콜라와 펩시콜라가 다르다는 것밖에 없다고 말했지만. 그렇다고 그가 충격을 받았을까? 그렇다고 그가 날 달리 봤을까? 전혀! 내 솔직함을 아주 신선하게 받아들이는 것 같긴 했지. 나는 실제의 나보다 더 똑똑하게 보이려다 늘 손해를 봤어. 이제 그런 바보짓은 그만둘 거야."

그녀는 모델 에이전시의 전화를 떠올렸다. 그 사람들은 그 아랍인이 뭘 원하는지 알고 있었을까? 그랬다면, 마리아는 또 한 번 아무것도 모르는 순진한 여자의 역할을 한 셈이었다. 아니면 그들도 정말 그 아랍인이 그녀에게 아라비아에서 열리는 패션쇼에 참가해달라고 제안할 거라고 생각했던 것일까?

어쨌거나 흐린 그날 아침 마리아는 덜 외로웠다. 기온이 0도에 가까웠고, 쿠르드인들이 시위를 하고 있었고, 전차가 정시에 도착했고, 보석 가게 직원들이 진열장에 보석을 진열하고 있었고, 은행들이 문을 열고 있었고, 거지들이 잠을 자고 있었고, 스위스 사람들이 일터로 가고 있었다. 그녀는 덜 외로웠다. 행인들의 눈에는 보이지 않는 어떤 여자가 그녀 곁을 지키고 있었으니까. 마리아는 여태껏 알아차리지 못했지만 그녀는 늘 거기 있었다.

마리아가 그녀를 보고 웃었다. 그 여자는 예수의 어머니, 성모 마리아와 닮았다. 그 여자도 마리아에게 웃어주고는 당부했다. 세상은 그녀가 생각하는 것만큼 간단치가 않으니 조심하라고. 마리아는 그 충고를 흘려들었다. 그러고는 자기도 이젠 자신의 선택에 책임을 지는 성인이라고, 전 우주가 공모해 자기에게 해를 가할 리는 없지 않느냐고 대답했다.

그녀는 이제 알고 있었다. 그녀와 하룻밤, 그녀의 다리 사이에서 30여 분을 보내는 대가로 천 스위스프랑을 지불할 준비가 되어 있는 사람들이 있다는 것을. 그 천 프랑으로 비행기표를 사서 고향으로 돌아갈 것인지, 아니면 부모님이 편히 여생을 보낼 집을 마련하고 자신을 위해 명품 의상을 사고 가보길 꿈꾸던 곳들을 여행하는 데 드는 경비를 모을 때까지 제네바에 좀더 머물 것인지를 결정하기만 하면 되었다.

성모 마리아를 닮은 보이지 않는 여자는 애가 타는 듯이, 세상은 그렇게 간단치가 않다는 말만 반복했다. 뜻하지 않은 벗이 생겨 기쁘기는 했지만, 마리아는 지금 중요한 결정을 내려야 하니 생각을 방해하지 말아달라고 그녀에게 말했다.

마리아는 또다시, 이번에는 좀더 주의깊게, 브라질로 돌아가는 걸 생각하기 시작했다. 브라질에서 한 발짝도 벗어나본 적이 없는 고등학교 친구들은 그녀가 스타가 될 재능이 없어 쫓겨났다고 조잘댈 것이 분명했다. 그녀의 어머니는, 마리아가 이미 편지로 매니저가 중간에서 돈을 갈취한다고 말해두긴 했지만, 약속한 돈을 못 받게 된 것을 슬퍼할 것이다. 아버지는 당신의 여생 내내 '그러면 그렇지, 내 그럴 줄 알았어' 하는 표정으로 그녀를 바라볼 게 뻔했다. 그녀는 다시 직물 가게에서 일하게 될 것이고, 주인과 결혼하게 될 것이다…… 비행기 여행을 하고, 스위스에서 스위스 치즈를 먹고, 프랑스어를 배우고, 하얀 눈길을 걸어본 그녀가 말이다.

다른 한쪽엔 한 잔에 천 프랑 하는 술들이 있었다. 그 술잔이 오래 가지는 못할 것이다. 아름다움은 바람처럼 빨리 지나가니까. 하지만 일 년만 일하면, 자신이 원하는 방식대로 삶을 사는 데 필요한 돈을 벌 수 있을 것이다. 구체적이고도 유일한 문제는, 그 일을 하려면 어떻게 해야 하는지, 어디서부터 시작해야 하는지 모른다는 데에 있었다. 가만, 베른 가라는 지명을 들은 적이 있었지 아마. 이 도시에 와서 짐가방을 어디에 놓을지 알기도 전에 들은 적이 있었어.

마리아는 한쪽에는 광고가, 다른 쪽에는 도시 지도가 붙어 있는, 제네바 곳곳에 세워져 있는 커다란 관광 안내판 쪽으로 다가갔다.

그녀는 안내판 근처에 서 있는 한 남자에게 혹시 베른 가를 아느냐고 물었다. 사내는 잠시 뜨악한 표정으로 그녀를 쳐다보더니, 혹시 스위스의 수도 베른으로 가는 도로를 묻는 거냐고 되물었다.

"아뇨, 전 이곳 제네바에 있는 베른 거리를 찾고 있어요."

마리아가 대답했다. 사내는 그녀를 머리끝에서 발끝까지 훑어보더니, 시청자들을 즐겁게 해주기 위해 사람을 바보로 만드는 길거리 몰래 카메라에 찍히고 있다고 판단했는지 아무 말도 않고 서둘러 자리를 떠버렸다. 마리아는 지도를 들여다보았다. 도시는 그렇게 크지 않았다. 15분 만에 마침내 베른 가를 찾아냈다.

지도를 들여다보고 있는 동안, 입을 다물고 있던 보이지 않는 친구가 마리아의 마음을 돌리기 위해 설득을 시도했다. 부도덕한 행위여서만이 아니라 출구 없는 길로 들어설 위험이 있다는 거였다. 그러자 마리아는 돈을 벌어 스위스를 떠날 수 있다면, 앞으로 어떤 상황에 처하더라도 혼자 힘으로 벗어날 수 있을 거라고 응수했다. 게다가, 그녀가 만난 사람들 중 자신이 꿈꾸던 일을 하고 있는 사람은 아무도 없었다. 그것이 바로 현실이었다.

"우리는 모두 눈물의 계곡 속에 살고 있어요."

그녀가 보이지 않는 친구에게 말했다.

"우리는 수도 없이 꿈을 꾸죠. 삶은 고단하고, 무정하고, 슬프니까요. 도대체 나한테 무슨 말을 하고 싶은 거예요? 사람들이 손가락질을 할 거라고요? 아무도 모를 거예요. 그렇게 오래 하지도 않을 거고요."

여자는 부드럽지만 서글픈 미소를 짓고는 사라졌다.

마리아는 놀이공원까지 걸어가 롤러코스터를 탔다. 그러고는 그것이 오락거리일 뿐 아무런 위험도 없다는 것을 완벽하게 인식하고 있으면서도 다른 사람들처럼 비명을 질러댔다. 점심은 일본 식당에서 자신이 뭘 먹는지도 모르는 채 먹었다. 음식 가격이 아주 비싸다는 것만 확인하고 택한 결정이었다. 이제는 사치를 부릴 각오가 되어 있었다. 그녀는 기분이 좋았다. 전화를 기다릴 필요도, 동전을 세어가며 돈 쓸 필요도 없었다.

그날 하루가 끝날 무렵. 그녀는 에이전시에 전화를 걸어 만남이 아주 좋았다고 전하고는 고맙다는 인사와 함께 전화를 끊었다. 진지한 사람들이라면 나중에 그녀에게 전화를 걸어 패션쇼에 대해 물을 것이고, 여자를 소개시켜주는 사람들이라면 그녀에게 새로운 만남을 주선해줄 터였다.

다리를 건너 자신의 작은 방으로 돌아온 그녀는 텔레비전은 절대 사지 않기로 마음먹었다. 텔레비전을 살 돈이 있다 해도 앞으로 이것저것 계획이 많았다. 생각을 해야 했다. 생각하는 데 모든 시간을 사용해야 했다.

그날 밤, 마리아는 일기를 썼다. 그리고 "확신이 서진 않는다"는 메모도 남겼다.

남자가 왜 여자를 사는지 알 것 같다. 행복해지고 싶기 때문이다.

오르가슴만을 위해 천 프랑을 지불하지는 않는다. 행복해지고 싶어서다. 나 역시 그렇다. 누구나 마찬가지다. 그런데 아무도 행복에 도달하지 못한다. 내가 얼마 동안…… 그러니까…… 그 낱말을 떠올리기가, 쓰기가 무척 힘들다…… 써버리자…… 그러니까 내가 얼마 동안 창녀가 되기로 결심한다고 해서 잃을 것이 뭐가 있는가?

명예, 긍지, 나 자신에 대한 존중. 그런데 생각해보면 나는 이 세 가지 중 어느 것도 가진 적이 없다. 나는 태어나고 싶어서 태어난 것도 아니고, 사랑받는 데에도 성공하지 못했고, 늘 옳지 않은 결정만 내려왔다. 이제 나는 삶이 나 대신 결정을 내리도록 내버려둘 것이다.

이튿날, 모델 에이전시 직원이 전화를 걸어왔다. 그녀의 사진에 대해 몇 가지 질문을 하고는 그녀 수입에 대해 수수료를 떼야 하니 패션쇼 날짜를 알려달라고 했다. 마리아는 그 아랍인이 에이전시로 다시 연락을 취할 거라고 대답했다. 에이전시에서는 아무것도 모르고 있는 게 분명했다.

마리아는 도서관 사서에게 섹스에 관한 책들을 추천해달라고 부탁했다. 그녀는 딱 일 년만 그 분야에서 일하기로 자기 자신과 약속했다. 아는 게 아무것도 없는 분야에서 일하자면, 그 직업의 종사자로서 행동하는 법, 쾌락을 주는 법, 그 대가로 돈을 받는 법을 먼저 배워야 했다.

사서는 도서관은 공공기관이라 섹스에 관한 개론서들밖에 없다고 설명했다. 그녀는 무척 실망했다. 마리아는 그중 한 권을 집어 목차를 훑어보고는 곧 덮어버렸다. 감정에 대한 언급은 없이 발기, 삽입, 발기부전, 피임 등 보기만 해도 성욕이 떨어지는 낱말들뿐이었다. 그중 마리아의 눈길을 끈 것은 『여성의 불감증에 대한 심리학적 고찰』이라는 책이었다. 그녀는 남성이 자신의 몸 속으로 들어오면 아주 기분이 좋은데도 자위를 통해서가 아니면 오르가슴에 도달하지 못했기 때문이었다.

하지만 그녀가 찾고 있는 것은 쾌락이 아니라 일이었다. 사서에게 작별인사를 하고 도서관에서 나온 그녀는 한 옷가게에 들어가 미래의 사업을 위한 첫 투자를 했다. 그녀는 남성들의 눈길을 끌 만큼 충분히 섹시하다고 판단되는 옷만을 골라 샀다. 이어 그녀는 지도를 보고 위치를 확인해둔 장소로 향했다. 베른 가는 한 성당 근처에서부터 시작되고 있었다. 우연의 일치인지 그 거리는 전날 그녀가 식사했던 일본식당에서 그리 멀지 않은 곳이었다. 거리 한쪽은 싸구려 시계가 잔뜩 진열된 가게들이 줄지어 있었고, 그 반대편 끝에는 그 시간대에는 닫혀 있는 나이트클럽들이 있었다. 그녀는 호숫가로 돌아가 주변을 산책했고, 정보를 얻기 위해 스스럼없이 포르노 잡지 다섯 권을 샀다. 그리고 밤이 되기를 기다려 베른 가로 다시 갔다. 베른 가에 도착한 그녀는 '코파카바나'라는 브라질 이름의 클럽을 골라 무작정 들어갔다.

나는 아직 아무것도 결정하지 않았어. 그녀는 속으로 생각했다. 아직은 하나의 시도일 뿐이었다. 스위스에 도착한 이래 이처럼 기분이 좋고 자유로운 적이 없었다.

"일자리를 찾으러 왔군."

테이블 뒤에서 컵을 닦고 있던 클럽 주인이, 물어보는 것도 아니고 처음부터 단정적으로 말했다. 클럽 내부는 테이블 몇 개, 구석에 댄스 플로어 하나, 벽에 붙여놓은 소파 몇 개로 구성되어 있었다.

"간단치가 않아. 우린 법을 존중해. 여기서 일하려면 적어도 취업카드는 갖고 있어야 해."

마리아는 자신의 취업카드를 보여주었다. 사내는 만족한 듯 보였다.

"경험은 있고?"

그녀는 뭐라고 대답해야 할지 몰랐다. 경험이 있다고 하면 어디서 일을 했느냐고 물을 것이고, 없다고 하면 퇴짜를 맞을 수도 있었다.

"책을 쓰고 있어요."

마치 누군가가 그녀 대신 말해준 것처럼 불쑥 튀어나온 대답이었다. 주인은 거짓말이라는 걸 뻔히 알지만 관심 없다는 듯이 고개를 끄덕이고는 말했다.

"결정을 내리기 전에 여기 아가씨들한테 이것저것 물어보도록

해. 우리 가게에 브라질 아가씨가 적어도 여섯은 되니까, 이 일에 관한 모든 얘길 들을 수 있을 거야."

마리아는 어느 누구의 충고도 필요 없다고, 아직 아무것도 결정하지 않았다고 말하고 싶었다. 하지만 주인은 그녀에게 물 한 잔 대접하지 않은 채 그녀를 혼자 내버려두고 벌써 바의 다른 쪽 끝에 가 있었다.

아가씨들이 속속 들어오기 시작했다. 주인이 브라질 아가씨들을 불러, 신참이 하나 와 있으니 얘기 좀 나눠보라고 시켰다. 하지만 그 지시를 달가워하는 아가씨는 아무도 없어 보였다. 마리아는 그들이 경쟁을 두려워하고 있다고 생각했다. 클럽 안에 음악이 울려퍼지기 시작했다. 클럽 이름이 코파카바나여서인지 브라질 노래 몇 곡이 연이어 흘러나왔다. 아시아인으로 보이는 아가씨들과 제네바 인근 눈 덮인 낭만적인 산골마을에서 내려온 것 같은 아가씨들이 속속 들어섰다.

타는 듯한 갈증, 담배 몇 개비, 점점 더 뚜렷해지는, 잘못된 선택을 했다는 느낌, 라이트모티프처럼 반복되는 '내가 도대체 여기서 뭘 하고 있는 거지?'라는 질문. 주인과 다른 아가씨들의 무관심 속에 무려 두 시간을 앉아 있었다. 기다림에 화가 나 자리를 박차고 일어서려는 마리아에게 한 브라질 아가씨가 다가와 물었다.

"왜 여길 택했어?"

다시 책 핑계를 댈까, 아니면 쿠르드족과 후안 미로 때처럼 솔직하게 말할까. 마리아는 잠시 생각하고는 입을 열었다.

"이름 때문에. 어디서부터 시작해야 할지도 모르겠고, 내가 정말 시작하길 원하는지도 모르겠어."

마리아의 솔직하고 직접적인 대답이 뜻밖이었는지, 아가씨는 위스키를 한 모금 마셨다. 그리고는 클럽에 흐르는 브라질 노래에 귀를 기울이는 척하던 그녀는 타국에서 겪는 향수병에 대해 횡설수설한 다음, 제네바 인근에서 열릴 예정이던 대규모 국제회의가 취소되었기 때문에 오늘 밤에는 손님이 별로 없을 거라고 알려주었다. 그래도 마리아가 일어설 기미를 보이지 않자, 그녀는 이렇게 말했다.

"아주 간단해, 세 가지 규칙만 준수하면. 첫째, 손님과 절대 사랑에 빠지지 말 것. 둘째, 약속을 믿지 말고 꼭 선불을 받을 것. 셋째, 마약을 하지 말 것."

그러고는 잠시 뜸을 들이다가 말을 이었다.

"그리고 오늘 당장 시작해. 오늘 저녁 어떻게든 남자를 물어. 그냥 집에 돌아가게 되면, 넌 이 일에 대해 다시 한번 생각하게 될 거고, 그러면 두 번 다신 이곳에 발을 들여놓을 용기가 나지 않을 거야."

마리아는 아직 아무것도 결정하지 않았다고, 아직은 하나의 시도일 뿐이라고 생각하고 있었다. 파트타임으로 일할 수도 있느냐고 물어보려 했다. 그런데 마리아는 지금 자신이 덜컥 결정을 내리도록 만드는 감정, 절망이라는 감정에 의해 내몰리고 있다는 것을 깨달았다.

"좋아, 오늘 당장 시작하겠어."

그녀는 이미 전날 시작했다는 사실은 털어놓지 않았다. 아가씨가 클럽 주인을 불러왔다.

"속옷은 예쁜 걸로 입고 있나?"

주인이 마리아에게 물었다.

어느 누구도 그녀에게 그런 질문을 한 적은 없었다. 그녀의 애인들도, 아랍인도, 여자친구들도. 낯선 사내의 경우에는 더더욱. 하지만 이곳에서는 늘 모든 게 단도직입적이었다.

"하늘색 팬티를 입고 있어요. 브래지어는 안 했고요."

그녀가 도전적으로 말했다.

시덥잖다는 듯한 말투의 대답이 곧바로 이어졌다.

"당장 내일부터 검정색 팬티와 브래지어를 하고 스타킹을 신어. 옷을 벗는 것도 행위의 한 부분이니까."

마리아가 일을 시작할 거라고 확신한 클럽 주인 밀랑은 더이상 시간낭비 하지 않고 나머지 관례들을 가르쳐주었다. 코파카바나는 사창굴이 아니라 쾌적한 곳이어야 한다는 것, 남자들은 파트너가 없는 여자를 만날 수 있으리라는 희망을 품고 그 클럽에 들른다는 것, 그들 중 누군가 도중에 제지를 받지 않고 그녀의 테이블에 접근해온다면, 그는 분명 "같이 한잔 할까요?"라는 말로 그녀를 초대할 거라는 것이었다. 도중에 제지를 받는다면 특별손님인데, 그런 손님은 특정한 아가씨가 맡는다는 묵계가 있었다.

마리아는 그 초대를 받아들일 수도 거절할 수도 있다. 하루에 한 번 이상 거절하는 것은 곤란하지만, 어쨌거나 함께 나갈 파트너를 결정하는 것은 그녀 마음이다. 초대에 응했을 경우, 그녀는 마치 우연인 것처럼 메뉴에서 가장 비싼 음료인 과일 칵테일 주스를 주문해야 한다. 술을 주문해서도 안 되고, 손님에게 알아서 주문해달라고 해서도 안 된다. 주문한 후에야 춤을 추자는 초대에 응할 수 있다. 손님들은 대부분 단골이다. 밀랑이 자세히 얘기해주지 않으려 하는 '특별손님'들을 제외하고는 모두 위험하지 않은 사람들이다. 경찰과 보건성에서는 매달 혈액검사를 실시해 아가씨들의 성병 감염 여부를 검사한다. 제대로 지키고 있는지를 확인할 방법이 없긴 하지만 콘돔 사용도 의무적이다. 스캔들을 일으키는 것은 절대 금물이다. 밀랑은 결혼한 몸에다 가장으로서, 무엇보다 자신과 코파카바나의 평판에 신경 쓰고 걱정한다고 했다.

그가 계속 관례를 설명했다. 춤을 추고 테이블에 돌아와 앉으면, 손님은 마치 전혀 의도하지 않았던 제안을 하듯 함께 호텔로 가지 않겠느냐고 물을 것이다. 일반요금은 350프랑인데, 그중 50프랑은 테이블 대여 명목으로 밀랑에게 돌아간다.

"하지만 난 하룻밤에 천 프랑을……"

마리아가 반박하려 했지만, 주인은 그런 소릴 하려거든 아예 딴 데 가보라는 손짓을 했다. 곁에서 귀를 기울이고 있던 브라질 아가씨가 즉시 개입했다.

"이 아가씨가 농담한 거예요."

그녀는 마리아를 돌아보며 정확한 포르투갈어를 사용해 큰 목소리로 말했다.

"여긴 제네바에서 가장 비싼 곳이야." 이 클럽에선 그 도시를 제네브라가 아니라 제네바라고 불렀다. "그런 황당한 얘긴 두 번 다시 꺼내지 마. 밀랑은 시장가격을 꿰고 있어. 어느 누구도, 운과 능력이 좋아 '특별손님'과 잘 때를 제외하고는 결코 천 프랑을 받진 못해."

밀랑의 눈길은 타협의 여지를 조금도 남기지 않고 단호했다. 나중에 안 사실이지만, 밀랑은 유고슬라비아인으로 이십 년 전부터 스위스에 정착해 살고 있었다.

"요금은 350프랑이야."

"알았어요, 그게 정가예요."

굴욕감을 느끼며 마리아가 대답했다.

우선 어떤 색깔의 속옷을 입는지 물어보고, 그 다음에 몸값을 정하는 것이 그의 방식이었다.

하지만 마리아는 생각할 시간이 없었다. 사내는 계속해서 룰을 설명했다. 절대 개인 소유의 숙소나 별 다섯 개 이하의 호텔에 따라가서는 안 된다. 손님이 그녀를 어디로 데려가야 할지 모를 경우에는 클럽에서 몇 블록 떨어진 곳에 있는 호텔을 선택한다. 그리고 베른 가의 다른 업소 아가씨들에게 얼굴이 알려지면 좋을 게 없으니 이동할 때는 늘 택시를 이용한다. 마리아는 그 말은 믿지 않았다. 진짜 이유는 다른 업주가 그녀에게 더 나은 조건으로 일해보지 않겠느냐고 제안할 위험이 있기 때문이라고 생각했다. 하지만 그녀는 입을 다물었다. 요금에 대해 오간 말로도 충분했으니까.

"다시 한번 말하는데, 영화에 나오는 경찰들처럼 근무중에는 절대 술을 마시지 마. 잘 해보라구. 곧 손님들이 들이닥칠 테니까."

"고맙다고 해."

브라질 아가씨가 포르투갈어로 말했다.

마리아는 고맙다고 인사했다. 밀랑은 미소를 짓고는 미처 말하지 못한 지시사항이 생각난 듯 덧붙였다.

"또 한 가지, 주스를 주문하고 밖으로 나가기까지의 시간이 절대 사십오 분을 넘어서는 안 돼. 시계의 나라인 스위스에서는, 유고슬라비아인도 브라질 사람들도 시간을 철저히 지키는 법을 배워야 돼. 너희들한테 받는 수수료로 내가 내 자식들을 먹여살린다는 걸 잘 기억해둬."

그녀는 잘 기억해둘 작정이었다.

밀랑은 마리아에게 얼핏 보면 진토닉처럼 보이는, 레몬향이 나는 탄산수 한 잔을 따라주고는 기다리라고 했다.

클럽 안이 서서히 손님들로 채워졌다. 클럽에 들어선 남자들은 주위를 한 번 둘러보고는 혼자 자리를 잡고 앉았다. 그러면 곧 클럽의 누군가가 다가가 인사를 했다. 마치 힘든 하루를 보내고 기분을 풀기 위해 모두 서로 잘 알고 있는 축제에 온 것처럼.

마리아는 손님이 파트너와 맺어질 때마다 안도의 한숨을 내쉬었다. 이곳에 처음 들어섰을 때보다는 기분이 훨씬 나았다. 아마도 이곳이 스위스이기 때문일 것이다. 조만간 그녀가 그토록 꿈꾸었던 모험, 돈, 또는 남편을 만날 거라는 기대 때문일 것이다. 그녀는 이제야 그것을 알아차렸다. 그녀가 몇 주 만에 처음으로 음악이 연주되고 포르투갈어로 떠들썩하게 나누는 대화를 들을 수 있는 곳으로 저녁 외출을 했기 때문일 것이다. 그녀는 주변에서 웃고, 과일 칵테일 주스를 마시고, 쾌활하게 잡담을 나누는 아가씨들을 바라보는 것이 즐거웠다.

물론, 그 아가씨들 중 어느 누구도 그녀에게 다가와 같이 일하게 되어 반갑다거나 행운을 빈다거나 하는 인사를 하지 않았다. 하지만 그건 당연했다. 그녀는 그들의 경쟁상대가 아닌가? 모두 같은 전리품을 놓고 싸우고 있는 것이다. 마리아는 기가 죽기는 커녕 강한 자부심을 느꼈다. 그녀는 전장에 있는 것이다. 원하는 즉시 문을 열고 영영 떠날 수도 있었다. 하지만 설사 그런다고 해도 그녀는 스스로 이곳에 와서 협상을 벌이고, 전에는 감히 상상조차 해보지 못한 것에 접근할 용기를 가졌다는 것을 결코 잊지 못할 것이다. 그녀는 자신이 운명의 희생자가 아니라고 매 순간 되새겼다. 그녀는 위험을 감수했고, 자신의 한계를 향해 나아갔고, 그녀의 가슴이 차갑게 식어 권태에 빠질 노년의 우울한 나날 동안 이 모든 사건들을 추억하며 되새길 거라고, 그것이 아무리 부조리해 보일지라도 그럴 거라고 생각했다.

그녀는 아무도 자기에게 접근해오지 않을 거라고 확신했다. 내일이 되면 그녀가 결코 두 번 다시 되풀이하지 않을 당치 않은 꿈밖에 남지 않을 것이다. 하룻밤에 천 프랑은 단 한 번밖에 없는 술잔이었다는 것을 막 깨달았기 때문이다. 브라질 행 비행기표를 사는 것이 현명한 결정일 것이다. 시간이 빨리 지나가기를 바라면서, 그녀는 속으로 아가씨들이 각자 얼마나 벌 수 있는지 계산해보았다. 하룻저녁에 손님 셋을 받는다면, 그들은 하루에 그녀가 직물 가게에서 받은 급료 두 달치에 해당하는 돈을 버는 셈이었다.

그렇게나 많이? 그녀는 정말 하룻밤에 천 프랑을 벌었지만 아마 그것은 아무것도 모르는 초심자의 운이었을 것이다. 아무튼, 창녀의 수입은 그녀가 브라질로 돌아가 프랑스어를 가르치며 만질 수 있는 액수보다는 훨씬 많았다. 바에서 몇 시간 빈둥거리고, 춤추고, 다리를 벌리는 것만으로. 대화를 나눌 필요도 없이.

돈은 훌륭한 동기라고 그녀는 생각했다. 하지만 그게 유일한 동기일까? 아니면 여기 있는 사람들, 손님과 아가씨들은 나름대로 즐기고 있는 걸까? 그렇다면 세상은 학교에서 배운 것과는 아주 다른 것일까? 콘돔만 사용한다면 아무런 위험도 없었다. 브라질에서 온 누군가가 그녀를 알아볼 위험도. 수업 시간에 배운 대로라면, 브라질 사람들은 은행에 드나들기 좋아하는 사업가들을 제외하고는 아무도 제네바를 방문하지 않았다. 브라질 사람들은 대부분 마이애미나 파리에 있는 가게들을 훨씬 선호했다.

하루에 9백 스위스프랑, 일 주일에 5일 영업. 엄청난 돈이었다! 한 달만 일해도 고향에 있는 어머니에게 집 한 채 사드릴 돈을 모을 텐데, 이 아가씨들은 여태 여기서 뭘 하고 있는 걸까? 다들 일한 지 얼마 안 된 걸까? 아니면, 이 질문은 하기조차 두렵지만, 이 일을 하는 게 좋기 때문일까?

그녀는 술을 마시고 싶었다. 전날 호텔방에서는 샴페인이 그녀에게 큰 힘이 되어주었다.

"같이 한잔 할까요?"

그녀 앞에 항공사 제복을 입은 서른 살가량의 남자가 서 있었다.

그 장면이 마리아의 눈에는 슬로 모션처럼 느껴졌다. 마치 자기 몸에서 벗어나 바깥에서 자신을 관찰하는 느낌이었다. 부끄러워 당장 사라지고 싶으면서도, 그녀는 벌겋게 달아오르는 얼굴을 가라앉히려고 애써 미소를 지으며 고개를 끄덕였다. 그녀는 그 순간부터 자신의 삶이 영원히 달라졌다는 것을 깨달았다.

과일 칵테일 주스, 대화, 여기서 뭐 하세요, 여기 정말 춥죠, 안 그래요? 전 이 음악도 좋지만 아바를 더 좋아해요. 스위스인들은 차가운 사람들이죠. 브라질에서 오셨나요? 브라질 얘기 좀 해주세요. 카니발이 유명하죠. 브라질 아가씨들은 정말 예뻐요, 이런 말 자주 듣죠?

마리아는 미소를 지으며 찬사를 받아들인다. 그녀는 조금 부끄러운 표정을 내비치며 이따금 머리를 쓸어올리고, 손가락으로 손목시계를 가리키는 밀랑의 눈치를 살피며 춤을 춘다. 남자의 향기. 그녀는 그 냄새에 익숙해져야 한다는 걸 즉시 알아차린다. 적어도 이 냄새는 향수 냄새다. 그들은 착 달라붙어 춤을 춘다. 또다시 과일 칵테일 주스. 시간이 지나간다. 밀랑이 45분이라고 말했었지? 그녀는 손목시계를 들여다본다. 누굴 기다리느냐고 그가 묻는다. 그녀는 한 시간 후에 친구들이 오기로 했다고 대답한다. 그가 그녀에게 밖으로 나가자고 청한다. 호텔, 350프랑, 섹스 후의 샤워(사내는 이상하다는 표정으로 일을 치른 후 샤워를 하는 경우는 처음 봤다고 말한다). 그것은 마리아가 아니다. 그녀의 몸속에 있는 다른 사람이다. 그녀는 아무것도 느끼지 않는다. 그냥 기계적으로 일종의 의식을 수행한다. 그건 여배우다. 밀랑이 그녀에게 모든 것을 가르쳐주었다. 손님과 어떻게 헤어지는지만 빼고. 그녀가 고맙다고 인사를 한다. 남자 역시 서툴다. 그는 졸린

듯하다.

그녀는 버틴다. 당장 집으로 돌아가고 싶다. 하지만 밀랑에게
50프랑을 갖다바치기 위해 클럽으로 돌아가야만 한다. 그리고 또
다시 새로운 남자, 칵테일 주스 한 잔, 브라질에 대한 질문들, 호
텔, 또다시 샤워(이번 손님은 아무 말이 없다). 그녀는 클럽으로
다시 돌아간다. 밀랑이 수수료를 떼고는 말한다. 오늘 밤에는 손
님이 그리 많지 않으니 이제 가도 좋다고. 그녀는 택시를 타지 않
는다. 베른 가를 죽 따라 걸으며 다른 클럽, 시계 가게 진열장, 길
모퉁이에 있는, 닫혀 있는, 늘 닫혀 있는 성당을 구경한다. 아무도
그녀를 쳐다보지 않는다. 늘 그렇듯이.

추위 속을 걷는다. 차가운 공기를 느끼지 못한다. 울지도 않는
다. 번 돈을 생각하지도 않는다. 그녀는 일종의 몰아 상태에 빠져
있다. 어떤 사람들은 홀로 삶에 맞서기 위해 태어난다. 좋은 것도
나쁜 것도 아니다. 그게 삶이다. 마리아는 그런 사람들 중 하나다.

그녀는 그날 있었던 일에 대해 생각해보려고 애쓴다. 그녀는
이제 막 시작했다. 그런데 그녀는 자신이 이미 프로라고 느껴진
다. 마치 아주 오래 전부터 창녀였던 것만 같다. 평생 그 일을 해
온 것만 같다. 그녀는 자기 자신에 대해 이상한 사랑을 느낀다. 도
망치지 않은 자신이 뿌듯하다. 이제 계속 할 것인지 말 것인지를
결정해야 한다. 계속한다면, 그녀는 여태껏 살아오면서 한 번도
되어보지 못했던 것, 최고가 될 것이다.

삶은 그녀에게 강한 자만이 살아남는다는 것을 속성으로 가르쳐주었다. 강해지려면 최고가 되어야만 한다. 다른 해결책은 없다.

일 주일 후, 마리아의 일기.

나는 영혼을 담고 있는 육체가 아니다. 나는 '육체'라 불리는, 눈에 보이는 부분을 가진 영혼이다. 요 며칠 동안 나는 그 영혼을 아주 뚜렷이 느낄 수 있었다. 그 영혼은 아무 말도 하지 않았다. 날 비판하지도, 불쌍히 여기지도 않았다. 그냥 날 바라보기만 했다.

오늘 그 이유를 깨달았다. 내가 사랑을 생각하지 않은 지 아주 오래됐기 때문이다. 사랑은 마치 나는 열외라는 듯, 나한테서는 환영받지 못할 거라고 느끼기라도 하는 듯 날 피해다니는 것 같다. 하지만 사랑을 생각하지 않는다면 나는 아무것도 아닐 것이다.

내가 이틀째 코파카바나에 나가자, 사람들은 나를 인정하는 눈길로 바라보았다. 하룻저녁 일하고는 두 번 다시 나오지 않는 아가씨들이 부지기수인 것 같았다. 그 고비를 넘긴 여자는 그런 종류의 삶을 선택하게 만드는 어려움과 이유 또는 이유의 부재를 이해할 수 있기 때문에 그들의 동맹자, 동료로 인정받는다.

그들은 모두 어떤 존재를, 자기들 속에서 진정한 여자, 관능적인 동료, 친구를 발견하는 그런 존재를 만나기를 꿈꾼다. 하지만 그들은 새로운 만남의 첫 순간부터 알고 있다. 그런 일은 결코 일어나지 않으리라는 것을.

나는 사랑에 대해 써야만 한다. 사랑에 대해 생각하고, 또 생각하고, 쓰고, 또 써야 한다. 그러지 않으면 내 영혼은 사랑을 견뎌내지 못할 것이다.

사랑이 얼마나 중요한지 상관없이 마리아는 코파카바나의 첫 날 밤 동료가 해준 충고를 잊지 않았다. 그녀는 사랑을 일기장에만 감추어두려고 애쓸 생각이었다. 그리고 최고가 되어 단기간에 가능한 한 많은 돈을 벌고, 그 일에 대해 가능한 한 적게 생각하고, 그 일을 계속할 좋은 이유거리를 찾고자 애썼다.

그게 가장 어려운 문제였다. 이 일을 하는 진짜 이유를 찾는 것.

그럴 필요가 있었기 때문에 그 일을 했다. 아니다, 꼭 그렇지는 않다. 모든 사람이 돈을 벌고자 한다. 하지만 그렇다고 해서 모든 사람이 사회에서 완전히 소외되는 이런 종류의 삶을 선택하지는 않는다. 새로운 경험을 하고 싶어서 그 일을 했다. 정말? 세상은 쉽게 할 수 있는 경험들로 가득하잖은가. 하지만 그녀는 제네바 호수에서 수상 스키나 카누를 타는 따위의 일에는 일말의 호기심도 느끼지 못한다. 그녀는 더는 잃을 것이 아무것도 없기 때문에, 그녀의 삶이 실망의 연속이었기 때문에 그 일을 했다.

아니, 이 답변들 중 어느 것도 정답이 아니었다. 질문은 잊어버리고 그저 되는 대로 살아가는 편이 나았다. 그녀와 그녀가 그때까지 만난 여자들, 그리고 창녀들의 욕망은 많은 부분 일치했다. 그 여자들의 많은 꿈들 중에서 가장 큰 꿈은 결혼을 해서 안정된 삶을 사는 것이었다. 그 꿈을 버린 여자들은 이미 결혼을 했거나 (동료들의 3분의 1가량이 결혼한 상태였다), 최근에 이혼한 여자들이었다. 그래서 마리아는 자기 자신을 더 잘 이해하기 위해 동료들이 왜 그 직업을 선택했는지 알아내려고 노력했다.

그녀는 동료들에게 많은 질문을 했지만, 새로운 것은 전혀 발견할 수 없었다. 그녀는 있을 법한 대답의 목록을 작성했다.

1) 남편을 도와 가족을 먹여살려야 하기 때문에—그럼 질투는? 만약 남편의 친구가 손님이 된다면? 하지만 마리아는 그런 질문까지는 할 용기가 없었다.

2) 어머니에게 집을 사주고 싶어서—그녀 자신이 내세운 것과 똑같은, 어찌 보면 갸륵해 보이지만 가장 흔한 핑계였다.

3) 고향으로 돌아가는 비행기표 살 돈을 마련하기 위해—이미 비행기표 살 돈의 몇 배는 벌었으면서도, 행여 그 꿈이 실현될까 두려워 모은 돈을 서둘러 써버렸으면서도, 콜롬비아, 태국, 페루

그리고 브라질 여자들은 곧잘 이 핑계를 댔다.

4) 쾌락을 위해―그것은 아귀가 잘 맞지 않았다. 어딘지 모르게 거짓말처럼 들렸다.

5) 달리 할 일이 없어서―이것 역시 좋은 이유는 못 되었다. 청소부, 운전사, 요리사 등 스위스에는 마음만 먹으면 일자리는 얼마든지 있었다.

간단히 말해, 그녀는 어떠한 유효한 이유도 찾아내지 못했다. 그녀는 자신을 둘러싸고 있는 세계를 설명하려는 노력을 그만두었다.

그녀는 클럽 주인 밀랑의 말이 맞다는 것도 확인할 수 있었다. 더이상 어느 누구도 그녀와 몇 시간을 보내기 위해 천 스위스프랑을 지불하지 않았고, 그녀가 화대 350프랑을 요구했을 때 얼굴을 찌푸리는 손님도 없었다. 이미 정가를 알고 있는 것처럼. 화대를 물어보는 것은 아가씨에게 굴욕감을 줄 수도 있기 때문에, 그들은 바가지 쓰는 일을 피하기 위해서만 화대를 물었다.

한 아가씨가 그녀에게 조언했다.

"매춘은 다른 직업과는 달라. 신출내기가 많이 벌고, 베테랑이 적게 벌어. 그러니까 늘 신출내기인 척해."

마리아는 '특별손님'이 무엇인지 아직 몰랐다. 첫날 저녁 잠시 언급이 있었지만 더이상 어느 누구도 그 얘길 꺼내지 않았다. 그녀는 몇 가지 직업상의 요령을 터득해갔다. 예를 들어, 손님의 사생활에 대한 질문은 절대 하지 말 것, 웃기만 하고 말은 가능한 한 적게 할 것, 절대 나이트클럽 밖에서 약속을 정하지 말 것 등. 가장 중요한 조언은 니아라는 이름의 필리핀 여자가 해줬다.

"오르가슴 때 신음소리를 내야 해. 그래야 손님이 다음에 또 찾아."

"그건 왜? 자기들이 만족하려고 돈을 내는 건데."

"잘 알아둬. 사내는 발기를 함으로써 자신이 수컷이라는 걸 증명하는 게 아냐. 암컷에게 쾌감을 줄 수 있어야 수컷인 거야. 섹스가 직업인 창녀에게 쾌감을 줄 수 있다면, 그 수컷은 자기가 수컷 중의 수컷이라고 여길 거야."

그렇게 여섯 달이 흘러갔다. 마리아는 필요한 모든 것, 코파카 바나가 돌아가는 방식을 배웠다. 그 클럽은 베른 가에서 가장 비싼 업소에 속한다는 것, 손님들은 주로 거래처 사람들과 밖에서 저녁 식사를 한 뒤 집에 늦게 들어가는 기업체 간부들이라는 것, 하지만 귀가 시간이 열한시를 넘지는 않는다는 것 등.

그곳에서 일하는 창녀들은 대부분 열여덟에서 스물두 살 사이 였다. 대개 이 년 정도 일한 뒤 신참으로 교체되었다. 코파카바나에서 퇴출되면 '네온'으로, 그 다음엔 '제니움'으로 흘러갔다. 나이가 먹어갈수록 화대는 점점 깎였다. 일하는 시간 역시 줄어들었다. 그러다가 결국 그들은 30세 이상의 여자도 받아주는 '트로피컬 엑스터시'로 떠밀려갔다. 일단 거기까지 전락하면, 하루에 돈 없는 대학생 한둘 건져 입에 풀칠하고 월세나 내는 것이 고작이었다. 그들의 쇼트타임 평균 화대가 싸구려 와인 한 병 값에 불과했으니까.

마리아는 많은 남자들과 동침했다. 그녀는 그들의 나이, 그들이 입고 있는 옷에는 전혀 개의치 않았다. 그녀의 선택, '좋아요'나 '싫어요'는 그들이 풍기는 냄새에 따라 좌우됐다. 담배 냄새는 개의치 않았지만, 싸구려 향수를 쓰는 손님, 잘 씻지 않아 구질구질하거나 옷에 술냄새가 밴 손님은 끔찍하게 싫었다. 코파카바나는 평온한 곳이었고, 스위스는 아무 문제가 없는 체류증과 취업카드를 갖고 있고 사회보장제도 납입금만 꼬박꼬박 내면 창녀로서 일하기에는 세계에서 가장 좋은 나라였다. 밀랑은 자기 자식들에게 타블로이드 신문에 난 자기 이름을 읽게 하고 싶지 않다는 말을 입에 달고 살았다. 그는 자신이 데리고 있는 식구들의 상황을 점검하는 일에는 경찰관보다 더 엄격하게 굴었다.

첫째 밤 혹은 둘째 밤의 고비를 넘기고 나면, 그것 역시 고된 일과 치열한 경쟁 속에서 부대껴야 하는, 다른 것과 똑같은 직업이었다. 창녀들도 직업적인 경쟁력을 갖추려고 노력했고, 시간표를 준수했고, 스트레스를 받았고, 손님이 너무 많으면 짜증을 부렸고, 일요일에는 쉬었다. 창녀들은 대부분 기독교 신자였다. 그들은 자신이 믿는 신과의 약속에 따라 각기 다른 예배장소에 드나들며 기도를 올렸다.

마리아는 자신의 영혼을 잃지 않기 위해 일기를 붙들고 씨름했다. 그녀는 손님 다섯 중 하나는 성행위를 하기 위해서가 아니라 잠시라도 허심탄회하게 대화를 나누기 위해 그곳에 온다는 걸 알고는 깜짝 놀랐다. 그들은 음료값과 호텔비를 지불한 뒤, 방에 들어가 그녀가 옷을 벗으려고 하면 그럴 필요 없다고 말했다. 그들은 한없이 외로운데도 딱히 속내를 털어놓을 사람이 아무도 없다며 직장에서 받는 압력, 바람 피우는 아내에 대해 얘기하길 원했다.

　처음에 그녀는 그런 손님을 아주 이상하게 여겼다. 그런데 어느 날, 자신을 헤드헌터라고 소개하는 한 프랑스인과 호텔에 들었을 때, 그가 말했다.

　"세상에서 가장 외로운 사람이 누군지 아시오? 그건 직장생활에 성공해 상사와 부하직원들의 신임을 받으며 아주 높은 연봉을 받고, 가족과 휴가를 보내고, 퇴근 후에는 아이들의 학교 숙제를 도와주면서 아주 성실하게 살아가는데, 어느 날 불쑥 나타난 나 같은 사람한테 '지금 연봉의 두 배를 드릴 테니 직장을 한번 바꿔보지 않으시겠습니까?'라는 제안을 받게 되는 사람이오.

　행복의 모든 조건을 갖춘 사람이 돌연 지구상에서 가장 비참한 존재가 되는 거요. 왜냐고? 털어놓고 의논할 사람이 아무도 없기 때문이지. 내 제안에 마음이 끌리기는 하는데, 어떻게든 말리려 들 게 뻔한 직장동료들에게 얘기할 수도 없고, 남편이 직장에서 성공할 수 있도록 내조하느라 긴 세월을 보냈기 때문에 이제는 안정되게 살고 싶어할, 절대 위험을 무릅쓰려 하지 않을 아내에게 털어놓을 수도 없는 거지. 어느 누구에게도 자신의 문제를 털어놓을 수가 없는 거요. 자기 일생에서 가장 중대한 선택의 기로에 홀로 서 있게 되는 거지. 그 순간, 그 사람이 느끼는 걸 상상할 수 있겠소?"

아니, 그 사람은 세상에서 가장 외로운 존재가 아니었다. 지구상에서 가장 외로운 사람, 마리아는 그 사람을 알고 있었다. 그것은 그녀 자신이었다. 하지만 그녀는 그의 말에 동의했다. 팁을 후하게 받고 싶었으니까. 그리고 그녀는 그 순간 깨달았다. 손님들이 스트레스에 시달리고 있다는 것을. 그들이 받고 있는 그 엄청난 압력으로부터 그들을 해방시켜줄 수 있다면, 그건 한층 향상된 서비스가 될 것이고, 상당한 팁을 받을 가능성이 있었다.

영혼의 긴장을 풀어주는 것이 육체의 긴장을 풀어주는 것만큼 돈벌이가 될 수 있다는 것을 깨닫자마자, 그녀는 다시 도서관을 드나들기 시작했다. 그녀는 부부간의 문제, 일반심리학, 정치를 다룬 책들을 신청했다. 도서관 사서는 자신이 애정을 가지고 지켜보고 있는 마리아가 섹스에 관한 관심을 철회하고 좀더 진지한 주제들에 집중적인 관심을 보이자 몹시 기뻐했다. 마리아는 신문도 구독하기 시작했다. 손님들이 대부분 회사 중역이었기 때문에 경제란을 빼놓지 않고 읽었고, 대다수의 손님들이 그녀의 의견을 듣고 싶어하므로 심리상담에 관한 책들도 읽었다. 그들은 모두 이런저런 이유로 괴로워하고 있었다. 그래서 그녀는 사람의 감정에 대한 다양한 개론서들도 읽었다. 그렇게 마리아는 여느 창녀들과는 달리 대화를 나눌 만한 창녀라는 인정을 받았고, 6개월 만에 화대에 후한 팁까지 얹어주는 많은 단골들을 확보했다. 동료들은 그녀를 시샘하고 질투했지만, 한편으론 그녀의 수완에 찬사를 보내기도 했다.

섹스는 지금까지는 그녀의 삶에서 아무것도 아니었다. 그저 다리를 벌리고, 콘돔을 사용하도록 요구하고, 약간의 신음소리를 내고(니아가 알려준 덕분에 신음소리만 잘 내도 화대를 50프랑까지 더 받을 수 있었다), 물이 그녀의 영혼을 조금이나마 씻어낼 수 있도록 관계 후 즉시 샤워를 하는 것에 불과했다. 늘 그랬다. 키스는 용납하지 않았다. 창녀에게 키스는 다른 무엇보다도 성스러운 것이었다. 잠자는 숲속의 공주처럼, 키스는 그녀를 깨워내어 스위스가 다시 초콜릿, 젖소, 시계의 나라가 되는 동화 속의 세계로 돌아가게 해줄 사랑하는 사람을 위해 남겨둬야 한다고 니아가 알려줬다.

섹스의 쾌감도, 흥분도, 오르가슴도 없었다. 최고가 되려는 노력으로, 뭔가 유용한 것을 배울 수 있을지도 모른다는 기대로 포르노 영화를 몇 편 본 적도 있었다. 흥미로운 것들이 있었지만 손님들과 실행에 옮겨볼 용기는 나지 않았다. 무엇보다도 그러자면 시간이 많이 걸릴 텐데, 밀랑은 하룻저녁에 손님 세 명은 받기를 바랐다.

마리아는 6개월 만에 6만 스위스프랑을 저금했다. 조금은 고급스러운 식당에서 식사를 하기 시작했고, 한 번도 켜지는 않았지만 텔레비전도 샀다. 이제 그녀는 더 넓은 아파트로 이사하는 문제를 놓고 심각하게 고민하고 있었고, 이제는 책을 서점에서 사서 볼 수도 있었지만 도서관을 계속 드나들었다. 그녀에게 도서관은 세계의 본모습을 향해 나 있는 좀더 견고하고 좀더 지속적인 통로였다. 또한 마리아는 도서관에 가서 사서와 나누는 몇 분간의 짬을 무척 즐겼다. 스위스 사람들은 남의 일에는 좀처럼 간섭하지 않는 터라(그건 그녀가 보기엔 허위였다. 스위스인들도 코파카바나나 잠자리에서는 세상의 여느 민족들처럼 억압에서 벗어나 스스럼없이 굴거나 오히려 콤플렉스에 시달렸다), 사서는 아무 질문도 하진 않았지만 그녀가 사랑에 빠졌거나 일자리를 구한 모양이라고 생각하고 아주 기뻐했다.

따뜻했던 어느 일요일 오후, 마리아의 일기.

작든 크든, 거만하든 소심하든, 친절하든 냉정하든, 모든 남자에게는 한 가지 공통된 특징이 있다. 그들은 두려움에 휩싸여 코파카바나에 들어선다. 경험이 많은 사람들은 호기롭게 큰소리를 쳐 두려움을 감출 뿐이다. 감정을 감추지 못하는 소심한 사람들은 두려움이 사라지길 기대하며 술을 마신다. 하지만 나는 알고 있다. 내가 아직 접하지 못한, 밀랑이 아직 내게 소개해주지 않는 '특별손님' 같은 이들은 어떨지 몰라도 그들은 모두 두려워한다.

뭘 두려워하는 걸까? 두려움에 떨어야 할 사람은 바로 나다. 신체적인 힘도 무기도 없이 그들을 따라 낯선 장소로 가야 하는 나다. 남자들은 아주 이상하다. 코파카바나에 오는 남자들뿐만 아니라 지금까지 내가 만난 모든 남자들이 그렇다. 그들은 때릴 수도, 소리를 지를 수도, 위협할 수도 있다. 그런데 그들은 여자를 죽도록 두려워한다. 그 남자들의 어머니도 아니고, 결혼한 상대도 아니면서, 그들을 겁에 질리게 하고 온갖 변덕을 부려 마음대로 조종하는 여자가 있게 마련인 것이다.

제네바에 도착한 이후로 그녀가 만난 남자들은 자신이 세상과 자기 삶의 주인인 것처럼 자신만만하게 보이기 위해 무슨 짓이든 했다. 하지만 마리아는 그들의 눈에서 두려움을 읽었다. 아내에 대한 공포, 돈을 주고 산 창녀 앞에서조차 발기가 안 되면 어떡하나 하는 두려움, 진짜 수컷으로 보이지 못하면 어떡하나 하는 건잡을 수 없는 두려움. 가게에서 구두 한 켤레를 사도, 마음에 들지 않으면 영수증을 들고 찾아가 환불해달라고 요구할 수 있다. 하지만 돈을 주고 여자를 샀는데 발기가 되지 않아 일을 치르지 못했을 경우에는 소문이 났을까 두려워, 수치심 때문에 그 클럽에는 두 번 다시 발을 들여놓지 못할 것이다.

　"부끄러워해야 할 사람은 난데, 오히려 그들이 부끄러워해."

마리아는 그들을 편하게 해주려고 노력했다. 손님이 지나치게 취했거나 피곤해 보이면, 삽입을 피하고 애무와 마스터베이션에 집중했다. 마스터베이션이라면 혼자서도 충분히 할 수 있는 만큼 이상한 상황이긴 했지만, 손님들은 그녀의 서비스에 아주 큰 만족감을 표시했다.

무엇보다 그들이 수치심을 느끼지 않도록 늘 배려해야 했다. 부하직원, 고객, 납품업자, 편견, 비밀, 거짓, 위선, 두려움, 압력이 끊임없이 난무하는 직장에서 그토록 영향력 있고 거만한 그 남자들이 나이트클럽에 와서 하루를 마감하는 것이다. 하룻밤 동안 그들 자신이 아닌 다른 사람이 되기 위해 350스위스프랑쯤 낭비하는 것은 그들에겐 아무것도 아니었다.

"하룻밤? 마리아, 과장을 해도 정도껏 해야지. 그건 사십오 분 정도에 불과해. 아니, 옷 벗고, 예의상 애정 어린 몸짓을 하고, 하나마나한 대화 몇 마디 나누고, 다시 옷 입는 시간을 빼면, 섹스를 하는 시간은 고작 십일 분밖에 안 되잖아."

11분. 겨우 11분을 축으로 세상이 돌아가고 있었다.

하루 24시간 중 그 11분 때문에(말도 안 되는 소리긴 하지만, 모든 사람이 매일 밤 아내와 사랑을 나눈다고 가정할 때) 결혼을 하고, 가족을 부양하고, 아이들의 울음을 참아내고, 늦게 귀가하게 되면 이런저런 핑계를 대고, 함께 제네바 호숫가를 거닐고 싶은 수십 수백 명의 다른 여자들을 훔쳐보고, 자신을 위해 값비싼 옷을, 그 여자들을 위해서는 더 비싼 옷을 사고, 채우지 못한 것을 채우기 위해 창녀를 사고, 피부관리, 몸매관리, 체조, 포르노 등 거대한 산업을 먹여살리고 있는 것이다. 그리고 일반적인 주장과는 달리 남자들끼리 만나면 여자 얘기는 하지 않았다. 그들은 일, 돈, 스포츠에 관한 얘기만 했다.

인류문명에 뭔가 문제가 있었다. 그 문제는 신문에서 떠들어대는 것과는 달리 아마존의 삼림훼손도, 오존층 파괴도, 판다의 멸종도, 담배도, 암을 유발하는 음식도, 감옥 내의 열악한 환경도 아니었다. 그것은 바로 그녀가 종사하는 직업, 바로 섹스였다.

물론 마리아가 여기서 그 일을 하는 것은 인류를 구하기 위해서가 아니었다. 은행통장에 돈을 채우고, 자신이 내린 선택에 따라 고독한 6개월을 살아내고, 엄마에게 정기적으로 생활비를 보내고 (그 동안 돈을 받지 못한 이유가 스위스 우체국이 브라질 우체국만큼 잘 돌아가지 않아서라는 걸 알고는 엄마는 몹시 놀랐다), 늘 꿈꾸어왔지만 한 번도 가져보지 못한 것들을 손에 넣기 위해서였다. 이미 여름이었지만 그녀는 중앙난방이 되고, 창문을 통해 교회와 일본식당과 슈퍼마켓 그리고 그녀가 매일 신문을 읽으며 커피를 마시는 분위기 좋은 카페가 내려다보이는, 좀더 안락한 아파트로 이사했다. 게다가, 스스로 다짐한 것처럼 이 진부한 생활도 앞으로 6개월만 더 하면 끝이었다. 코파카바나, 한잔 하시겠어요, 춤, 브라질에 대해 어떻게 생각하세요, 호텔, 선불, 대화, 정확한 성감대를 건드려주기, 영혼과 육체의, 특히 영혼의 내밀한 문제에 도움을 주기, 30분 동안 친구가 되어주기, 그중 11분은 다리를 벌린 채로, 그리고 다리를 조이기, 쾌감을 느끼는 척 신음소리를 내기, 고마워요, 다음주에도 또 만났으면 좋겠어요, 당신은 진짜 사나이예요, 나머지 이야기는 다음번에 만나 마저 들어드릴게요, 후한 팁, 어머 뭘 이렇게 많이, 당신과 함께해서 정말 즐거웠어요.

그러나 결코 사랑에 빠져서는 안 되었다. 그것이 한 브라질 아가씨가 자취를 감추기 전에(아마도 그녀 자신이 사랑에 빠졌기 때문일 것이다) 마리아에게 해준 충고들 중 가장 중요하고 분별 있는 충고일 터였다.

일을 시작한 지 2개월 만에 여러 사람이 마리아에게 청혼을 해왔는데, 적어도 그중 셋은 아주 진지했다. 회계회사 이사, 첫날 밤함께 나갔던 항공사 기장, 그리고 주머니칼과 대검을 파는 칼 전문 가게 주인이었다. 그들 셋 모두 그녀를 '여기서 꺼내주겠다'고, 정상적인 가정과 미래, 자식과 손자들을 주겠다고 약속했다.

그 모든 걸, 하루에 단 11분을 위해! 세상에나! 코파카바나에서 경험을 쌓은 마리아는 이제 자신만 외로운 게 아니라는 사실을 깨달았다. 인간은, 갈증은 일 주일을, 허기는 이 주일을 참을 수 있고, 집 없이 몇 년을 지낼 수 있다. 하지만 외로움은 참아낼 수 없다. 그것은 최악의 고문, 최악의 고통이다. 그 남자들, 그리고 그녀와 함께 지내고자 했던 다른 모든 남자들도 그녀처럼 파괴적인 감정, 자신이 이 땅 위에 사는 어느 누구에게도 중요하지 않다는 느낌에 시달리고 있었다.

사랑의 유혹을 피하기 위해 마리아는 온 마음을 일기에 쏟아부었고, 오직 육체와 두뇌만 가지고 코파카바나에 들어섰다. 두뇌가 명석해짐에 따라 감각도 예민해졌다. 그녀는 자신이 어떤 특별한 이유 때문에 제네바에 왔고, 이곳 베른 가에까지 흘러들었다고 스스로를 확신시키기에 이르렀다. 도서관에서 책을 빌릴 때마다 그녀는 그 사실을 확인할 수 있었다. 하루 중 가장 중요한 그 11분에 대해 제대로 글을 쓴 사람은 아무도 없었다. 힘들어 보이긴 했지만, 아마도 그것이 그녀의 운명인 것 같았다. 책을 쓰는 것, 자신의 사연, 자신의 모험을 이야기하는 것.

그랬다. 그건 모험이었다. 사람들은 대부분 직접 모험을 벌이기보다는 텔레비전에서 끊임없이 틀어주는 영화들을 통해 모험을 구경하길 더 좋아했다. 어느 누구도 감히 입 밖에 내지 못하는 금지된 낱말이긴 했지만 그녀가 찾고 있는 것은 바로 그것이었다. 사막, 미지의 세계를 향해 떠나는 여행, 강 한가운데를 떠가는 배 위에서 말을 거는 정체를 알 수 없는 남자들, 비행기, 영화 스튜디오, 인디언, 빙하, 아프리카……

책을 쓴다는 생각은 그녀를 흥분시켰다. 제목도 생각해두었다. '11분'.

그녀는 손님들을 세 가지 범주로 분류하고, 영화 제목을 따서 명명했다. 클럽에 들어설 때 이미 술냄새를 풍기는 '터미네이터' 형. 그들은 아무에게도 신경 쓰지 않는 척하지만 실은 모든 사람의 눈길을 의식하고, 춤은 추는 둥 마는 둥 다짜고짜 호텔로 가자고 한다. 그리고 '귀여운 여인'형, 자신이 과시하는 선의에 의해 세상이 원만하게 돌아가기라도 하는 양 우아하고 친절하고 다정하게 보이고자 하는 그들은 마치 산책하다 우연히 들른 척하며 클럽에 들어선다. 그들은 처음에는 부드럽지만 호텔에 도착할 때쯤 되면 어딘지 모르게 불안해 보였고, 나중에는 터미네이터들보다 더 까다롭게 굴었다. 마지막으로 여자의 몸을 상품처럼 취급하는 '대부'형, 그들은 겉과 속이 다르지 않았다. 그들은 춤을 추었고, 말을 했고, 좀처럼 팁을 주지 않았고, 자신이 치른 돈의 가치를 알고 있었고, 자신이 택한 여자와의 대화에 결코 이끌려들어가지 않았다. 어떤 의미에서는, 그들이야말로 모험을 아는 남자들이었다.

생리 때문에 일하러 나가지 않은 날, 마리아의 일기.

오늘 누군가에게 내 삶을 이야기해야 한다면, 나는 그 사람이 나를, 자립적이고 용감하고 행복한 여자로 여기게끔 말할 수도 있을 것이다. 하지만 그건 사실이 아니다. '11분'들보다 우위에 있는 유일한 낱말, 사랑에 대해 언급하는 것이 나에겐 금지되어 있기 때문이다.

나는 이때껏 사랑을 자발적인 노예상태로 여겨왔다. 하지만 그건 진실이 아니다. 자유는 사랑이 있을 때에만 존재하니까. 자신을 전부 내주는 사람, 스스로 자유롭다고 느끼는 사람은 무한하게 사랑할 수 있다.

그리고 무한하게 사랑하는 사람은 자기가 자유롭다고 느낀다.

따라서 내가 아무리 많은 것을 경험하고, 실천하고, 발견하더라도 그것들은 아무런 의미도 없다. 내가 다시 나 자신을 찾아 떠날 수 있도록, 나를 진정으로 이해하는, 나에게 고통을 주지 않는 남자를 만날 수 있도록 이 순간이 빨리 지나갔으면 좋겠다.

내가 지금 무슨 말도 안 되는 소리를 지껄이고 있는 거야? 사랑한다면, 어느 누구도 다른 사람에게 상처를 줄 수 없다. 각자가 느끼는 것은 각자의 책임일 뿐, 그것을 다른 사람의 탓으로 돌려서는 안 된다.

나는 사랑했던 남자들을 잃었을 때 상처를 받았다고 느꼈다. 하지만 오늘, 나는 확신한다. 어느 누구도 타인을 소유할 수 없으므로 누가 누구를 잃을 수는 없다는 것을.

진정한 자유를 경험한다는 것은 이런 것이다. 세상에서 가장 소중한 것을, 소유하지 않은 채 가지는 것.

또다시 석 달이 지나갔다. 가을이 왔고, 달력에 표시해둔 날이 돌아왔다. 고향으로 돌아가기 90일 전. 마리아는 모든 것이 아주 빨리 그리고 아주 천천히 흘러갔다고 생각했다. 시간은 그녀가 느끼기에 따라 빠르게도, 느리게도 흘러갔지만 그녀의 모험은 어쨌거나 끝이 나게 되어 있었다. 물론 계속할 수도 있었다. 하지만 호숫가를 산책할 때 그녀를 따라다니며 세상은 그리 간단치 않다고 일러주었던 눈에 보이지 않는 여자의 서글픈 미소를 그녀는 잊지 않았다. 계속하고픈 유혹을 느끼기도 했고 온갖 난관을 헤치고 나갈 각오도 되어 있었지만, 홀로 산 그 몇 달을 통해 마리아는 모든 것에는 그만두어야 하는 때가 있다는 것을 배웠다. 돈도 기대했던 것보다 훨씬 더 많이 벌었다. 90일 후면 브라질로 돌아가 자그마한 농장을 사고, 스위스 젖소가 아닌 브라질 암소 몇 마리를 사고, 일꾼 둘을 고용하고, 부모님을 모시고 살 생각이었다.

진정한 자유란 사랑을 통해서만 경험할 수 있고, 어느 누구도 다른 존재를 소유할 수는 없다고 생각하지만, 마리아는 고향에 돌아가 세상에 복수하고자 하는 비밀스런 욕망을 여전히 가슴속에 품고 있었다. 그녀는 꿈꿨다. 농장을 구입한 후 시내로 나가, 그녀를 버리고 그녀와 친했던 친구와 사귄 청년이 일하는 은행에 들를 것이다. 그리고 그가 심어준 첫키스의 기억을 떠올리며 거금을 예치할 것이다. 청년은 그녀를 알아보고 인사할 것이다. "안녕, 어떻게 지냈어. 너, 나 모르겠니?" 그녀는 기억을 더듬는 척하다가 모르겠다고 말하고, 그의 동료들이 모두 들을 수 있도록 큰 소리로 또박또박하게 유럽, 아니 세계 최고의 은행들이 자리잡고 있는 스위스(프랑스보다 훨씬 더 이국적이고 모험이 가득한 곳으로 들리게끔 발음하면서)에서 한 해를 보내고 왔다고 말할 것이다. "그런데 누구시더라?"

그는 고등학교 시절을 언급할 것이고, 그래도 그녀는 여전히 그가 누군지 기억해내지 못한 듯한 표정을 지으며 말할 것이다. "아! 그래, 기억날 것 같아."

자, 복수는 그쯤이면 됐고 다시 일을 시작해야 하리라. 사업이 예상대로 진행된다면, 그녀는 그녀 자신에게 가장 중요한 일, 오랜 세월 동안 그녀를 기다렸지만 아직 그녀가 만나지 못한 남자,

운명적인 사랑을 찾는 일에 전념할 수 있을 것이다.

마리아는 '11분'이라는 제목의 책을 쓰는 일을 영원히 잊지 않기로 마음먹었다. 그녀는 이제 농장 일에, 미래의 계획들에 집중하고자 했다. 그러지 않으면 귀향을 미루게 되는 치명적인 위험에 직면할지도 몰랐다.

그날 오후, 그녀는 가장 친한, 그리고 유일한 친구인 도서관 사서를 만나러 갔다. 마리아는 그녀에게 목축과 농장 경영에 관심이 있다고 말하고 그 일에 도움이 될 만한 책들을 소개해달라고 부탁했다. 사서가 그녀에게 조심스레 털어놓았다.

"실은 몇 달 전 당신이 섹스에 관한 책을 찾으러 왔을 때, 말은 안 했지만 걱정을 많이 했어요. 예쁜 아가씨들은 언젠가는 자기도 나이가 들고, 그러면 평생을 함께할 남자를 만날 기회를 영영 놓치고 만다는 사실은 망각한 채 돈의 유혹에 넘어가는 경우가 많거든요."

"매춘을 말씀하시는 건가요?"

"그 말은 좀 심하네요."

"말씀드리지 않았나요, 전 육류 수출입 회사에서 일한다고. 그리고 설령 매춘을 하고 싶은 생각이 있다 해도, 적절한 시기에 그 일을 그만둔다면, 결과가 그렇게 심각할까요? 젊었을 때는 누구나 실수를 하는 법이잖아요."

"마약 하는 사람들이 늘 그렇게 말하죠. 적절한 시기에 끊기만

하면 된다고. 하지만 아무도 그만두지 못해요."

"아줌마는 젊었을 때 아주 미인이었을 것 같아요. 부유한 나라에서 태어났고요. 그것만으로 충분히 행복했나요?"

"난 내가 난관을 극복하며 살아온 걸 자랑스럽게 생각하고 있어요."

사서는 잠시 생각했다. 마리아에게 자기 이야기를 해줄까 하고. 그래, 이 아가씬 삶에 대해 좀 배워야 할 필요가 있어.

"난 행복한 어린 시절을 보냈어요. 베른에서 제일 좋은 학교에서 공부했고, 일 때문에 제네바에 왔다가 한 남자를 만나 사랑에 빠졌어요. 그 사람과 결혼했죠. 난 그를 위해서라면 뭐든지 했고, 그 역시 날 위해서라면 뭐든지 했어요. 그렇게 시간이 흘러갔고, 우린 은퇴를 했어요. 그런데 원하던 것을 할 수 있는 여유가 생기자, 그의 눈길이 우울하게 변해갔어요. 아마 평생 자기 자신에 대해서는 생각해본 적이 없었기 때문일 거예요. 우린 심각하게 다툰 적도 없었고, 격심한 감정적 동요를 겪은 적도 없었어요. 그가 날 속이고 바람을 피운 적도 없었고, 남들 보는 앞에서 날 면박한 적도 없었어요. 우린 평범한 삶을 살았죠. 너무나 평범해서였는지 직장을 떠난 그는 자신이 쓸모없고 보잘것없는 존재라고 느꼈어요. 그리고 일 년 후 암으로 세상을 떠났어요."

그녀는 오로지 진실만을 말하고 있었다. 하지만 그 말은 앞에 있는 아가씨에게 부정적인 영향을 끼칠 수도 있었다.

"아무리 그렇다 해도 굴곡 없는 평탄한 삶이 나아요. 그렇지 않았다면, 아마 남편은 더 일찍 죽었을 거예요."

사서가 결론지었다.

마리아는 농장 경영에 대해 열심히 공부하기로 마음먹고 책들을 팔에 낀 채 도서관을 나왔다. 오후 시간이 비어 있었기 때문에 그녀는 천천히 산책을 했다. 도시 고지대를 지나던 그녀는 태양이 하나 그려져 있고 '산티아고의 길'이라고 씌어 있는 노란 표지판을 우연히 보았다. 저게 뭐지? 마침 건너편에 카페가 하나 있었다. 그녀는 카페에 들어가 종업원에게 그것이 무엇인지 물어보았다. 그녀는 이제 모르는 게 있으면 뭐든지 물어보는 습관이 들어 있었다.

"저도 잘 모르겠는데요."

카운터에 앉아 있던 아가씨가 대답했다.

아주 고급스러운 카페였다. 커피가 다른 집보다 세 배나 비쌌다. 하지만 그녀에겐 돈이 있었고, 이왕 들어왔으니 커피를 주문하고 남은 시간을 농장 경영에 관한 공부를 하면서 보내기로 마음먹었다. 그녀는 들뜬 마음으로 책을 펼쳤지만 내용이 너무 지루해 독서에 열중할 수가 없었다. 차라리 농장 경영에 관해 자신의 손님들과 이야기해보는 게 더 나을 것 같았다. 그들은 돈을 관리하는 최선의 방법을 알고 있는 사람들이니까. 그녀는 커피값을 꺼내 탁자 위에 올려놓고, 일어나서 종업원에게 인사하고, 팁을 넉넉하게 주고(팁에 관해서 그녀는 주는 만큼 받을 거라는 미신적인 생각을 갖고 있었다), 문을 향해 걸어갔다. 마리아는 그때 자신을 부르는 한마디를 들었다. 그 부름의 중요성을 알지 못한 채, 그녀의 계획들, 그녀의 미래, 그녀의 농장, 그녀의 행복관, 그녀의 여성적인 영혼, 그녀의 남성적인 태도, 세계 속에서 그녀가 점하고 있는 위치를 영영 바꾸어놓을 한마디를.

"잠깐만요."

그녀는 깜짝 놀라 소리가 들려온 곳을 비스듬히 쳐다보았다. 그곳은 점잖은 장소였다. 남자들이 그런 말을 할 수 있는 코파카바나가 아니었다. "난 갈 거니까 붙잡지 말아요"라고 대답하는 것은 코파카바나에서도 여자들 자유지만.

그녀는 그 말을 무시하려 했지만 호기심을 억누를 수 없었다. 그녀는 목소리가 들려온 방향을 향해 몸을 돌렸다. 그리고 아주 이상한 장면을 목격했다. 서른 살가량 된, 젊은이라 해야 할까? 주로 나이든 남자들만 상대해온 그녀에게는 젊게 보이는 긴 머리의 남자가 옆에 붓들을 잔뜩 늘어놓고 무릎을 꿇은 채, 아니스 칵테일 한 잔을 앞에 놓고 의자에 앉아 있는 한 신사의 초상을 그리고 있었다. 카페에 들어설 때는 미처 보지 못한 사람들이었다.

"가지 말아요. 이걸 끝내고 당신 초상화도 그리고 싶어요."

"전 관심 없어요."

마리아는 대답했다. 그녀는 대답을 함으로써 우주에 빠져 있던 하나의 고리를 창조했다.

"당신한텐 빛이 있어요. 스케치라도 하게 해줘요."

스케치? 그게 뭐지? 그리고 '빛'은 또 뭐야? 하지만 그녀는 허영심 많은 여자였다. 상상해보라. 저렇게 진지해 보이는 남자에게 초상화 모델 제의를 받다니! 그녀는 가슴이 두근거렸다. 만약 저 사람이 유명한 화가라면? 그녀는 불멸의 여인으로 화폭 위에 영원히 남게 될 것이다! 그리고 또 그 그림이 파리 혹은 브라질의 살바도르*에 전시된다면? 그녀는 전설이 될 것이다!

그런데 저 사람은 이렇게 고급스러운, 명사들만 드나드는 듯한 카페에 저 난장판을 벌여놓고 도대체 뭘 하고 있는 걸까?

그녀의 속내를 짐작한 여자 종업원이 속삭였다.

"아주 유명한 화가예요. 이곳에 가끔씩 들르는데, 올 때마다 아주 유명한 사람을 데려와요. 여기 실내장식이 마음에 든대요. 영감을 준다나 어떤다나. 시에서 주문을 받아 제네바를 대표하는 인사들의 초상화를 그린대요."

그녀의 직감이 들어맞았다. 마리아는 마음을 가라앉히려고 노력했다.

제네바를 대표하는 인사들? 마리아는 모델인 신사를 쳐다보았

---

* Salvador. 브라질 북동부 바이아 주의 주도(州都).

다. 종업원은 이번에도 그녀의 생각을 알아차렸다.

"그리고 저 신사분은 혁명적인 발견을 한 화학자예요. 노벨 화학상을 수상하신 분이죠."

"가지 말아요."

화가가 다시 한번 반복해 말했다.

"오 분이면 끝나요. 마시고 싶은 게 있으면 뭐든 마셔요. 내가 살 테니."

마리아는 마치 최면에 걸린 것처럼 탁자로 다시 가서 앉아 노벨상 수상자가 한 대로 아니스 칵테일 한 잔을 주문하고는 사내가 작업하는 것을 바라보았다. '난 제네바의 유명인사가 아니야. 저 남자, 나한테 다른 속셈이 있는 게 분명해. 하지만 저 사람은 내가 좋아하는 타입이 아냐.' 그녀는 코파카바나에서 일을 시작한 후로 자신에게 늘 주입시켜온 것을 다시 한번 무의식적으로 반복했다. 그것은 그녀의 구명 튜브였고, 사랑의 함정에 빠지지 않기 위한 자발적이고 의도적인 포기였다.

이 점을 분명히 하자, 조금 기다리는 것쯤 못 할게 뭐랴 싶었다. 종업원의 말이 사실이라면, 그녀가 늘 꿈꾸었던 미지의 세계로 들어가는 문을 그 사내가 열어줄 수도 있었다. 어쨌거나 모델로 성공하고자 꿈꾼 적도 있지 않았던가?

그녀는 사내의 작업을 관찰했다. 그는 능숙하고 신속하게 그림을 마무리하고 있었다. 아주 큰 그림이었는데, 거의 가려져 있어서 마리아에게는 다른 부분들이 보이지 않았다. 그녀에게 새로운 기회가 찾아온 건 아닐까? 사내는 오로지 그녀와 하룻밤을 보내기 위해 그런 제안을 할 사람 같아 보이지는 않았다. 그녀는 그를 젊은이가 아니라 사내라 부르기로 마음먹었다. 그러지 않으면 이 나이에 너무 늙어버린 듯한 기분이 들 것 같았다. 오 분 후, 사내는 약속대로 일을 끝마쳤고, 그 사이 마리아는 자신의 계획들을 망쳐놓을 위험이 있는 새로운 만남을 가져봤자 이로울 게 하나도 없다며 스스로를 설득하고 있었다.

"감사합니다, 이제 움직이셔도 됩니다."

막 꿈에서 깨어난 듯한 표정을 짓고 있는 화학자에게 화가가 말했다. 그러고는 마리아를 돌아보며 스스럼없이 주문했다.

"저 구석에 가서 앉아요, 될 수 있는 대로 편한 자세로. 빛이 완벽해요."

마치 모든 것이 운명에 의해 결정되어 있는 것처럼, 이것이 더없이 자연스러운 일인 것처럼, 그녀가 평생 이 남자와 함께 지냈거나 혹은 꿈속에서 이 순간을 이미 살아보았기 때문에 자신이 지금 무엇을 어떻게 해야 하는지 정확히 꿰뚫고 있는 것처럼, 마리아는 아니스 잔과 가방과 책을 집어들고 그가 가리킨 창가의 테이블을 향해 걸어갔다. 그는 붓, 캔버스, 다양한 색깔의 물감이 들어 있는 유리병들, 그리고 담배 한 갑을 옮겨놓은 뒤, 그녀 옆에 무릎을 꿇고 앉았다.

"그 자세로 가만히 있어요."

"무리한 요구네요. 끊임없이 움직이는 게 제 삶이라서."

그녀는 말하고 나서 스스로 재치 넘치는 표현이라고 생각했지만, 그는 그 말에 전혀 주의를 기울이지 않았다. 사내의 눈길이 불편했기 때문에 마리아는 가능한 한 자연스럽게 보이려고 애쓰면서 창 밖의 거리와 표지판을 가리켰다.

"산티아고의 길이라는 게 도대체 뭐죠?"

"순례의 길이에요. 중세 때 전 유럽에서 온 순례자들이 스페인의 산티아고 데 콤포스텔라*에 가기 위해 이 길을 지났죠."

그가 캔버스를 펴고 붓을 준비했다. 마리아는 여전히 뭘 어떻게 해야 할지 알 수가 없었다.

"저 길을 따라가면 스페인에 가 닿게 되나요?"

"한 두어 달 걸릴 걸요. 걸어가면 말이죠. 그런데 부탁 하나만 해도 될까요? 입 좀 다물어주세요. 십 분 이상 걸리지 않을 테니까. 그리고 테이블 위에 있는 그건 뭐죠? 그것 좀 치워줘요."

"책이에요."

사내의 명령투의 말에 은근히 화가 난 마리아가 대꾸했다. 자

---

* 스페인 북서부 갈리시아 지방 라코루냐 주에 있는 종교도시. 예수의 열두 제자 중 한 사람인 야고보가 묻힌 곳이라 하여 중세 유럽 최대의 순례지로 번영하였다.

기 앞에 앉아 있는 여자가 도서관을 드나드는 교양 있는 여자라는 걸 알리고 싶었다. 하지만 그는 양해도 구하지 않고 직접 책을 집어 바닥에 내려놓았다.

그녀는 그에게 강한 인상을 남기는 데 실패했다. 특별히 강한 인상을 남기고 싶었던 것도 아니지만. 하긴 지금 직업상 여기 앉아 있는 것이 아니니, 매력은 자신의 노력에 대한 대가를 후하게 지불해주는 남자들을 위해 아껴두는 편이 나았다. 내가 왜 저 화가와 인연을 맺어야 하지? 서른 살이나 된 남자가 머리를 길게 기르고 있는 것도 꼴불견이었다. 그녀는 왜 그가 돈이 없는 사람이라고 생각했을까? 카페 여종업원은 그가 유명한 사람이라고 했다. 아니, 저 화학자가 유명하다는 뜻이었을까? 그녀는 그의 옷차림을 살펴보았다. 하지만 옷만 봐서는 아무것도 알 수 없다. 삶은 그녀에게 가르쳐주었다. 아무렇게나 차려입은 사람들이 실은 정장에 넥타이를 맨 사람들보다 훨씬 더 부자라는 사실을.

'내가 저 남자 생각은 왜 하지? 내가 관심 있는 건 그림인데.'

십 분. 화폭 위에 불멸의 여인으로 남을 수 있다면 그 정도 시간쯤은 얼마든지 내줄 수 있었다. 그녀는 그가 노벨상을 수상한 화학자 옆에 자신을 그려넣고 있다는 것을 알아차렸다. 그래서 혹 그가 어떤 형태로든 대가를 요구하지 않을지 걱정스러웠다.

"창문 쪽으로 고개를 돌려요."

그녀는 평소와는 달리 아무 질문도 하지 않고 그의 명령에 따

랐다. 그녀는 행인들과 산티아고의 길 표지판을 바라보며 그 길
이 수세기 전부터 거기 있었고, 오랫동안의 진보, 세계와 인간의
변화에도 살아남았다는 것을 생각했다. 좋은 징조가 아닐까? 이
그림 역시 똑같은 운명을 거쳐 오백 년 후 어느 미술관에 전시될
수도 있다……

사내가 그림을 그리기 시작했다. 작업이 진전될수록 마리아는
처음 가졌던 흥분을 조금씩 잃어갔고, 자신이 초라하게 느껴졌
다. 이 카페에 들어설 때, 마리아는 고향으로 돌아가 농장을 경영
하기 위해 한창 벌이가 좋은 직업을 그만둘 결정을 내릴 수 있는
자신만만한 여자였다. 그런데 지금 그녀는 또다시, 한낱 창녀에
게는 사치라고 할 수 있을지 모르지만, 불안정한 자신을 느끼고
있었다.

그녀는 마침내 그 이유를 찾아냈다. 몇 달 만에 처음으로 그녀
를 하나의 대상이나 여자로서가 아니라 뭐라 표현할 수 없는 다
른 방식으로 바라보고 있는 눈길을 느낀 것이다.

'그는 내 영혼, 내가 느끼는 두려움, 나의 연약함, 삶을 스스로
지배하는 척하지만 실상은 전혀 알지 못하는, 세상과 싸우기엔
턱없이 부족한 내 능력을 바라보고 있어.'

말도 안 되는 소리, 또 실없는 생각을.

"저기요……"

"제발 입 좀 다물어요."

사내가 말했다.

"지금 당신의 빛이 보이고 있으니까."

그녀에게 그런 말을 한 사람은 아무도 없었다. "가슴이 정말 탱탱하군" "허벅지가 정말 매끈해" "열대의 이국적인 아름다움이 엿보여" 따위. 또는 기껏해야 "보아하니 이 생활에서 벗어나고 싶어하는군. 나에게 기회를 준다면 당신에게 아파트를 한 채 장만해주겠소." 그녀에게 익숙한 말은 이런 것들이었다. 그런데…… 나한테 빛이라니? 석양이 나를 비추고 있다는 말일까?

"당신만의 빛 말이오."

자기가 한 말을 그녀가 전혀 이해하지 못하는 걸 알아차린 화가가 덧붙였다.

나만의 빛? 그렇다면 서른 살이나 먹었으면서도 삶에 대해 아무것도 모르는 이 덜떨어진 화가보다 현실에서 더 유리된 사람은 없을 것이다. 잘 알려져 있는 바와 같이, 여자는 남자보다 훨씬 더 빨리 성숙한다. 그리고 철학적인 문제로 고민하느라 밤을 새지는 않지만 마리아는 적어도 한 가지는 확실히 알고 있었다. 화가가 '빛'이라 불렀고, 그녀가 나름대로 '특별한 광채'로 해석한 그것을 마리아 자신은 갖고 있지 않다는 것을. 그녀는 여느 사람들과 똑같은 사람이었다. 그녀는 묵묵히 외로움을 견디고 있고, 자신이 한 모든 행위를 정당화하려고 애썼다. 약할 때는 강한 척했고, 자신이 강하다고 느낄 땐 약함을 가장했다. 직업이 직업이니

만큼 모든 정열을 포기하기는 했지만, 목표에 근접한 지금에 와서는 미래에 대한 계획과 과거에 대한 후회를 곱씹고 있었다. 그런 상황에 처한 존재에게 '특별한 광채' 같은 게 있을 리 없었다. 그건 그저 멍청이처럼 입 다물고 가만히 있으라는 뜻으로 한 말이 분명했다.

'당신만의 빛이라니! 다른 말을 고를 수도 있었잖아. "옆모습이 참 예쁘네요"라든가.'

집 안에 빛이 어떻게 들어오지? 활짝 열린 창을 통해서. 한 사람 속으로는 빛이 어떻게 들어오지? 사랑의 문을 통해서. 열려 있기만 하다면. 그런데 그녀의 문은 닫혀 있지 않은가. 진심으로 한 말이라면, 그는 통찰력 없는 삼류 화가가 분명했다.

"끝났어요."

그가 말했다.

마리아는 움직이지 않았다. 그림이 보고 싶었지만, 보여달라고 하면 교양 없다고 할까봐 조심스러웠다. 하지만 호기심이 더 컸다. 그녀가 부탁하자 그가 그림을 보여주었다.

그가 그린 것은 그녀의 얼굴뿐이었다. 그녀와 흡사하긴 했지만, 모델이 누구인지 모르고 봤다면 그녀가 거울을 통해서는 볼 수 없는 '빛'으로 가득한, 그녀보다 훨씬 강한 다른 사람이라고 생각했을 것이다.

"내 이름은 랄프 하르트요. 한 잔 더 하겠어요?"

"아뇨, 괜찮아요."

만남은 이제 슬프도록 예측 가능한 단계로 접어들고 있었다. 남자는 여자를 유혹하려 시도하는 것이다.

"여기 아니스 칵테일 두 잔 더 주세요."

그녀의 대답에는 아랑곳하지 않고 그가 음료를 주문했다.

그녀에게 달리 할 일이 뭐가 있는가? 농장 경영에 관한 지루한 책을 읽거나 이미 수백 번은 했을 호숫가 산책을 하느니, 그녀의 '실험'이 막바지로 접어드는 지금, 그녀로서는 도무지 정체를 알 수 없는 빛을 그녀에게서 봤다는 남자와 잡담을 나누는 것도 괜찮을 것 같았다.

"무슨 일을 하시죠?"

사내가 물었다.

누군가 그녀에게 접근해왔을 때, 스위스 사람들은 남의 일에 관여하는 것을 꺼리기 때문에 그런 경우는 극히 드물었지만, 새로운 만남을 실패로 돌아가게 만들었던, 할 수만 있으면 그녀가 피하고 싶어하는 질문이 떨어졌다. 뭐라고 대답할 수 있을까?

"나이트클럽에서 일해요."

주사위는 던져졌다. 어깨를 짓누르는 무거운 짐을 벗어던져버린 것처럼 홀가분했다. 질문을 하고(쿠르드인들은 어디서 왔죠? 산티아고의 길이라는 게 도대체 뭐죠?) 타인의 반응에 전혀 신경 쓰지 않고 대답하는 것(나이트클럽에서 일해요), 그것이 그녀가 스위스에 발을 디딘 이래 배운 모든 것이었다.

"전에 본 적이 있는 것 같아요."

마리아는 그가 잠시 주춤하는 것을 느꼈다. 그녀는 자신의 작은 승리를 음미했다. 몇 분 전만 해도 그녀에게 명령을 내리고, 자신이 원하는 것을 확실히 알고 있는 것처럼 보였던 화가가 이젠 모르는 여자 앞에서 머뭇거리는 뭇 사내들과 다를 바 없어 보였다.

"그럼 그 책들은?"

그녀는 책들을 보여주었다. 농업. 농장 경영. 그가 또다시 당황한 기색을 보였다.

"섹스 산업에 종사하세요?"

그가 위험을 무릅썼다. 옷차림 때문에 창녀로 보였던 걸까? 어쨌거나 그녀는 시간을 벌어야만 했다. 게임이 다시 팽팽해지고 있었다. 그녀는 잃을 게 전혀 없었다.

"왜 남자들은 오로지 그것만 생각하죠?"

그가 책을 내려놓으며 대답했다.

"섹스와 농장 경영. 둘 다 아주 따분한 분야로군요."

뭐라고? 그녀는 도전을 받았다고 느꼈다. 어떻게 내 직업에 대해 그 따위 말을 할 수 있단 말인가? 그래, 그는 내 직업에 대해 잘 모르고 있다. 아마 어디서 들은 얘기를 주워섬기는 거겠지. 하지만 그냥 넘어갈 수는 없었다.

"그래요? 전 그림보다 따분한 것도 없다고 생각하는데요. 고정

된 사물, 멈춰버린 움직임, 결코 원본에 충실하지 못한 그림. 다른 사람들보다 더 잘나고 더 교양이 있다고 믿지만 사실은 세상에서 뒤처진 화가들을 제외하고는 아무도 관심을 갖지 않는, 사양길로 접어든 예술 분야. 후안 미로라고 들어봤어요? 전 들어본 적 없어요. 어떤 식당에서 한 아랍인한테 들은 것 말고는. 그리고 그건 내 삶을 털끝만큼도 바꿔놓지 못했죠."

그때 주문한 음료가 도착했고 대화가 중단되었기 때문에, 그녀는 자신의 말이 그에게 심했는지 어떤지 알 길이 없었다. 그들은 잠시 입을 다물고 앉아 있었다. 마리아는 이제 일어서야 할 시간이라고 생각했다. 랄프 하르트 역시 같은 생각을 하고 있을 듯했다. 그런데 테이블엔 아직 손도 안 댄 칵테일 두 잔이 놓여 있었다. 그것이 자리에 앉아 있을 수 있는 핑곗거리가 됐다.

"왜 하필 농업에 관한 책이죠?"

"뭘 묻고 싶은 거죠?"

"베른 가에 간 적이 있어요. 그곳의 제일 비싼 나이트클럽에서 당신을 본 기억이 나요. 하지만 그림을 그리는 동안에는 알아차리지 못했어요. 당신의 '빛'이 너무 강했거든요."

마리아는 딛고 있는 바닥이 쑥 꺼지는 듯한 느낌을 받았다. 처음으로, 그럴 이유가 전혀 없었는데도, 그녀는 자신의 직업이 부끄러웠다. 그녀는 자신과 부모의 생활비를 벌기 위해 일을 했다. 정작 부끄러워해야 할 사람은 베른 가를 찾아간 그였다. 순간, 기대했던 모든 마술은 사라져버렸다.

"잘 들어요, 하르트 씨. 난 브라질 사람이지만 아홉 달 전부터 스위스에 살고 있어요. 그리고 스위스 사람들은 우리가 방금 확인한 것처럼 거의 모든 사람이 서로 알고 있을 만큼 작은 나라에 살고 있기 때문에 아주 신중하게 처신해요. 아무도 타인의 삶에 대해 질문하지 않죠. 당신이 한 말은 경우에 맞지 않는데다가 아주 무례했어요. 당신의 목적이 날 모욕하는 거라면 시간낭비 하신 거예요. 이 악취 나는 아니스 칵테일 고마워요. 난 이걸 모두 마신 다음, 담배 한 개비를 피우고 가겠어요. 당신은 당장 일어나 나가도 좋아요. 유명한 화가가 창녀와 한 테이블에 앉아 있는 건 꼴불견이니까. 내 직업은 창녀예요, 아시겠어요? 죄의식도 없고, 머리끝부터 발끝까지, 아래에서 위까지 창녀라구요. 그래요, 당신, 내 미덕이 뭔지 알아요? 당신도 나도 속이지 않는 것. 그럴 필요가 없으니까. 거짓말로 당신 같은 사람의 환심을 살 생각은 추호도 없으니까. 저기 저쪽에 앉아 있는 유명한 화학자가 내가 뭐 하는 여자인지 알게 될까봐 두려우세요?"

그녀가 언성을 높였다.

"창녀! 그런데 이거 알아요? 난 그 일 때문에 자유로워졌어요. 그리고 정확히 구십 일 후면 이 저주받은 나라를 떠날 거구요. 여기서 번 돈과 눈 위에서 찍은 사진으로 가방을 꽉꽉 채우고, 질 좋은 와인을 고를 수 있는 교양과 남자들의 본성을 꿰뚫어볼 수 있는 통찰력까지 얻어서 돌아간다구요!"

종업원 아가씨가 질겁한 표정으로 그녀의 말을 듣고 있었다. 화학자는 그녀의 말에 전혀 주의를 기울이지 않는 것처럼 보였다. 무엇이 마리아로 하여금 그런 말을 하게 했을까. 그것은 칵테일에 섞인 알코올, 머지않아 다시 브라질 시골여자가 된다는 확신, 또한 자신의 직업을 속시원히 털어놓았으니 이제 충격을 받은 사람들의 반응—멸시의 눈길, 별꼴 다 보겠다는 몸짓을 가벼운 마음으로 비웃어줄 수 있을 거라는 생각 때문이기도 했을 것이다.

"잘 알아들으셨나요, 하르트 씨? 난 아래에서 위까지, 머리끝부터 발끝까지 창녀예요. 그리고 그게 나의 장점이자 미덕이에요!"

화가는 침묵을 지켰다. 꼼짝도 하지 않았다. 마리아는 자신감이 회복되는 것을 느꼈다.

"이봐요 당신, 당신은 자신의 모델에 대해 아무것도 이해하지 못하는 엉터리 화가예요. 저기 반쯤 잠든 채 앉아 있는 화학자는 실상은 철도 잡역부일 수도 있어요. 그리고 당신 그림에 그려진 다른 사람들 역시 겉모습과는 판이하게 다른 사람들일 거예요. 그렇지 않다면, 당신이 내게서 특별한 '빛'을 봤다고 주장할 리가 없겠죠. 방금 들으신 대로 창녀에 불과한 여자한테서 말예요!"

그녀는 창녀라는 단어를 또박또박 끊어서 큰 소리로 발음했다. 졸고 있던 화학자가 깜짝 놀라 잠에서 깨어났고, 종업원이 계산서를 가지고 왔다.

"그건 창녀가 아니라 당신이라는 여자와 상관이 있는 거예요."

랄프가 계산서를 내미는 종업원을 무시하고 당당하게, 하지만
낮은 목소리로 말했다.

"당신에겐 빛이 있어요. 더 중요하다고 판단되는 다른 것들의
이름으로 소중한 것을 희생할 수 있는 존재가 가진 의지의 빛이.
눈, 그 빛은 당신의 눈을 통해 드러나요."

마리아는 맥이 풀리는 것을 느꼈다. 그가 그녀의 도발에 응수
하지 않았던 것이다. 그녀는 그가 자신을 유혹하려 한다고 믿고
싶었다. 적어도 앞으로 90일 동안은 이 땅에 흥미로운 남자들이
존재할 수 있다는 생각을 잊기로 마음먹었던 그녀였다.

"당신 앞에 놓인 아니스 칵테일 보이죠?"

그가 말을 이었다.

"당신은 아니스 칵테일밖에 보지 못하지만, 나는 그 너머까지
봐야 해요. 그 과일이 열린 나무, 그 나무가 맞서야 했던 폭풍우,
그 열매를 딴 손, 한 대륙에서 다른 대륙으로 건너가는 선박, 그
열매가 알코올과 접촉하기 전에 가지고 있던 색깔을 보죠. 언젠
가 내가 그럴 수 있다면, 나는 그 모든 걸 화폭에 담을 거예요. 하
지만 그 그림을 보는 당신은 그저 흔하디흔한 아니스 칵테일 잔
을 앞에 두고 있다고 생각하겠죠.

마찬가지로, 당신이 아까 거리를 바라보며 산티아고의 길에 대

해 생각하는 동안, 나는 당신의 어린 시절, 당신의 사춘기, 수포로 돌아간 당신의 꿈들, 미래에 대한 당신의 계획들, 그리고 당신의 의지를, 내 관심을 가장 많이 끈 것이 바로 당신의 의지인데, 그 모든 걸 그렸어요. 당신이 그 그림을 봤을 때는……"

일단 열면 다시 닫기가 무척 힘들다는 걸 잘 알면서도 마리아는 굳게 잠가두었던 문을 열었다.

"나도 그 빛을 봤어요……"

"……거기엔 당신과 비슷하게 생긴 여자밖에 없었겠지만."

또다시 당혹스러운 침묵이 이어졌다. 마리아가 손목시계를 들여다보았다.

"이제 가봐야 해요. 그런데 왜 섹스가 따분하다고 하셨죠?"

"당신이 나보다 더 잘 알 텐데요."

"나야 그 분야에서 일을 하고 있으니까, 늘 하는 일이니까 알지만, 당신은 기껏해야 서른 정도 된……"

"스물아홉이에요……"

"젊고 매력적이고 유명한 화가예요. 그런 것에 관심이 있으면 여자를 구하러 구태여 베른 가까지 갈 필요도 없었을 텐데."

"그럴 필요가 있었어요. 당신 동료들 몇몇과 같이 잤죠. 여자를 구하기가 어려워서 그런 건 아니었어요. 나한테 문제가 좀 있어서……"

마리아는 질투가 이는 것을 느꼈고, 겁이 났다. 그녀는 이제 정말 일어서야 할 때가 되었다는 것을 깨달았다.

"그게 내 마지막 시도였어요. 이젠 포기해버렸죠."

바닥에 흩어진 작업도구들을 챙기며 랄프가 말했다.

"신체적으로 문제가 있나요?"

"아뇨, 흥미를 잃어서."

그건 있을 수 없는 일이었다.

"계산하고 나가서 함께 좀 걸어요. 난, 많은 사람들이 당신과 똑같은 것을 느끼지만 아무도 그것을 털어놓지 않는다고 생각해요. 당신처럼 솔직한 사람과 얘기를 나눠보고 싶어요."

그들은 산티아고의 길을 따라 호수로 흘러드는 강을 향해 걷기 시작했다. 그 길은 산 너머로 계속 이어지다가 스페인에 위치한 머나먼 고장에서 끝이 난다고 했다. 그들은, 점심 식사를 하고 돌아오는 행인들, 유모차를 밀고 가는 주부들, 카메라로 호수 중앙에 있는 분수를 열심히 찍어대는 관광객들, 얇은 천을 머리에 쓴 이슬람 여자들, 조깅을 하는 소년 소녀들과 마주쳤다. 그들은 모두 실제로는 존재하지도 않는, 사람들이 자신들의 삶에 의미를 부여하기 위해 믿고 싶어하는 전설과도 같은 신화적인 도시 산티아고 데 콤포스텔라를 찾아나선 순례자들이었다. 아주 오래 전부터 수없이 많은 사람들이 걸었던 그 길을, 붓, 물감통, 캔버스, 연필이 가득 든 무거운 가방을 둘러멘 긴머리 사내와 농장 경영을 다룬 책들을 팔에 안은 좀더 젊은 아가씨가 걷고 있었다. 둘 중 어느 누구도 그들이 왜 이 순례를 함께 하고 있는지 궁금해하지 않았다. 그것은 세상에서 가장 자연스러운 일로 느껴졌다. 그녀는 그에 대해 아는 것이 거의 없었지만, 그는 그녀의 모든 것을 알고 있는 듯했다.

그녀는 사내에게 질문을 하기로 마음먹었다. 말문이 트이자, 그녀는 모든 것에 대해 질문을 퍼부었다. 사내는 좀처럼 입을 열지 않았지만, 그녀는 남자에게서 뭔가를 얻어내는 방법을 잘 알고 있었다. 그는 결국 자신이 두 차례 결혼했고(스물아홉의 나이에!), 세계 방방곡곡을 돌아다녔으며, 왕들과 유명한 배우들을 만났고, 잊지 못할 축제들에 참가했다고 털어놓았다. 그는 제네바에서 태어났고, 마드리드, 암스테르담, 뉴욕, 그리고 관광지로는 전혀 알려져 있지 않지만 멋진 산들과 후한 인심 때문에 그가 아주 좋아하는 프랑스 남부 도시 타르브에서 산 적도 있었다. 그의 예술적 재능은, 그가 실내장식을 맡은 제네바의 한 일본식당으로 우연히 식사를 하러 온 영향력 있는 한 큐레이터에 의해 발견되었다. 그의 나이 스무 살 때였다. 그는 많은 돈을 벌었다. 그는 젊고 건강했다. 원하는 것이면 뭐든 할 수 있었고, 어디든 갈 수 있었으며, 누구든 만날 수 있었다. 그는 한 남자가 맛볼 수 있는 모든 쾌락을 경험했고, 자신의 일을 사랑했다. 하지만 인기, 돈, 여자, 여행, 그 모든 것에도 불구하고 그는 불행했다. 그의 삶에 유일한 즐거움은 그림밖에 없었다.

"여자들에게 상처를 받았나요?"

그녀가 물었다. 그리고 그녀는 곧 그것이 '남자를 꼬시기 위해 여자들이 알아야 할 모든 것'이라는 제목의 책이나 잡지 같은 데에서 끄집어낸 듯한 바보 같은 질문이라는 사실을 깨달았다.

"여자들에게 상처받은 적 없어요. 두 번의 결혼생활 모두 아주 행복했어요. 세상의 모든 부부들처럼 배신당하고 배신했죠. 하지만 얼마 지나자, 섹스에는 더이상 관심이 가지 않더군요. 아내를 사랑했고 함께 있고 싶기는 했지만 섹스는…… 그런데 우리가 지금 왜 섹스에 대해 이야기하고 있는 거죠?"

"당신이 말한 것처럼 난 섹스 산업 종사자니까요."

"내 삶도 별거 없어요. 드문 일이지만 난 젊은 나이에 성공한 예술가예요. 회화 분야에서는 더더욱 드문 일이죠. 예술이 무엇인지 아는 건 자기들밖에 없다고 생각하는 비평가들이야 입에 거품을 물겠지만, 요즘은 모든 장르의 그림을 그릴 수 있는 사람이 좋은 상을 받게 되어 있어요. 난 모든 것에 대한 답을 갖고 있다고 세인들이 생각하는 사람들 중 하나예요. 입을 다물고 있을수록 사람들은 그 사람이 지적이라고 생각하죠."

그가 자신의 삶에 대해 이야기했다. 그는 매주 어딘가에 초대를 받았다. 바르셀로나에 그의 대리인이 있었다. 그 여자가 돈, 초대, 전시회와 관련된 모든 일을 맡아 했다. 하지만 그가 내켜하지 않는 일을 하라고 강요하지는 않았다. 몇 년간 일한 덕분에 그는 미술시장에서 안정된 수입을 올리고 있었다.

"내 이야기, 재미있나요?"

그의 목소리에 뭔가 불편함이 묻어났다.

"흔치 않은 이야기 같아요. 많은 사람들이 부러워할 만한."

랄프는 마리아가 어떤 사람인지 알고 싶어했다.

"내 안에는, 날 만나러 오는 사람에 따라 각기 다른 세 사람이 존재해요. 경탄의 눈길로 남자를 바라보며 권력과 영광에 대한 그의 이야기에 깊은 감명을 받은 척하는 순진한 아가씨. 자신감이 없어 보이는 남자들을 과감하게 공격해 상황을 통제함으로써 더이상 아무것도 걱정할 필요가 없도록 남자들을 편하게 만들어주는 팜므 파탈.* 그리고 마지막으로, 충고에 목말라하는 남자들을 토닥이고, 근심 어린 표정을 지으며 한쪽 귀로 듣고 다른 한쪽 귀로는 흘려버리기도 하면서 이야기에 귀를 기울여주는 너그러운 어머니. 이 셋 중 누구를 알고 싶으세요?"

"당신."

마리아는 이야기했다. 그래야만 했다. 그녀는 브라질을 떠난 이후 처음으로 모든 것을 털어놓았다. 이야기가 끝나갈 무렵, 그녀는 흔치 않은 직업에 종사하고 있지만 리오에서 보낸 일 주일

---

* femme fatale. 성적 매력으로 남자를 유혹해 파멸로 이끄는 요부. 프랑스어로 '치명적인 여자'라는 뜻.

과 스위스에서 보낸 첫 달 이후로는 그리 큰 감정적 동요를 겪지 않았다는 것을 깨달았다. 오로지 집과 일, 일과 집의 반복이었다.

그녀가 이야기를 끝냈을 때, 그들은 산티아고의 길에서 멀리 떨어진, 도시 반대편 끝에 있는 카페에 앉아 있었다. 그들은 각자 운명이 상대방에게 예비해놓은 것을 생각하고 있었다.

"이제 무슨 말을 할까요?"

그녀가 물었다.

"예를 들면 '다음에 또 만나요' 같은 말."

그랬다. 그날 오후는 여느 오후와는 달랐다. 마리아는 문을 열었고, 그 문을 어떻게 닫아야 할지 몰라 불안했고 그 어느 때보다 긴장해 있었다.

"언제쯤 그림을 볼 수 있을까요?"

랄프가 바르셀로나에 있다는 대리인의 명함을 내밀었다.

"육 개월 후에도 유럽에 있다면 이 사람에게 전화해요. 유명인사와 보통 사람들로 구성된 〈제네바의 얼굴들〉은 베를린의 한 화랑에서 처음으로 전시될 겁니다. 그후에는 전 유럽을 순회하며 전시될 예정이구요."

마리아는 달력과 그녀에게 남은 90일, 그리고 관계가 어떤 식으로 맺어지든 그것이 품고 있을 위험을 떠올렸다.

'삶에서 가장 중요한 것은 뭐지? 사는 것? 아니면, 사는 척하는 것? 지금 위험을 무릅쓰고라도, 누군가가 비판도 토도 달지 않고 내 이야기에 귀를 기울여준 오늘 오후가 내가 여기서 보낸 오후들 중 가장 아름다운 것이었다고 말하는 것? 아니면 빛을 발하는, 의지로 충만한 여자의 갑옷으로 무장하고 아무 말도 덧붙이지 않은 채 가버리는 것?'

그와 함께 산티아고의 길을 걷는 동안, 그에게 자신의 이야기를 털어놓는 동안, 마리아는 행복하다고 느꼈다. 그것으로 만족할 수 있었다. 그것만으로도 이미 삶의 큰 선물이었다.

"당신을 만나러 가겠소."

랄프 하르트가 말했다.

"그러지 말아요. 난 곧 브라질로 돌아가요. 우린 더이상 서로 할 얘기도 없어요."

"손님으로 당신을 찾아가겠소."

"나에겐 굴욕일 거예요."

"당신에게 구원받기 위해 찾아가겠소."

그는 그녀에게 섹스에 대한 무관심을 털어놓았다. 그녀 역시 그와 똑같은 것을 느낀다고 털어놓고 싶었다. 하지만 그녀는 자제했다. 그쯤에서 입을 다무는 것이 현명했다.

문득 가슴속에서 탄식이 솟았다. 그녀는 또다시, 이번에는 연필을 달라고 하는 게 아니라 잠시 같이 있어달라고 부탁하는 어린 소년과 함께 있는 것이다. 그녀는 과거를 돌아보고 처음으로 자기 자신을 용서했다. 그것은 그녀의 잘못이 아니라 단 한 번 시도한 뒤 포기하고 만 자신감 없었던 소년의 잘못이었다. 그들은 아이들이었고, 아이들은 대개 그렇게 행동했다. 그녀도 소년도 잘 못을 저지른 게 아니었다. 그것이 그녀에게 크나큰 안도감을 주었다. 그녀는 기분이 훨씬 좋아졌다. 그녀는 자기 삶의 첫번째 기회를 망치지 않았던 것이다. 모든 사람이 그렇게 행동한다. 그것은 잃어버린 반쪽을 찾아 헤매는 모든 인간의 성장과정일 뿐이다.

하지만 지금은 상황이 달랐다. 이유들이야 여전히 유효했지만 (나는 브라질로 돌아간다, 나는 나이트클럽에서 일한다, 우리는 서로에 대해 알 시간이 없다, 나는 섹스에 관심이 없다, 나는 사랑에 대해선 아무것도 알고 싶지 않다, 나는 농장 경영을 배워야 한다, 나는 그림에 대해선 아무것도 모른다, 우리는 각자 다른 세계에 살고 있다), 삶이 한번 도전해보라고 손짓하고 있었다. 그녀는 더이상 어린애가 아니었다. 선택을 해야 했다.

결국 그녀는 대답하지 않았다. 그녀는 이 나라 관습에 따라 그와 악수를 나누고 집으로 돌아갔다. 진정 사랑할 만한 남자라면 그녀의 침묵에 기가 죽지는 않을 테니까.

마리아가 그날 쓴 일기의 일부분.

오늘, 그 이상한 산티아고의 길을 따라 호숫가를 거니는 동안, 나와 함께 있던 남자, 나와는 대척점에 있는 삶을 살아가는 화가가 물에 작은 돌을 던졌다. 돌이 떨어진 곳을 중심으로 동심원들이 생겨났고, 그것들은 점점 퍼져 우연히 그곳을 지나던 오리에게 가 닿았다. 오리는 예상치 못한 물결에 겁을 먹기는 커녕 기꺼이 함께 노닐었다.

몇 시간 전, 나는 한 카페에 들어갔고, 한 목소리를 들었다. 그것은 마치 신이 그곳에 돌을 던진 것과 같았다. 에너지의 파동이 나를 건드렸고, 구석에서 초상화를 그리고 있던 한 사내를 건드렸다. 그는 돌이 전해준 떨림을 느꼈고, 나 역시 그랬다. 이제 어떡하지?

화가는 자기가 찾던 모델을 발견하면 즉시 그 사실을 알 수 있다고 한다. 음악가는 자신의 악기가 조율되면 즉각 그 사실을 알 수 있다고 한다. 여기, 이 일기 속의 몇 문장은 내가 아니라 '빛'으로 가득한, 그리고 내가 받아들이기를 거부하는 여인이 쓰는 것이다.

나는 아무 일도 없었던 것처럼, 예전과 다름없이 살아갈 수도 있다. 하지만 호수의 오리처럼 수면에 갑자기 이랑을 만드는 파동을 즐길 수도 있다.

그 돌은 정열이라는 이름을 가지고 있다. 그것은 두 사람의 전격적인 만남의 아름다움을 드러낼 수도 있지만, 그것으로 그치지는 않는다. 정열은 예기치 못한 것이 가져다주는 흥분, 열렬히 행위하고픈 욕망, 꿈을 실현시킬 수 있으리라는 확신 속에도 있다. 정열은 삶을 인도하는 신호들을 보낸다. 그 신호들을 해독하느냐 마느냐는 나 자신에게 달려 있다.

나는 내가 전혀 알지 못하는, 계획 속에 없었던 누군가를 사랑하게 되었다고 믿고 싶다. 나 자신을 통제하며, 사랑을 거부하며 보낸 나날들이 정반대의 효과를 발휘했다. 나는 나에게 다른 종류의 관심을 보여준 첫번째 사람에게 빠져들고 있는 것이다.

다행스럽게도 나는 그에게 전화번호를 물어보지 않았고, 그가 어디 살고 있는지도 모른다. 비록 그를 잃는다 해도, 나는 기회를 놓치고 말았다는 죄책감을 느끼지 않을 것이다.

이미 그를 잃었다 해도, 나는 내 삶에서 행복한 하루를 번 셈이니까. 불행의 연속인 이 세상에서 행복한 하루는 거의 기적에 가까우니까.

그날 저녁 마리아가 코파카바나에 들어섰을 때, 그가 거기 서서 그녀를 기다리고 있었다. 그가 유일한 손님이었다. 호기심 어린 눈길로 마리아를 좇던 밀랑은 그녀가 전투에 패했음을 알아차렸다.

"같이 한잔 하겠어요?"

"전 일해야 해요. 일자리를 잃고 싶지 않아요."

"난 손님이오. 지금 당신에게 직업적인 제안을 하고 있는 거예요."

오후에 카페에서는 그토록 자신만만해 보였던 사내가, 붓을 능숙하게 다루고, 고위층 인사들을 만나고, 바르셀로나에 대리인을 부리고 있고, 돈도 엄청나게 많이 버는 사내가 지금은 금방이라도 허물어질 듯 약한 모습을 보이고 있었다. 그는 들어오지 말아야 했을 곳에 들어와 있었다. 그가 있는 곳은 산티아고의 길에 있는 낭만적인 카페가 아니었다. 그날 오후의 마법은 이미 사라지고 없었다.

"어때요, 같이 한잔 하지 않겠어요?"

"좋아요. 하지만 지금은 안 돼요. 오늘은 예약된 손님들이 있어요."

그 말을 들은 밀랑은 자신의 판단이 틀렸다고 생각했다. 마리아는 사랑의 함정에 걸려들지 않았던 것이다. 하지만 손님이 없어 한적했던 저녁나절이 끝날 무렵, 그녀가 왜 그를 놔두고 노인, 평범한 회계사, 그리고 보험사 직원을 선택했는지 이해가 되지 않았다.

아무렴 어때, 그녀의 문제인걸. 수수료만 꼬박꼬박 낸다면 그녀가 누구와 자든 그가 상관할 바 아니었다.

노인, 회계사, 보험사 직원과 함께 지내고 온 날 밤, 마리아의 일기.

그 화가는 도대체 나한테 뭘 원하는 걸까? 우리는 국적도 문화도 다르다는 것을 그도 알고 있지 않은가? 내가 쾌락에 대해 자기보다 더 많은 것을 알고 있다고 생각하고 나한테 뭔가 배우기를 원하는 걸까?

왜 나한테 '난 손님이오'라는 말 외에 다른 말을 하지 않았을까? '보고 싶었다'든지, 아니면 '함께 보낸 오후가 정말 좋았다'든지, 쉽게 할 수 있는 말이 얼마든지 있었을 텐데. 그랬다면 나도 대답했을 텐데. 나는 여자고, 연약하고, 게다가 클럽은 나의 직장이니까 여기서 나는 내가 아닌 다른 사람이고, 나의 불안을 이해해야 한다고.

그는 남자다. 그리고 예술가다. 그는 알아야 한다. 인간 존재의 목표는 절대적인 사랑을 이해하는 것이고, 사랑은 타인 속에 있는 것이 아니다. 우리 속에 있다. 그것을 일깨우는 것은 우리 자신이다. 하지만 그것을 일깨우기 위해 우리는 타인을 필요로 한다. 우리 옆에 우리의 감정을 함께 나눌 누군가가 있을 때에야 우주는 비로소 의미를 가진다.

그는 섹스에 지쳐 있는 것일까? 나 역시 그렇다. 하지만 그 사람이나 나나 섹스가 무엇인지 모르고 있다. 삶의 가장 본질적인 것들 중 하나를 죽어가게 내버려두고 있는 것이다. 나는 그가 나를 구원해주길 원하고 있고, 그는 내가 그를 구원해주길 원하고 있다. 그러나 그는 나에게 선택의 여지를 남겨주지 않았다.

마리아는 두려웠다. 그녀는 오랜 통제의 세월 후에 견디기 힘든 압력이 들어오고, 지축이 흔들리고, 영혼의 화산이 대폭발의 신호를 보내고 있다는 것을 깨닫기 시작했다. 만약 폭발이 일어나면, 그녀는 더이상 감정을 통제할 수 없을 것이다. 자신에 대해 거짓말을 했을 수도 있는, 기껏해야 몇 시간을 함께 보냈을 뿐인, 그녀에게 손 한 번 댄 적이 없고 그녀를 유혹하려 들지도 않은 그보다 더 자존심 상하게 하는 존재가 있을까? 그 빌어먹을 화가는 도대체 누구일까?

가슴이 왜 이리 호들갑을 떠는 걸까? 그녀는 왜 랄프 하르트 역시 똑같은 것을 느끼고 있다고 믿는 걸까? 완전히 잘못 생각하고 있는 것이 분명했다. 그 남자는 거의 꺼져가는 불길을 다시 지펴

줄 수 있는 여자를 찾고 있는 것이다. 그는 그녀를 특별한 '빛'을 지닌(그 점에서 그는 솔직했다), 그의 손을 잡아 삶으로 돌아가는 길로 이끌 준비가 되어 있는 위대한 섹스의 여신으로 삼고자 하는 것이다. 그는 마리아 역시 섹스에 관심을 잃었고, 나름대로 문제들을 안고 있으며(그렇게 많은 남자들과 동침을 했는데도 그녀는 여전히 삽입을 통한 오르가슴에 도달하지 못하고 있었다), 그날 아침에는 귀향할 계획을 세우고 있었다는 것을 이해할 수 없는 사람이었다.

왜 그를 생각하는 걸까, 하고 마리아는 생각했다. 왜? 왜 이 순간 또다른 여자에게 다가가 특별한 '빛'이 있다고, 자신을 이끌어줄 섹스의 여신이 될 수 있다고 말하면서 그 여자를 그리고 싶어할지도 모르는 그를 생각하는 걸까?

'모든 걸 털어놓을 수 있었기 때문에 그를 생각하는 거야.'

웃기는 소리! 그렇다면 도서관 사서에 대해서도 생각하나? 아니었다. 코파카바나에 나오는 아가씨들 중 유일하게 조금이나마 속내를 털어놓고 지낸 필리핀 아가씨 니아에 대해서는? 아니었다. 그들은 같이 있으면 편안한 사람들일 뿐이었다.

그녀는 찌는 듯한 더위에, 또는 전날 들르지 못한 슈퍼마켓에 관심을 돌려보려고 애썼다. 아버지에게 그녀가 사고 싶어하는 땅에 관한, 가족들이 알면 좋아할 내용들로 가득한 장문의 편지를 썼다. 돌아가는 날짜를 밝히진 않았지만, 그리 멀지 않았음을 은근히 암시했다. 그녀는 농장 경영에 관한 책을 뒤적이며 잠들었다 깨기를 반복했다. 스위스 사람들에겐 아주 쓸모가 많은 농장 경영에 관한 책이 브라질 사람들에게는 아무 쓸모가 없다는 사실을 깨달았다. 두 세계는 너무나 달랐다.

오후가 되자, 그녀는 지축의 흔들림, 화산의 부글거림, 터질 듯한 압력이 진정되는 것을 느꼈다. 그녀는 긴장을 풀었다. 하긴 그런 갑작스러운 정열을 느낀 것이 이번이 처음은 아니었다. 그것은 다음날이 되면 늘 식어버렸다. 그랬기 때문에 그녀의 세계는 다행스럽게도 여전히 똑같은 모습으로 남아 있었다. 그녀에게는 그녀를 기다리는 가족과 그녀를 기다리며 직물 가게가 아주 잘되고 있다는 편지를 종종 보내는 남자가 있었다. 그녀에겐 그날 밤바로 비행기를 타기로 결심한다 하더라도 작은 땅뙈기를 사고 남을 만한 돈이 있었다. 그녀는 언어장벽, 외로움, 식당에서 아랍인과 보낸 첫날 등 많은 장애를 극복했고, 육체가 하는 일에 신경 쓰지 말라고 영혼을 설득하는 데도 성공했다. 그녀는 자신의 꿈이 무엇인지 완벽하게 알고 있었다. 그것을 실현하기 위해서라면 무엇이든 할 각오가 되어 있었다. 게다가, 그 꿈속에는 남자가 없었다. 적어도 그녀의 모국어를 할 줄 모르는 남자, 그녀의 고향에 살지 않는 남자는. 지축의 흔들림이 멈추자, 마리아는 자신에게도 잘못이 있음을 깨달았다.

"나도 당신만큼 외롭고 비참해요. 당신은 나에게서 '빛'을 봤다고 했어요. 그건 내가 이곳에 온 이래 남자가 내게 해준 말 중 아름답고 진실한 최초의 말이었어요."

이렇게 말하지 않은.

라디오에서 옛날 노래가 흘러나왔다. "내 사랑은 피기도 전에 시들어가네." 그녀 사랑의 운명이 그랬다.

모든 것이 정상으로 돌아온 이틀 후, 마리아의 일기.

열정에 사로잡힌 사람들은 평화롭게 먹고, 자고, 일할 수 없다. 열정은 과거에 속하는 것들을 모두 파괴해버린다. 사람들이 열정을 두려워하는 것은 바로 그 때문이다.

자신의 세계가 와해되는 것을 원하는 사람은 아무도 없다. 그렇기 때문에 많은 사람들이 힘들여 위협을 통제하고, 이미 먼지로 변해버린 구조를 그대로 유지할 수 있는 것이다. 그들은 낡아버린 것의 기술자들이다.

정반대로 생각하는 사람들도 있다. 그들은 자기들이 안고 있는 모든 문제의 해결책을 열정에서 찾기를 희망하며 무작정 뛰어든다. 그들은 행복에 대한 모든 책임을 자기 열정의 대상에게 돌리고, 불행이 닥치면 그를 죄인으로 삼는다. 그들은 뭔가 신비스러운 것이 그들에게 닥쳤기 때문에 행복하고, 전혀 예상하지 못했던 어떤 사건이 모든 것을 파괴하기 때문에 불행하다.

열정으로부터 자신을 보호하는 것과 그것에 맹목적으로 뛰어드는 것, 둘 중 어느 것이 덜 파괴적인 태도일까?

사흘째 되던 날, 랄프 하르트가 마치 죽은 자들 사이에서 부활한 것처럼 다시 코파카바나에 모습을 드러냈다. 마리아는 이미한 손님과 얘기를 나누고 있었기 때문에 하마터면 기회를 놓칠뻔했다. 하지만 그를 보자마자 그녀는 손님에게 춤을 추고 싶지않다고, 실은 기다리는 사람이 있다고 정중하게 해명했다.

그제야 그녀는 자신이 요 며칠 동안 계속 그를 기다리고 있었음을 깨달았다. 그리고 그 순간, 그녀는 운명이 그녀의 길 위에 가져다놓은 모든 것을 받아들였다.

그녀는 그것에 불만을 갖지 않았다. 아니, 오히려 만족스러웠다. 그녀는 그 사치를 즐길 수 있었다. 머지않아 이 도시를 떠날거니까. 그녀는 그 사랑이 불가능하다는 것을 알고 있고, 아무것도 바라지 않기 때문에, 자신이 그 단계의 삶에서 기대할 수 있는 것을 모두 얻을 수 있을 것이다.

랄프가 그녀에게 뭘 좀 마시자고 제안했다. 마리아는 과일 칵테일 주스를 주문했다. 클럽 주인은 컵을 씻는 척하며 도무지 이해할 수 없다는 눈초리로 마리아를 쳐다보았다. 왜 갑자기 생각을 바꾼 거지? 밀랑은 그녀가 음료나 홀짝거리며 앉아 있는 꼴을 보고 싶지 않았다. 마리아가 사내를 데리고 댄스 플로어로 나가자, 밀랑은 안도의 한숨을 내쉬었다. 그들은 순서에 따라 행동하고 있었다. 걱정할 이유가 없었다.

마리아는 자신의 허리를 안고 있는 그의 손, 그녀의 얼굴에 대고 있는 그의 얼굴, 대화를 전혀 나누지 못하게 만드는, 다행스럽게도 쿵쿵 울리는 음악소리를 느꼈다. 그녀가 용기를 되찾기에는 과일 칵테일 주스만으로는 부족했다. 그들이 나눈 몇 마디의 말은 매우 형식적이었다. 이젠 시간이 문제였다. 함께 호텔로 가서 사랑을 나누게 될까? 그건 전혀 어려울 게 없었다. 직업상 해야 할 일을 하는 거니까. 그것이 열정의 흔적을 모두 지워버릴 수 있도록 도와줄 테니까. 그녀는 그와의 첫 만남 이후로 자신이 그토록 괴로워한 이유를 알 수가 없었다.

그날 밤, 그녀는 너그러운 어머니가 될 것이다. 랄프 하르트는 다른 남자들과 똑같은, 절망에 빠진 남자였다. 그녀가 자신의 역할을 잘 해낸다면, 코파카바나에 발을 들여놓은 이후로 그녀가 스스로 정해놓은 시나리오에 따라 움직이기만 한다면, 전혀 걱정할 필요가 없었다. 하지만 그의 체취를 느끼고(냄새가 좋았다), 그의 피부가 와 닿는 느낌을 발견하고(촉감이 좋았다), 자신이 그를 기다리고 있었다는 것(전혀 마음에 들지 않는 사실이지만)을 알게 된 지금, 그녀는 커다란 위험에 직면해 있었다.

45분 만에 그들은 의식의 모든 단계를 거쳤다. 이윽고 사내가 클럽 주인에게 말했다.

"내가 손님 세 사람분의 요금을 지불하고 그녀를 데려가겠습니다."

주인은 어깨를 으쓱하고는 또다시 젊은 브라질 여자가 사랑의 함정에 빠지겠구나 하고 생각했다. 마리아는 놀라지 않을 수 없었다. 랄프 하르트가 이곳 규칙을 그렇게 잘 알고 있을 줄은 생각지 못했던 것이다.

"내 집으로 가요."

그게 최선의 결정일지도 모른다고 그녀는 생각했다. 밀랑의 방침에 어긋나긴 했지만, 이번 한 번만은 예외로 하기로 마음먹었다. 그가 여자와 함께 사는지 아닌지 확인하는 것 외에도, 유명한 화가들의 생활방식을 두 눈으로 직접 보아두면 언젠가 고향 신문에 기사를 쓸 수도 있을 것이고, 그렇게 되면 사람들이 그녀가 유럽에 있을 때 지식인이나 예술가들과 교제했다고 믿게 될 테니까.

웬 말도 안 되는 핑계람!

30분 후, 그들은 제네바 인근에 있는 콜로니라는 마을에 도착했다. 성당 하나, 빵집 하나, 관공서 건물 하나, 모든 것이 제자리에 있었다. 그의 집은 아파트가 아니라 삼층짜리 단독주택이었다! 그는 정말 돈이 많은 게 분명했다. 또한 그가 함께 사는 여자가 있다면 소문이 두려워서라도 감히 그녀를 자기 집에 데려가지는 못했을 것이다.

따라서 그는 부자에다 독신이었다.

그들은 위층으로 올라가는 층계가 있는 홀로 들어섰다. 그리고 곧장 걸어 방 두 개가 정원을 향해 나 있는 일층 안쪽으로 갔다. 그림이 사방 벽을 에워싼 방 하나는 식당 역할을 하고 있었고, 다른 방에는 소파 몇 개, 의자, 책이 빽빽이 꽂혀 있는 서가, 재떨이와 씻지 않은 잔들이 있었다.

"커피 한 잔 마시겠어요?"

마리아는 고개를 저었다. 아니, 당신은 아직 날 그렇게 취급해서는 안 돼. 나는 내가 한 약속들을 어김으로써 나 자신의 악마들에게 도전하는 거니까. 하지만 침착해야 해. 내 영혼이 사랑에 굶주려 있긴 하지만, 오늘 난 창녀 또는 친구 또는 너그러운 어머니의 역할을 수행할 거니까. 그 모든 것이 끝난 다음에야 나는 당신이 끓여주는 커피를 마실 거야.

"저기 정원 안쪽에 내 작업실이 있어요, 내 영혼도 거기 있죠.

그리고 여기 이 모든 그림과 책들 사이엔 내 두뇌가 있죠. 내 생각들도."

마리아는 자신의 아파트를 떠올렸다. 그곳에는 정원이 없었다. 책도 없었다. 도서관에서 빌린 몇 권을 빼고는. 공짜로 얻을 수 있는 걸 굳이 돈을 주고 살 필요는 없었다. 그림 역시 없었다. 언젠가 꼭 한 번 구경하고 싶은 상하이 곡예단 포스터 한 장을 제외하고는.

랄프가 위스키 병을 집어 그녀를 향해 내밀었다.

"아뇨, 전 안 마실래요."

그가 얼음을 넣지 않고 한 잔을 따라 단숨에 비웠다. 그리고는 능란한 화술로 이야기를 시작했다. 대화가 흥미로울 것 같긴 했지만, 마리아는 그가 그들 사이에 일어날 일을 두려워하고 있다는 걸 알 수 있었다. 다시 상황을 통제하는 것은 마리아였다.

술을 한 잔 더 마신 랄프가 전혀 중요하지 않은 용건을 전하듯 불쑥 말했다.

"나에겐 당신이 필요하오."

정지. 그리고 이어지는 긴 침묵. 그는 좀처럼 침묵을 깨려 하지 않았다. 어떻게 하는지 한번 두고 보자고 마음먹고 마리아도 침묵을 지켰다.

"나에겐 당신이 필요하오, 마리아. 당신이 아직 날 믿지 못한다 해도, 내가 이 말로 당신을 유혹하려 한다고 생각해도, 당신에게 빛이 있다는 말은 사실이에요. '왜 하필이면 나죠? 내게 뭐 그리 특별한 게 있죠?'라고 묻지 말아요. 내가 나 자신에게 설명할 수 있는 한도 내에서는 당신에겐 전혀 특별한 것이 없으니까. 그러나 어쨌건 난 당신 외엔 아무것도 생각할 수가 없어요. 삶의 비의秘意란 바로 이런 것일 거요."

"난 그런 질문 할 생각 없었어요."

"굳이 이유를 대라고 한다면, 내 앞에 있는 여자는 고통을 극복해 그것을 긍정적이고 창조적인 것으로 만드는 데 성공했다고 말하겠어요. 하지만 그것으로 모든 게 설명되는 건 아니오."

이야기가 점점 심각해지고 있었다.

그가 말을 이었다.

"그런데 나는? 내 모든 창조성, 전 세계의 화랑들이 서로 유치하려고 다투는 내 그림들, 날 자랑스러운 아들로 여기는 내 고향마을, 단 한 번도 내게 생활비를 청구한 적이 없는 전 아내들, 건강하고 괜찮은 외모, 한 남자가 바랄 수 있는 모든 것을 갖고도…… 나는 한 카페에서 우연히 만난, 기껏 오후 한 나절을 함께 보낸 여자에게 '나에겐 당신이 필요하오'라고 말하고 있소. 당신, 외로움이 뭔지 알아요?"

"네, 그게 어떤 건지 알아요."

"하지만 내가 느끼는, 언제든지 사람들을 만날 수 있고, 축제와 파티와 연극 초연회에 매일 초대를 받고, 전화벨은 끊임없이 울려대고, 아름답고 지적이고 교양 있는 여자들이 내 그림을 너무나 좋아한다며 함께 저녁 식사를 하자고 매달리는 그 속에서 느껴지는 외로움은 알지 못할 거요. 뭔가가 발목을 붙들며 말하죠. '가지 마. 재미없을 거야. 이번에도 사람들에게 깊은 인상을 심어주느라 호기를 부리며 하룻밤을 보내게 될 거야. 모든 사람을 유혹할 능력이 있다는 걸 너 자신에게 증명하느라 에너지만 낭비하게 될 거야.' 그러면 난 외출을 포기하고 작업실로 들어가 당신에게서 보았던 그 빛을 찾는 일에 몰두해요. 난 작업할 때가 아니면 빛을 볼 수가 없어요."

"내가 당신이 가져보지 못한 무엇을 줄 수 있죠?"

그가 그녀의 하룻밤 몸값을 지불한 손님이라는 사실은 잊어버린 채 다른 여자들에 대한 언급 때문에 조금 기분이 상한 그녀가 대꾸했다.

그가 세번째 잔을 들이켰다. 마리아는 마음속으로 그의 목구멍과 위장을 태우고 혈관 속으로 섞여들어가 그에게 용기를 북돋아주는 알코올의 경로를 따라가보았다. 그녀도 취기가 오르는 것 같았다. 랄프의 목소리가 단호해졌다.

"좋아요. 내가 돈으로 당신 사랑을 살 수는 없겠죠. 하지만 당신 입으로 섹스에 대해서라면 뭐든지 안다고 했으니 나한테 그걸 가르쳐주시오. 아니면 브라질 얘길 해주든지. 당신 곁에 있을 수만 있다면 뭐든지 좋아요."

이제 어떡하지?

"난 브라질의 도시라곤 내가 태어난 곳하고 리우데자네이루, 단 두 곳밖에 몰라요. 그리고 섹스에 대해서라면, 내가 당신에게 뭘 가르쳐줄 수 있는 입장이 아닌 것 같아요. 난 이제 겨우 스물셋이에요. 당신은 나보다 여섯 살 위인데다가 나보다 훨씬 더 풍부하고 강렬한 경험을 했어요. 난 내가 원하는 게 아니라 그들이 원하는 것을 하고 그 대가로 돈을 지불하는 남자들을 만나요."

"난 남자들이 동시에 한 여자, 두 여자, 세 여자와 해보고 싶다고 꿈꿀 수 있는 것을 모두 해보았어요. 그런데도 많은 걸 배웠다고 말할 자신이 없소."

또다시 침묵. 이번엔 마리아가 말할 차례였다. 그녀가 그를 도와주지 않았던 것처럼 그도 그녀를 도와주지 않았다.

"직업여성으로서의 날 원하나요?"

"당신이 원하는 대로의 당신을 원해요."

아니, 그는 절대로 그렇게 대답해서는 안 되었다. 그것은 그녀가 간절히 듣고 싶어하던 대답이었으니까. 또다시, 지진, 화산 폭발, 폭풍우. 이제 함정에서 벗어나기가 불가능해질 것이다. 그녀는 그를 진정으로 가져보지 못한 채 잃고 말 것이다.

"마리아, 가르쳐줘요. 아마도 그것이 날 구하고, 당신을 구하고, 우리로 하여금 삶을 되찾게 해줄 거요. 당신 말이 맞소. 당신보다 겨우 여섯 살 위지만 난 이미 엄청나게 많은 경험을 했어요.

우리는 각자 완전히 다른 경험을 했죠. 하지만 우린 둘 다 절망에 빠져 있어요. 우리가 평화를 누릴 수 있는 유일한 길은 함께 있는 거예요."

그는 왜 이런 말을 하지? 그건 불가능했다. 하지만 동시에 사실이었다. 단 한 번 봤을 뿐이지만 그들은 벌써 서로를 필요로 하고 있었다. 상상해보라, 사정이 이럴진대 만약 그들이 계속 만난다면 어떤 재난이 벌어질지를! 마리아는 영리한 여자인데다. 책을 읽고 인간을 관찰하며 수개월을 보냈다. 물론 그녀에게도 삶의 목표가 있었다. 하지만 그녀 역시 영혼을, 자신의 '빛'을 찾아야 하는 영혼을 가지고 있었다.

그녀는 과거의 자신이 지겨웠다. 브라질로 돌아가 농장을 경영하는 것도 흥미로운 도전이긴 했지만, 여기서 배울 수 있는 것들을 아직 다 배우지 못했다. 랄프 하르트는 많은 장애를 극복한 남자였다. 그런데 그런 그가 지금 아가씨, 창녀, 너그러운 어머니에게 자신을 구원해달라고 청하고 있는 것이다. 얼마나 부조리한 일인가!

다른 남자들도 그녀 앞에서 똑같은 방식으로 행동했다. 많은 남자들이 발기가 되지 않아 괴로워했고, 어떤 남자들은 어린애처럼 취급받기를 원했고, 또 어떤 남자들은 그녀가 자기 아내였으면 좋겠다고 털어놓기도 했다. 아내에게 여러 명의 정부가 있다는 생각을 하는 것만으로도 흥분이 됐기 때문이다. 아직 '특별손님'을 만난 적은 한 번도 없지만, 마리아는 인간의 영혼 속에 거대한 성적 환상의 저장고가 있다는 사실을 발견했다. 하지만 그 남자들 중에서 '날 여기서 먼 곳으로 데려가줘'라고 부탁한 사람은 아무도 없었다. 반대로 그들은 하나같이 마리아를 어디론가 데려가려 했다.

그들이 가고 나면 돈이 쌓이고 기운은 빠졌지만, 그 남자들이 그녀에게 아무것도 가르쳐주지 않았다고 말할 수는 없었다. 하지만 누군가가 진정 사랑을 갈구한다면, 섹스는 그 갈구의 일부분에 불과하다면, 그녀는 과연 어떤 취급을 받고 싶어할까? 첫 만남 때 어떤 중요한 일이 일어나야만 할까? 그녀는 진정 어떤 일이 일어나길 바랄까?

"선물을 받고 싶어요."

마리아가 말했다.

랄프는 어리둥절했다. 선물? 그는 관례를 잘 알고 있었기 때문에 화대는 이미 택시 안에서 지불했다. 그녀는 뭘 말하는 걸까?

마리아는 그 순간 갑자기 자신이 한 남자와 한 여자가 느껴야 하는 것을 이해했음을 깨달았다. 그녀는 그의 손을 잡고 거실로 데려갔다.

"침실에는 올라가지 말아요."

그녀가 말했다. 그녀는 등을 몇 개만 남겨두고 끄고서 양탄자 위에 앉았다. 그리고 그에게 마주 보고 앉아달라고 부탁했다. 그녀는 거실에 있는 벽난로를 바라보았다.

"불을 피워요."

"이 여름에 불은 뭐하러……"

"불을 피워요. 당신은 오늘 밤 내가 우리의 발걸음을 이끌어나가길 원했어요. 내가 지금 하고 있는 게 바로 그거예요."

그녀는 그가 또다시 그녀의 '빛'을 보길 바라면서 단호한 눈길로 그를 쳐다보았다. 그가 그것을 본 것이 분명했다. 곧바로 정원으로 나가 비에 젖은 장작 몇 개를 들고 와 쌓고 신문지에 불을 붙여 그 위에 올려놓았으니까. 그리고 그는 위스키를 가지러 부엌으로 가려 했다. 하지만 마리아가 말렸다.

"내가 지금 뭘 마시고 싶어하는지 아세요?"

"아뇨."

"당신과 함께 있는 사람을 염두에 두세요. 그 사람을 생각하세요. 그 사람이 위스키를 원하는지 아니면 진이나 와인을 원하는지 생각해보세요. 그 사람한테 뭘 원하는지 물어보세요."

"뭘 마시고 싶어요?"

"와인이요. 당신도 와인을 마셨으면 좋겠어요."

그는 와인 한 병을 가지고 왔다. 그 순간, 불꽃이 이미 장작을 핥고 있었다. 마리아는, 켜져 있던 나머지 등을 모두 껐다. 장작 불꽃이 거실을 비추었다. 그녀는 상대방을 인정하는 것, 그가 거기 있음을 아는 것, 그것이 관계의 첫걸음이라는 것을 이미 오래 전부터 알고 있었다는 듯이 행동했다.

그녀는 가방을 열어 며칠 전에 슈퍼마켓에서 산 볼펜을 꺼냈다. 사실 물건이 무엇인지는 중요하지 않았다.

"이걸 드릴게요. 농장 경영에 관한 생각들을 메모하는 데 필요할 것 같아 샀어요. 쓴 지 이틀밖에 안 됐어요. 하지만 지쳐서 더는 못 할 것 같을 때까지 공부했죠. 내 땀, 집중력, 의지가 묻어 있어요. 이걸 당신께 드리고 싶어요."

그녀는 볼펜을 그의 손바닥 위에 가만히 올려놓았다.

"당신이 갖고 싶어할 물건을 사주는 대신, 나에게, 진짜 나에게 속하는 물건을 당신께 드리는 거예요. 선물이죠. 나와 마주 보고 있는 사람에 대한 존중의 표시, 그 사람 가까이에 있는 것이 나한테 얼마나 중요한지를 알리는 방식이에요. 당신은 이제 내가 당신에게 자유롭게, 그리고 자발적으로 넘겨준 나 자신의 일부를 소유하는 거예요."

랄프가 일어나 서가로 가서는 뭔가를 가지고 와 마리아에게 내밀었다.

"이건 내가 어렸을 때 선물로 받은 전기 기차의 객차예요. 절대나 혼자서는 갖고 놀지 못했죠. 아버지는 이게 미국에서 수입한, 아주 비싼 장난감이라고 했어요. 그래서 나는 아버지가 거실 한가운데에 철로를 설치해줄 때까지 기다릴 수밖에 없었죠. 하지만 아버지는 일요일마다 오페라를 들으며 시간을 보냈어요. 덕분에

이 기차는 나에게 많은 즐거움을 주지 못한 대신 지금까지도 말짱한 상태로 남아 있죠. 난 철로, 기관차, 집들, 그리고 사용 설명서까지 모두 창고에 처박아버렸어요. 그 기차는 내 것도 아니고, 내가 자주 갖고 놀지도 않았으니까. 만약 그것이 내가 선물로 받았던, 그리고 내가 지금은 기억조차 하지 못하는 다른 장난감들처럼 망가져버렸다면! 파괴하려는 열정 역시 아이가 세상을 발견하는 방식이오. 그런데 이 말짱한 기차만 보면, 그게 너무 비쌌기 때문에, 아버지에겐 따로 할 일이 있었기 때문에, 아니면 아버지가 철로를 조립함으로써 아들에 대한 사랑을 보이는 것을 두려워했기 때문에 내가 누리지 못한 어린 시절을 떠올리게 돼요."

마리아는 벽난로의 불꽃을 뚫어져라 쳐다보았다. 알 수 없는 어떤 감정이 일어났다. 그건 와인 때문도, 포근한 분위기 때문도 아니었다. 그건 선물을 주고받았기 때문이었다.

랄프 역시 불꽃을 향해 돌아앉았다. 그들은 불꽃이 튀는 소리에 귀를 기울이며 말없이 앉아 있었다. 아무 말도 할 필요가 없다는 듯이 그들은 와인을 마셨고, 같은 방향을 바라보며 거기 함께 있었다. 그 외엔 아무것도 없었다.

"내 삶에도 말짱하게 남아 있는 기차들이 아주 많아요."

마침내 마리아가 입을 열었다.

"그중 하나가 내 마음이에요. 나 역시 다른 사람들이 철로를 조립해줄 때에만 그것을 갖고 놀 수 있었죠. 그런데 그건 늘 때가 맞지 않았어요."

"하지만 당신은 사랑했어요."

"그래요, 난 사랑했어요. 그것도 아주 많이. 너무나 사랑해서 사랑하는 사람이 내게 선물을 달라고 했을 때 난 겁을 집어먹고 달아나버렸어요."

"나로선 이해할 수 없는 얘기로군요."

"어렵지 않아요. 난 내가 몰랐던 사실을 한 가지 깨달았어요. 그걸 당신에게 가르쳐드릴게요. 선물은 당신에게 속하는 물건을 주는 거예요. 중요한 뭔가를 요구하기 전에 줘야 해요. 당신은 내 보물을 가졌어요. 내 꿈들 중 몇 가지를 쓴 볼펜을요. 그리고 나는 당신의 보물을 가졌어요. 당신이 누리지 못한 어린 시절의 한 부분인 객차를. 난 이제 당신 과거의 일부분을 지니고 있고, 당신은 내 현재의 약간을 간직하고 있어요. 그건 너무나 좋은 일이죠."

그녀는 그것이 사랑의 유일한 방식이라고 이미 오래 전부터 알고 있었다는 듯이, 스스로도 예기치 못한 자신의 행동에 눈 한 번 깜박이지 않고 말했다. 그녀는 천천히 일어나 옷걸이에 걸려 있던 윗도리를 집어들고는 그의 뺨에 키스를 했다. 불꽃에 홀린 채, 아마도 자기 아버지에 대해 생각하고 있었을 랄프 하르트는 전혀 일어설 기색을 보이지 않았다.

"난 내가 왜 그 객차를 계속 간직하고 있었는지 알 수 없었어요. 그런데 오늘 모든 게 분명해졌소. 그건 벽난로에 불을 피운 어느 날 저녁 누군가에게 주기 위해서였소. 이제 이 집은 훨씬 가벼 워졌어요."

그는 철로, 객차, 기관차, 그리고 기관차에서 연기를 뭉게뭉게 피어오르게 하는 알약들을 다음날 고아원에 기부하겠다고 말했다.

"오래된 희귀품이라 값이 많이 나갈지도 몰라요."

마리아는 이렇게 말했다가 곧 후회했다. 중요한 것은 그런 것 이 아니라, 마음을 앓게 하는 어떤 감정으로부터 해방되는 것이 었다.

그녀는 입에서 또다시 엉뚱한 소리가 나오기 전에 서둘러 그의 뺨에 다시 한번 키스를 해주고는 문을 향해 걸어갔다. 그는 여전 히 불꽃을 뚫어져라 바라보고 있었다. 그녀가 문을 좀 열어달라 고 정중하게 부탁했다.

랄프가 일어서자, 그녀는 브라질의 이상한 미신에 대해 얘기해 주었다. 브라질 사람들은 누군가의 집을 처음 방문하고 그 집을 나설 때, 절대로 자기 손으로 문을 열지 않았다. 자기 손으로 문을 열면, 그 집에 두 번 다시 발을 들여놓지 못하게 된다는 미신 때문 이었다.

"전 다시 오고 싶거든요."

"우리는 옷도 벗지 않았소. 난 당신 속으로 들어가지 않았고, 당신을 만지지도 않았소. 하지만 우린 사랑을 나누었어요."

마리아가 웃었다. 그가 데려다주겠다고 했다. 하지만 그녀는 거절했다.

"내일 코파카바나로 당신을 만나러 가겠소."

"그러지 말아요. 일 주일 동안 기다려요. 기다리는 게 제일 힘든 일이에요. 난 그 기다림에 익숙해지고 싶어요. 당신이 내 곁에 없어도 당신이 나와 함께 있다는 걸 느끼고 싶어요."

마리아는 제네바에 온 이후로 종종 그랬듯 추위와 어둠 속을 걸었다. 평상시 그런 산책은 슬픔, 외로움, 브라질로 돌아가고픈 마음, 낯선 언어, 금전 문제, 시간적 제약들을 불쑥불쑥 불러일으켜 우울증에 빠져들게 하곤 했다. 하지만 오늘 그녀는 40분 동안 빛, 지혜, 경험, 마법으로 충만한 채 한 남자와 함께 벽난로 불꽃 앞에 머물렀던 여자, 바로 자기 자신과의 만남을 향해 걸었다. 마리아는 얼마 전 호숫가를 산책하며 새로운 삶에 뛰어들어야 할지 말지를 고민하는 동안 그 여자의 얼굴을 흘끗 본 적이 있었다. 그 날 오후, 그 여자는 서글픈 미소를 지었다. 마리아는 얼마 전 랄프의 그림에서 그 여자의 얼굴을 다시 보았다. 이제 마리아는 또다시 그 여자가 곁에 있는 것을 느꼈다. 마리아는 한참 뒤, 그 마술적인 존재가 늘 그렇듯이 그녀를 홀로 두고 홀연히 사라져버린 걸 깨닫고 나서야 택시를 잡아탔다.

추억을 망치지 않기 위해서는, 방금 보낸 좋은 시간을 근심으로 흩뜨리지 않기 위해서는 그녀와 처음 만난 오후에 대해 더이상 생각하지 않는 편이 나았다. 또다른 마리아가 진정 존재한다면, 언젠가 다시 나타날 터였다.

랄프에게 장난감 기차 객차를 선물받은 날 밤, 마리아가 쓴 일기.

깊은 욕망, 가장 실제적인 욕망, 그것은 누군가에게 다가가고자 하는 욕망이다. 거기서부터 반응이 일어나고, 남자와 여자의 게임이 시작된다. 하지만 서로에 대한 이끌림은 설명이 불가능하다. 그것은 순수 상태의 욕망이다.

욕망이 아직 이 순수 상태에 머물러 있을 때, 남자와 여자는 삶에 대해 열광하고, 다음번 축복의 순간을 기다리며 매 순간을 경배하는 마음으로 살아간다.

그것을 아는 사람들은 결코 서두르지 않는다. 그들은 경솔한 행동으로 사건을 앞당기려 들지 않는다. 그들은 불가피한 것은 반드시 발현되리라는 것, 진실은 늘 자신을 드러낼 방법을 찾고 있다는 것을 알고 있다. 그들은 매 순간이 너무나 중요하다는 것을 알고 있기 때문에, 망설이거나 기회를 놓치지 않으며, 어떠한 마술적 순간도 그냥 흘러가게 내버려두지 않는다.

며칠 후, 마리아는 자신이 그토록 피하고자 했던 함정에 빠졌다는 것을 깨달았다. 그렇지만 슬프지도 불안하지도 않았다. 오히려 그녀는 더이상 잃을 것이 없었기 때문에 자유로웠다. 상황이 매우 낭만적이긴 하지만, 랄프 하르트는 존경받는 예술가인 반면 그녀는 창녀라는 것을, 그는 태어나면서부터 관리되고 보호받는 천국에서 살아온 반면 그녀는 세상 반대편에 있는 늘 위기를 겪는 나라에서 왔다는 사실을 랄프 하르트가 깨닫는 날이 오리라는 것을 알고 있었다. 그는 명문대학을 졸업했고 지구상에서 가장 유명한 미술관들을 드나들지만, 그녀는 고작 고등학교를 졸업했을 뿐이었다. 그런 꿈은 오래 지속되는 것이 아니었다. 마리아도 살 만큼 살았으므로 현실이 꿈과 일치하지 않는다는 것쯤은 잘 알고 있었다. 그런데도 그녀의 가장 큰 기쁨은 이런 것이었다. 현실에 대고 너 따윈 필요 없다고, 나의 행복은 현실에서 일어나는 사건들에 좌우되지 않는다고 말하는 것.

"맙소사, 난 너무 낭만적이야."

일 주일 내내 그녀는 어떻게 하면 랄프 하르트를 행복하게 해줄 수 있을까 고민했다. 그는 그녀가 영영 잃었다고 생각한 자긍심과 '빛'을 되찾아주었다. 그에게 보상을 해줄 방법이라면 그가 마리아의 전공이라고 여기고 있는 섹스뿐이었다. 하지만 코파카바나의 직업적인 섹스라는 것은 너무나 뻔했기 때문에, 그녀는 다른 정보들을 찾아보기로 마음먹었다.

우선 포르노 영화를 몇 편 섭렵했다. 하지만 거기서는 파트너의 수에 관계된 몇몇 사항을 제외하고는 흥미를 끌 만한 것을 찾아내지 못했다. 영화가 큰 도움이 되지 않았기 때문에, 그녀는 제네바에 도착한 이래 처음으로 책을 사기로 했다. 한 번 읽고 나면 아무 쓸모도 없어질 책들을 아파트 여기저기에 놓아두어야 하는 것이 거추장스럽긴 했지만, 그녀는 랄프와 산티아고의 길을 걸을 때 봐두었던 서점으로 갔다. 그리고 그 주제에 관련된 책들을 소개해달라고 부탁했다.

"그런 책들은 엄청나게 많아요."

서점에서 일하는 아가씨가 말했다.

"사람들은 그것 외에는 관심이 없는 것 같아요. 특별 코너에 진열된 책들 말고도, 저기 보이는 모든 소설책들 속에 섹스 장면이 적어도 한 번쯤은 꼭 들어 있어요. 감동적인 사랑 이야기나 인간의 행동에 대한 따분한 훈계로 덧칠을 해놓긴 했지만. 사람들이 생각하는 건 오로지 그것밖에 없어요."

그 아가씨는 잘못 생각하고 있었다. 마리아는 자신의 경험에 비추어 그것을 알 수 있었다. 사람들은 세상 사람들이 모두 섹스만 생각한다고 믿고 싶어한다. 사람들은 욕망이 반짝이도록 만들기 위해 식이요법을 하고, 가발을 쓰고, 미장원이나 헬스클럽에서 오랜 시간을 보내고, 야한 옷을 입는다. 그런 다음엔? 행동으로 넘어가야 할 시간이 오면, 11분, 그것으로 끝이다. 창의성도, 환희의 절정으로 이끌어주는 아무것도 없다. 그 짧은 순간의 반짝임만으로 불꽃을 계속 피울 수는 없는 노릇이니까.

세상이 책을 통해 설명될 수 있다고 믿는 그 금발 아가씨와 왈가왈부해봤자 아무 소용도 없을 터였다. 마리아는 특별 코너가 어디 있는지 알려달라고 했다. 그녀는 거기서 게이, 레즈비언, 수녀(교회에서 일어나는 외설적인 이야기)들에 대한 책 몇 권과 삽화가 곁들어진 동양의 방중술에 대한 책들을 발견했다. 그중 그녀의 관심을 끈 것은 '성스러운 섹스'라는 제목의 책 단 한 권뿐이었다. 적어도 다른 책들과는 다를 것 같았다.

그녀는 그 책을 사들고 집으로 돌아와, 명상음악을 틀어주는 방송에 라디오 채널을 맞춰놓고 책을 펼쳤다. 책에는 몸을 자유자재로 비트는 곡예사나 따라할 수 있을 다양한 체위의 삽화들이 실려 있었고, 아주 지루했다.

마리아는 사랑이 체위에 좌우되지는 않는다는 사실을, 대부분의 경우 체위의 변화는 춤의 스텝처럼 자발적이고 무의식적으로 이루어진다는 사실을 알 만큼 이미 충분한 경험을 했다. 그럼에도 그녀는 책의 내용에 집중해보려고 애썼다.

두 시간 후, 그녀는 두 가지 사실을 깨달았다. 첫째는 코파카바나로 일을 나가야 하니 곧 저녁을 먹어야 한다는 것이었고, 둘째는 그 책의 저자가 섹스에 대해 아무것도 이해하지 못하고 있다는 것이었다. 책에는 이론, 동양의 준거, 피상적인 의식(儀式), 엉뚱한 제안들만 잔뜩 나열되어 있었다. 저자가 히말라야(그녀는 히말라야라는 곳이 어딘지 알아봐야겠다고 생각했다)에서 명상을 했고, 다른 많은 책들을 인용한 것으로 보아 그 문제에 관한 많은 독서를 했다는 것을 짐작할 수 있었다. 하지만 저자는 본질적인 것을 모르고 있었다. 섹스는 이론, 향, 접촉점, 복잡한 체위에 좌우되는 것이 아니다. 하긴 그 분야에서 일하고 있는 마리아조차도 잘 모르는 것을 어떻게 한 여자(저자는 여자였다)가 왈가왈부할 수 있단 말인가? 아마 히말라야에서 뭘 잘못 배웠거나, 단순함과 열정 속에 아름다움이 녹아들어 있는 주제를 복잡하게 서술하다 보니 그렇게 꼬여버렸을 것이다. 이런 한심한 책이 버젓이 출간될 수 있다면, 마리아 역시 자신이 구상한 '11분'의 집필을 진지하게 생각해볼 수 있었다. 그녀는 자신의 이야기를 있는 그대로 서술할 생각이었다.

하지만 지금은 그녀에게 그럴 시간도 흥미도 없었다. 그녀는 랄프 하르트를 행복하게 해주는 데에, 그리고 농장 경영을 배우는 데에 자신의 모든 에너지를 집중해야 했다.

섹스에 관한 지루한 책을 한쪽으로 치워버린 직후 마리아가 쓴 일기.

한 남자를 만났고, 그에게 빠져들었다. 나는 아무것도 기대하지 않는다는 단순한 이유를 구실 삼아 내가 사랑에 빠지는 것을 허락했다. 석 달 후면 나는 먼 곳에 가 있을 것이고, 그는 하나의 추억에 불과하리라. 하지만 사랑 없이 사는 것을 더는 견뎌낼 수가 없었다. 나는 한계에 도달해 있었다.

나는 랄프 하르트를 위해 하나의 이야기를 쓴다. 그가 나이트클럽을 다시 찾을지는 모르겠다. 하지만 내 생애 처음으로 그건 아무래도 상관없다는 생각이 든다. 그를 사랑하는 것만으로 충분하다. 그와 함께 있다는 생각만 해도, 그의 발소리, 그의 말소리, 그의 정겨운 눈길이 이 도시에 아름다운 색깔을 입힌다. 내가 이 나라를 떠날 때, 그는 하나의 얼굴을, 하나의 이름을 가질 것이고, 나는 벽난로 불꽃에 대한 추억을 가져갈 것이다. 내가 여기서 경험한 다른 모든 것, 내가 거쳐온 모든 힘겨운 난관은 그에 비하면 아무것도 아닐 것이다.

그가 나를 위해 한 것을 나도 그를 위해 해줄 수 있었으면 좋겠다. 나는 많은 생각을 했고, 내가 그 카페에 우연히 들어간 것이 아님을 깨달았다. 가장 중요한 만남은 육체가 서로를 보기도 전에 영혼에 의해 준비되는 것이니까.

그러한 만남들은 우리가 한계에 도달했을 때, 우리가 감정적으로 죽어 다시 태어날 필요가 있을 때 이루어진다. 그 만남들은 우리를 기다리지만, 우리는 그 만남이 이루어지지 않도록 피한다. 하지만 우리가 절망에 빠져 있을 때, 우리에게 잃을 것이 아무것도 없을 때, 아니면 우리가 삶에 열광해 있을 때, 미지未知가 모습을 드러내고 세계는 흐름의 방향을 바꾼다.

누구나 사랑할 줄 안다. 그것은 인간에게 내재되어 있는 것이다. 자연스럽게 사랑하는 사람들도 있지만, 대부분의 사람들은 사랑하는 법을 다시 배우고 기억해내야 한다. 단 한 사람의 예외도 없이 모두 지나간 감정들의 불길 속에서 활활 타오르고, 기쁨과 고통, 추락과 회복을 다시 살아내야 한다. 새로운 만남들 뒤에 존재하는 운명을 알아볼 수 있을 때까지.

그제야 육체가 영혼의 언어로 말하는 법을 배운다. 그것이 섹스다. 자신이 내 삶에 얼마나 중요한지 전혀 모르고 있지만 나에게 내 영혼을 돌려준 남자에게 내가 줄 수 있는 것이 바로 그것이다. 그가 나에게 요구한 것도 바로 그것이다. 그는 그것을 가지게 될 것이다. 나는 그가 행복해지길 원한다.

삶은 때때로 아주 인색하다. 새로운 것을 전혀 느끼지 못한 채 며칠, 몇 주, 몇 달, 몇 년이 그냥 그렇게 흘러간다. 그러다 한 번 문이 열리면, 랄프 하르트를 만난 마리아처럼, 그렇게 열린 공간 으로 봇물 터지듯 많은 것들이 쏟아져들어온다. 한순간 텅 비어 있다가, 다음 순간 받아들일 수 있는 한계 이상의 것을 가지게 되 는 것이다.

일기를 쓰고 두 시간 후, 마리아가 코파카바나에 도착했을 때, 밀랑이 다가와 물었다.

"그 화가랑 잔 거야?"

랄프는 클럽 내에서도 꽤 유명한 것이 분명했다. 그가 액수도 묻지 않고 손님 세 사람분의 요금을 지불했을 때 그녀는 그 사실을 눈치챘다. 마리아는 어느 정도 미스터리를 남기기 위해 말없이 고개만 끄덕였다. 하지만 밀랑은 대수롭지 않게 여겼다. 그 생활을 그녀보다 훨씬 더 잘 알고 있었으니까.

"이젠 너도 다음 단계를 위한 준비가 된 것 같구나. 널 소개시켜달라고 계속 졸라대는 '특별손님'이 하나 있어. 난 네가 아직 경험이 없어서 안 된다고 대답했고, 그 손님은 날 믿기 때문에 순순히 포기했지. 그런데 이제는 한번 시도해봐도 될 것 같은데."

'특별손님?'

"근데 그게 그 화가랑 무슨 상관이 있죠?"

"그 사람 역시 '특별손님'이거든."

그렇다면, 그녀가 랄프와 했던 모든 것을 동료들 중 누군가도 했다는 것일까? 마리아는 입술을 깨물며 침묵을 지켰다. 그녀는 아름다운 일 주일을 보냈고, 자신이 일기에 쓴 것들을 잊는 것은 불가능했다.

"그 사람과 한 것과 똑같은 것을 해야 하나요?"

"네가 그 사람과 뭘 했는지는 모르지만, 오늘은 손님이 한잔 하자고 해도 선약이 있다는 핑계를 대고 퇴짜를 놔. 특별손님은 더 두둑하게 지불할 테니까 후회하진 않을 거야."

저녁나절은 평상시와 다름없이 시작되었다. 태국 아가씨들은 둘러앉아 잡담을 나누고 있었고, 콜롬비아 아가씨들은 노골적으로 따분한 표정을 짓고 있었고, 마리아를 포함하여 세 명의 브라질 아가씨들은 새로울 것도 흥미로울 것도 전혀 없다는 듯 딴 데 정신이 팔린 척하고 있었다. 오스트리아 아가씨 하나, 독일 아가씨 둘, 그리고 나머지는 밝은 색 눈에 하나같이 키가 크고 예뻐서 다른 아가씨들보다 훨씬 빨리 결혼해서 떠나는 동유럽 아가씨들이었다.

남자들이 속속 들어섰다. 러시아인, 스위스인, 독일인, 그들은 세계에서 물가가 가장 비싼 도시에서 가장 비싼 창녀를 살 능력이 있는, 과로에 시달리는 회사간부들이었다. 테이블로 남자가 다가올 때마다 마리아는 밀랑에게 눈길을 보냈고, 밀랑은 그녀에게 매번 거절하라는 신호를 보냈다. 그녀는 기분이 좋았다. 오늘 저녁에는 다리를 벌리고, 역겨운 냄새를 참아내고, 추운 욕실에서 샤워를 하지 않아도 될 테니까. 그녀가 해야 할 일이라곤 섹스에 지친 남자에게 어떻게 사랑해야 하는지 가르쳐주는 것뿐이었으니까. 곰곰 생각해보면, 선물 이야기를 발명해내는 창조성은 아무 여자나 가질 수 있는 게 아니었다.

동시에 이런 의문도 떠올랐다.

'남자들은 왜 모든 것을 실험해본 후에 처음으로 되돌아가려고 하는 걸까?'

하지만 그건 그녀가 고민할 문제가 아니었다. 요금만 후하게 지불한다면, 그녀는 그들을 위해 무엇이든 할 준비가 되어 있었다.

랄프 하르트보다 더 젊어 보이는 사내가 들어왔다. 잘생긴 외모에 검은 머리칼, 완벽한 치열齒列, 새하얀 셔츠 깃을 세운, 넥타이를 매지 않는 차이나 식 정장. 그가 바를 향해 걸어갔다. 밀랑과 그가 고개를 돌려 마리아를 쳐다보았다. 손님이 그녀에게 다가왔다.

"같이 한잔 하시겠습니까?"

밀랑이 고개를 끄덕였다. 마리아는 사내에게 앉으라고 권했다. 그녀가 과일 칵테일 주스를 주문하고 춤추자는 제안을 기다리고 있는데 사내가 자신을 소개했다.

"난 테렌스라고 합니다. 영국에 있는 음반회사에서 일하고 있죠. 이곳 사람들은 전적으로 신뢰할 수 있다고 해서 찾아왔으니, 이번 만남은 우리끼리의 일로 남을 거라고 믿습니다."

마리아가 브라질에 대한 이야기를 시작하려는데 그가 말을 끊었다.

"밀랑 말로는 당신이 제가 뭘 원하는지 아신다고 하더군요."

"당신이 뭘 원하는지는 모르지만 내가 무슨 일을 하는지는 알아요."

의례적인 절차는 생략되었다. 그는 곧장 계산을 하고는 그녀의 팔을 잡았다. 택시에 오르자마자 그가 천 프랑을 내밀었다. 순간, 그녀는 유명한 그림들로 장식된 식당에서 함께 식사했던 아랍인을 떠올렸다. 천 프랑을 받는 것은 이번이 두번째였다. 그러나 만족스럽기는커녕 오히려 신경이 곤두섰다.

택시가 도시에서 가장 호화로운 호텔들 가운데 하나 앞에서 멈춰 섰다. 자주 드나드는 곳인 듯, 테렌스는 문지기에게 인사를 했다. 그들은 강이 내려다보이는 스위트룸으로 곧장 올라갔다. 그가 아주 비싸 보이는 와인 병을 따고는 그녀에게 잔을 내밀었다.

마리아는 잔을 기울이며 사내를 관찰했다. 돈 많고 잘생긴 저런 사내가 도대체 창녀에게서 뭘 기대하는 걸까? 그가 거의 입을 열지 않았기 때문에, 그녀 역시 '특별손님'이란 어떤 것에 만족감을 느낄까, 생각하며 입을 다물고 있었다. 먼저 나서서는 안 될 것 같았다. 하지만 일단 뭔가 시작되면 그가 원하는 대로 적극적으로 봉사할 생각이었다. 매일 저녁 천 프랑을 벌 수 있는 것은 아니니까.

"시간은 많아요. 우리가 원하는 만큼. 원한다면 여기서 자고 가도 좋아요."

테렌스가 말했다.

그의 표정이 다시 굳어졌다. 겁을 먹은 것처럼 보이진 않았다. 그는 다른 손님들과는 달리 차분한 목소리였다. 그는 자신이 원하는 것을 잘 알고 있었다. 그는 완벽한 도시의, 호수가 내려다보이는 완벽한 방에서, 완벽한 음악을, 완벽한 크기로 틀었다. 그의 정장은 흠잡을 데 없이 훌륭했고, 한쪽 구석에 놓여 있는 가방은 아주 작았다. 여행하는 데 많은 것은 필요 없다는 듯, 아니면 그날 단 하룻밤을 묵기 위해 제네바에 왔다는 듯.

"잠은 집에 가서 자겠어요."

마리아가 대답했다.

순간 그녀와 마주 보고 있던 사내의 태도가 갑자기 변했다. 정중하던 눈길에서 얼음처럼 차가운 광채가 번득였다.

"거기 앉아."

테이블 옆에 있는 의자를 가리키며 그가 말했다.

그건 명령이었다! 진짜 명령. 마리아는 복종했다. 그런데 묘하게도 그것이 그녀를 흥분시켰다.

"똑바로 앉아. 자, 수업을 듣는 학생처럼 꼿꼿하게 허리를 펴. 안 그러면 벌을 내리겠어."

벌! 특별손님! 찰나, 그녀는 모든 것을 깨달았다. 그녀는 손가방에서 천 프랑을 꺼내 테이블 위에 올려놓았다.

"당신이 뭘 원하는지 이제야 알겠어요."

얼음처럼 차가운 푸른 눈을 똑바로 바라보며 그녀가 말했다.

"하지만 전 아직 준비가 안 됐어요."

사내는 다시 정상으로 돌아오는 것처럼 보였다. 그는 그녀의 말이 거짓이 아니라는 걸 알았다.

"와인을 마저 마셔요. 아무것도 강요하지 않겠어요. 조금 더 머물러 있어도 좋고, 원한다면 지금 당장 가도 좋아요."

그녀는 일단 마음이 놓였다.

"코파카바나는 제 일터예요. 주인은 절 신뢰하고 보호해줘요. 그에게는 아무 말 말아주세요."

그녀는 사정하는 것과는 거리가 먼 말투로 말했다. 그리고 그것은 사실이었다.

테렌스는 다시 자기 자신으로, 부드럽지도 차갑지도 않은, 다른 손님들과는 달리 자신이 원하는 것을 정확히 알고 있는 듯한 남자로 돌아와 있었다. 그는 마치 최면 상태에서, 시작조차 하지 않은 연극에서 막 벗어난 것처럼 보였다.

문득 '특별손님'이라는 말이 뭘 의미하는지 알아보지도 않고 홀쩍 가버리는 게 현명한 행동일까, 하는 생각이 들었다.

"원하는 게 정확히 뭐죠?"

"당신도 알 텐데요. 난 아픔을, 고통을 원해요. 그리고 많은 쾌락을."

'아픔과 고통은 쾌락과는 잘 어울리질 않잖아.'

하지만 그녀는 그 반대도 가능하리라는 걸 한번 믿어보고 싶었다. 그녀 삶의 많은 부정적인 경험들을 긍정적인 것으로 바꿔놓고 싶었기 때문이었다.

그는 그녀의 손을 잡고 창가로 데리고 갔다. 호수 건너편에 있는 성당의 첨탑이 한눈에 들어왔다. 마리아는 랄프 하르트와 함께 산티아고의 길을 걸을 때 그 앞을 지난 적이 있다는 것을 떠올렸다.

"저 강, 저 호수, 저 집들, 저 성당이 보이세요? 오백 년 전에도 저 모든 것이 지금과 거의 흡사했어요. 도시가 텅 비어 있었다는 것만 빼고 말이죠. 정체불명의 역병이 전 유럽을 휩쓸었죠. 그 많은 사람들이 왜 죽어가야 하는지 아무도 몰랐어요. 사람들은 그 역병을 흑사병이라고 불렀죠. 그건 신이 죄악에 물든 인간들을 벌하기 위해 퍼뜨린 대재앙이었어요. 일군의 사람들이 인류를 위해 자신을 희생하기로 마음먹었죠. 그들은 그들이 가장 두려워하는 것, 즉 신체적인 아픔을 자신들에게 가했어요. 채찍이나 사슬로 자신을 후려치며 저 다리, 저 길들을 밤낮없이 돌아다니기 시작한 거예요. 그들은 신의 이름으로 고통스러워하고, 그 고통으로 신을 찬양했어요. 그런데 오래지 않아 그들은 자신들이 빵을 굽고, 땅을 경작하고, 가축들을 먹일 때보다 더 행복하다는 사실을 깨달았어요. 신체적 아픔은 이제 고통이 아니라 인류의 죄를 사해주는 쾌락이었죠. 아픔이 기쁨이 되고, 삶의 의미, 쾌락이 되었던 겁니다."

그의 눈에서 몇 분 전에 보였던 그 차가운 광채가 다시 번득였다. 그는 마리아가 테이블 위에 올려놓은 돈을 집어 거기서 150 프랑을 따로 떼어 그녀의 가방에 슬며시 넣어주었다.

"클럽 주인에 대해서는 걱정 말아요. 이건 그 사람 수수료입니다. 약속컨대, 아무 말도 하지 않겠어요. 이제 가도 좋아요."

그녀가 지폐를 모두 다시 집었다.

"싫어요!"

그건 와인, 식당에서 만난 아랍인, 서글픈 미소를 지은 여자, 이 저주받은 곳에 결코 되돌아오지 않으리라는 생각, 한 남자의 모습으로 나타난 사랑에 대한 두려움, 직업적으로 좋은 기회가 너무나 많다고 잔뜩 떠벌려 엄마에게 보낸 편지, 연필을 빌려달라고 했던 어린 시절의 소년, 그녀 자신과 벌인 투쟁, 죄책감, 호기심, 돈, 자신의 한계에 대한 탐색, 놓쳐버린 운과 기회들 때문이었다. 또다른 마리아가 거기 있었다. 그녀는 더이상 자신을 선물로 제공하지 않았다. 그녀는 자신을 희생물로 바쳤다.

"이젠 두렵지 않아요. 더 멀리 가보고 싶어요. 필요하다면 날 벌해주세요. 난 반역자예요. 난 거짓말을 했고, 배신을 했고, 날 보호하고 사랑해준 사람들에게 나쁘게 행동했어요."

그녀는 게임에 발을 들여놓았다. 그녀는 말해야 할 것을 말하고 있었다.

"무릎 꿇어!"

테렌스가 낮고 음울한 목소리로 명령했다.

마리아는 복종했다. 그녀는 그런 방식으로 취급받은 적이 한번도 없었다. 잘하고 있는 건지 아닌지는 알 수 없었지만 더 멀리 가보고 싶었다. 그녀가 이제까지 해온 일을 볼 때, 그녀는 벌을 받아 마땅했다. 그녀는 새로운 인물, 그녀가 전혀 알지 못하는 여자의 피부 속으로 들어갔다.

"넌 톡톡히 벌을 받을 거다. 넌 아무 쓸모도 없고, 규칙도 모르고, 섹스, 삶, 사랑에 대해 아는 게 아무것도 없으니까."

말하는 동안 테렌스는 두 명의 남자로 분열되었다. 한 남자는 그녀에게 게임의 규칙을 차분하게 설명했고, 또 한 남자는 그녀가 자신을 세상에서 가장 비참한 여자로 느끼도록 만들고 있었다.

"내가 왜 네 청을 받아들인 줄 알아? 누군가를 미지의 세계에 입문시키는 것보다 더 큰 즐거움은 없기 때문이야. 그건 그 사람의 순결을, 육체가 아니라 영혼의 순결을 빼앗는 거니까. 무슨 말인지 알겠어?"

마리아는 그 말을 이해했다.

"오늘은 질문을 해도 되지만, 다음번부터는 일단 우리 연극의 막이 열리고 극이 시작되면 절대 그걸 중지시킬 수 없을 거야. 만약 중단된다면, 그것은 우리의 영혼이 일치되지 않았기 때문이겠지. 넌 감히 엄두도 내지 못했던 연극 속 등장인물이 되어야 해. 그리고 그 등장인물이 바로 너 자신이라는 것을 서서히 깨닫게 될 거야. 하지만 그걸 명확히 깨달을 때까지는 상상력을 발휘해서 정말로 그 등장인물인 척하려고 애써봐."

"내가 아픔을 참아내지 못하면 어떻게 하죠?"

"아픔은 없어. 점차 황홀과 미스터리로 변하는 느낌이 있을 뿐이지. '살살 해주세요, 너무 아파요'라고 애원하는 것도 극의 일부야. '그만 해요, 더이상 못 참겠어요!'라고 말하는 것 역시. 그러니까 위험을 피하기 위해…… 고개 숙여! 날 쳐다보지 마!"

마리아는 무릎을 꿇은 채 고개를 숙이고 바닥을 쳐다보았다.

"연극을 하다 심하게 다치는 것을 피하기 위해 우리는 두 가지 신호를 사용할 거야. 우리 둘 중 하나가 '옐로'라고 말하면, 그건 폭력의 강도를 약간 낮추어야 한다는 걸 의미해. 둘 중 하나가 '레드'라고 말하면, 즉시 모든 걸 중지해야 해."

"둘 중 하나라고 했나요?"

"역할을 바꿔가며 할 테니까. 하나는 다른 하나 없이는 존재하지 않아. 둘 중 어느 누구도 스스로 굴욕을 당하지 않고는 상대방에게 굴욕을 줄 수 없을 거고."

그것은 그녀가 알지 못하는 세계, 어둠, 진창, 쓰레기의 세계에서 울려나오는 끔찍한 말이었다. 하지만 그녀는 더 멀리 가보고 싶었다. 두려움과 흥분으로 몸이 덜덜 떨리긴 했지만.

문득 테렌스의 손이 부드럽게 그녀의 머리에 와 닿았다.

"이제 끝났어요."

그가 특별히 부드럽지도, 그렇다고 조금 전처럼 성마른 공격성도 담기지 않은 어투로 그녀에게 일어서라고 말했다. 마리아는 여전히 벌벌 떨며 윗옷을 입었다. 그녀의 상태를 본 테렌스가 말했다.

"담배나 한 대 피우고 가요."

"우린 아무것도 하지 않았어요."

"그럴 필요 없어요. 이것만으로도 당신 영혼 속에 길이 열릴 테니까. 다음번에 만날 때는 당신도 준비가 되어 있을 겁니다."

"오늘 저녁이 천 프랑의 가치가 있었나요?"

그는 대답하지 않았다. 그 역시 담배를 피워물었다. 그들은 와인을 마저 마셨고, 함께 침묵을 음미하며 음악에 귀를 기울였다. 뭔가를 말해야 할 순간이 왔다. 마리아는 자기 입을 통해 나온 말에 스스로 놀랐다.

"내가 왜 이 진창을 걷고 싶은 건지 모르겠어요."

"천 프랑."

"그것 때문은 아니에요."

테렌스는 그녀의 대답에 매우 흡족한 듯 보였다.

"나 역시 그 질문을 나 자신에게 해본 적이 있어요. 사드 후작은 한 인간이 할 수 있는 가장 중요한 경험은 그를 극한으로 이끌어가는 경험이라고 말했죠. 우리는 바로 그런 극한경험을 통해서 뭔가를 배우게 되죠. 그것은 우리가 가진 모든 용기를 요구하니까요. 직원을 모욕하는 사장이나 아내를 모욕하는 남편은 단지 심성이 비겁해서 그럴 수도 있지만 그런 행위를 통해 삶에 복수를 하는 겁니다. 용기가 없어서 감히 자기 영혼의 밑바닥을 들여다보지 못하는 거죠. 그들은 야만적인 짐승을 해방시키고자 하는 욕망이 어디서 오는지 알려고 하지도 않고, 섹스, 고통, 사랑이 인간에게 극한경험이라는 사실을 이해하려고 하지도 않죠. 경계를 아는 자만이 삶이 무엇인지를 깨닫는 겁니다. 나머지 사람들은 이승에서 자신이 뭘 하는지도 모르는 채 시간을 보내고, 똑같은 일을 반복하고, 늙고 죽을 뿐이죠."

또다시 거리, 또다시 추위, 또다시 무작정 걷고 싶은 욕망. 그 남자의 말은 틀렸다. 신을 만나기 위해 자기 안의 악마들을 알아야 할 필요는 없었다. 그녀는 어느 술집에서 나오는 대학생 무리와 마주쳤다. 술을 마신 그들은 쾌활하고 아름답고 건강했다. 저들은 이제 곧 공부를 마치고 사람들이 '진정한 삶'이라 부르는 것을 시작할 것이다. 일, 결혼, 자식, 진부한 일상, 회한, 노쇠, 감당하기 힘든 상실감, 욕구불만, 질병, 불구, 의존, 외로움, 죽음.

무슨 일이 벌어진 거지? 그녀 역시 '진정한 삶'을 살기 위해 평온함을 찾고 있었다. 그녀가 전에는 상상조차 못 해본 업종에 종사하며 스위스에서 보낸 시간은, 누구나 언젠가는 직면하는 힘든 시기에 불과했다. 그 기간 동안 그녀는 코파카바나를 들락거렸고, 돈을 벌기 위해 남자들과 호텔에 들었고, 손님의 취향에 따라 순진한 아가씨, 팜므 파탈, 너그러운 어머니가 되었다. 그것은 최대한의 직업정신과(팁 때문에) 최소한의 집착(익숙해질까봐 두려워)을 가지고 투신한 일에 불과했다. 그녀는 주변세계를 통제하며 아홉 달을 보냈다. 집으로 돌아가기 직전, 그녀는 자신이 아무 대가 없이 사랑할 수도, 아무 이유 없이 고통스러워 할 수도 있다는 사실을 깨달았다. 마치 삶이 그녀에게 삶의 미스터리 중 일부, 삶의 빛과 어둠을 드러내기 위해 비속하고도 이상한 방법을 선택한 것 같았다.

테렌스를 만난 날 저녁, 마리아의 일기.

그는 사드를 인용했다. 사드의 작품을 단 한 줄도 읽은 적이 없지만, 사디즘에 대해 사람들이 하는 말, 인간은 자신의 한계에 도달할 때에야 비로소 자신을 알 수 있다는 말은 들은 적이 있다. 그것은 분명히 맞는 말이다. 하지만 동시에 틀린 말이기도 하다. 반드시 자신에 대해 모든 것을 알아야 할 필요는 없으니까. 인간 존재는 앎만을 추구하기 위해 태어난 것이 아니다. 땅을 경작하고, 비를 기다리고, 밀을 심고, 곡식을 거둬들이고, 밀가루를 반죽해 빵을 만들기 위해서도 태어난다.

나는 두 여자다. 한 여자는 기쁨, 정열, 삶이 그녀에게 제공해줄 수 있는 모험들을 맛보길 갈망하고, 다른 한 여자는 진부한 일상, 가족적인 삶, 계획하고 완수할 수 있는 자잘한 행위들의 노예가 되기를 갈망한다. 나는 한 몸 속에 살면서 서로 싸우는 주부이자 창녀다.

한 여자에게 자기 자신과의 만남은 심각한 위험을 안고 있는 하나의 게임이다. 신성한 춤이다. 우리가 만날 때, 우리는 두 개의 신적 에너지, 서로 충돌하는 두 개의 우주다. 그 만남에 서로에 대한 경의가 부족하면, 한 우주는 다른 우주를 파괴한다.

다시 랄프 하르트의 거실. 벽난로에 피어오르는 불꽃, 와인, 바닥에 앉은 두 사람. 그녀가 전날 밤 영국 음반회사 제작자와 경험한 모든 것은 이제 꿈에 불과했다. 아니면 악몽이거나. 그것은 그녀의 정신상태에 좌우됐다. 그 순간, 그녀는 삶의 이유를, 또는 자신을 바치고 그 대가로 아무것도 요구하지 않는 완전한 몰아의 헌신을 찾고 있었다.

마리아는 그 순간을 기다리며 많은 성장을 했다. 결국 그녀는 실제적인 사랑은 그녀가 상상했던 것, 다시 말해 사랑의 에너지가 일으키는 일련의 사건들(사랑의 시작, 약혼, 결혼, 출산, 기다림, 함께 늙어가기, 기다림의 끝, 그리고 남편의 은퇴, 질병, 함께 꿈을 이루기에는 너무 늦었다는 느낌)과는 아무 관계가 없다는 것을 깨달았다.

그녀는 랄프를 바라보았다. 자신의 감정들이 아직 육체적인 형태조차 갖추지 못했기 때문에 그녀는 자신이 느끼는 것에 대해서는 일절 말하지 않고 그에게 자신을 주기로 마음먹었다. 그는 삶에 매혹되어 있는 듯 매우 편해 보였다. 그가 웃으며, 최근에 대형 미술관 관장을 만나러 뮌헨에 갔던 이야기를 해주었다.

"그 사람이 〈제네바의 얼굴들〉이 다 되어가느냐고 묻더군. 그래서 내가 그렸으면 하던 사람들 중 하나, 빛으로 가득한 한 여자를 우연히 알게 되었다고 말해주었어요. 아, 내 얘긴 그만 합시다. 난 당신을 안고 싶어. 난 지금 당신에 대한 욕망으로 가득해."

욕망. 욕망? 욕망! 그것이 오늘 밤의 출발점이었다. 욕망은 그녀가 완벽하게 알고 있는 것이었다!

예를 들어, 욕망의 대상을 즉시 제공하지 않으면 욕망은 점점 더 커져간다.

"그럼 날 탐해요. 그게 지금 이 순간 우리가 하고 있는 거예요. 당신은 지금 내게서 일 미터도 채 안 떨어져 있어요. 당신은 나이트클럽에서 내 봉사료를 지불했어요. 날 만질 권리가 있어요. 하지만 감히 그렇게 하질 못하고 있어요. 날 보세요. 날 봐요. 당신이 날 쳐다보는 것을 내가 원치 않을 거라고 생각하면서, 내 옷 속에 감춰져 있는 것을 상상해보세요."

그녀는 이번에도 검은색 원피스를 입고 있었다. 그녀는 코파카바나의 아가씨들이 등이나 가슴이 깊게 파인 야한 색깔의 옷을 입는 것을 이해할 수 없었다. 그녀는 사무실, 기차, 또는 아내의 친구 집에서 흔히 만날 수 있는 여느 여자들처럼 입어야 남자들이 더 흥분한다는 사실을 알고 있었다.

랄프가 그녀를 쳐다보았다. 마리아는 그가 눈으로 그녀의 옷을 벗기고 있음을 느꼈다. 그녀는 그렇게 실제적 접촉이 전혀 없는, 식당이나 극장 앞에 늘어선 줄 속에서 만날 수 있는 그런 욕망의 눈길을 좋아했다.

"우린 어느 역에 와 있어요."

그녀가 말을 이었다.

"난 당신 옆에 서서 기차를 기다리고 있어요. 당신과 나는 서로 모르는 사이예요. 그런데 내 눈길이 우연히 당신 눈길과 마주쳐요. 나는 눈길을 피하지 않아요. 당신은 내가 말하려 애쓰는 것을 알아차리지 못해요. 당신은 존재들의 '빛'을 알아볼 수 있을 만큼 지적이긴 하지만, 그 빛이 밝히고 있는 것을 볼 만큼 감수성이 예민하지는 않기 때문이죠."

그녀는 전날 밤의 '연극'을 잊지 않았다. 그녀는 연극을 이끌던 그 영국인의 얼굴을 가능한 한 빨리 기억에서 지워버리고 싶었을 테지만, 그는 그녀의 상상력을 이끌면서 거기 있었다.

"나는 당신 눈을 똑바로 쳐다봐요. '저 사람 본 적이 있는 것 같은데 어디서 봤더라?' 하고 생각하고 있을지도 모르죠. 아니면 당신을 멍하니 바라보며 딴 생각을 하고 있거나. 그것도 아니면 혹시 아는 사람일지도 모르는데 서둘러 외면하기가 두렵거나. 아무튼 나는 우리가 아는 사이인지 혹은 사람을 잘못 본 것인지 결론을 내리기 전에 당신에게 날 알아볼 몇 초의 짬을 줘요. 하지만 실은 지극히 단순히 남자를 유혹하고 싶은 것일 수도 있어요. 나는 날 괴롭히는 남자를 피해 도피하는 중일 수도 있고, 날 배신한 남자에게 복수하기 위해 바람 피울 남자를 찾아 역에 나온 것일 수도 있어요. 그저 지겨운 일상에서 벗어나기 위해 당신과 하룻밤 풋사랑을 즐기려는 것일 수도 있고, 손님을 찾아나선 창녀일 수도 있어요."

침묵. 마리아는 갑자기 딴 생각에 빠졌다. 그녀는 그 호텔로 돌아가 있었다. '옐로' '레드' '약간의 고통과 많은 쾌락', 그 모든 것이 그녀의 심기를 어지럽혔다.

그녀가 딴 생각을 하고 있다는 걸 알아차린 랄프가 그녀를 다시 역으로 데려가려고 애썼다.

"그 만남에서 당신도 나에 대해 욕망을 느끼오?"

"모르겠어요. 우린 이야길 나누지 않아요."

잠시 산만한 순간. 어쨌거나 '연극'이라는 생각이 그녀에게 큰 도움을 주었다. 진정한 그녀 자신이 솟아나 그녀에게 빌붙어 지내는 가짜들을 내쫓아버렸다.

"하지만 중요한 건 내가 시선을 돌리지 않는다는 사실이에요.

당신은 어쩔 줄 모르고 있고. 당신은 나에게 말을 걸어야 할까요? 당신은 차갑게 거절당할까요? 내가 경찰을 부를까요? 아니면 같이 커피나 한 잔 마시자고 할까요?"

"나는 뮌헨에서 돌아오는 길이오."

랄프 하르트가 마치 진짜 처음 만나는 사람처럼 덤덤한 어조로 말했다.

"나는 섹스와 관련된 유명인사들의 얼굴을 화폭에 담을 작정이오. 사람들이 진정한 만남을 경험하지 않기 위해 쓰는 많은 가면들을."

그는 '연극'을 알고 있었다. 밀랑 말에 따르면, 그 역시 '특별손님'이었다. 그녀는 갑자기 불안해졌다. 생각할 시간이 필요했다.

"미술관장이 '무얼 가지고 작업하실 거죠?'라고 묻더군. 그래서 나는 대답했소. '돈을 위해 사랑을 나눌 만큼 자유롭다고 느끼는 여자들을 가지고'라고. 그랬더니 그가 말했소. '어떻게 그럴 수가, 그런 여자라면 창녀들 아닙니까.' 나는 대답했소. '그렇습니다, 창녀들입니다. 난 그들의 역사를 연구할 작정입니다. 나는 이 미술관에 드나드는 가족 단위 관람객들의 취향에 어울리는, 좀더 지적인 뭔가를 할 겁니다. 아시겠지만, 모든 것은 문화의 문제입니다. 사람들이 소화시키기 힘들어하는 것을 쉽게 받아들일 수 있는 방식으로 소개하는 거죠.'

관장이 또다시 반박하더군. '하지만 섹스는 더이상 금기가 아니에요. 그건 이미 너무나 진부한 주제가 되어버려서 그에 관해 작업을 하는 것 자체가 힘들어졌어요.' 그래서 내가 물었소. '성적 욕망이 어디서 생겨나는지 아십니까?' 관장이 '본능에서죠'라고 대답했소. '그래요, 본능에서 생겨나죠. 하지만 그건 누구나 아는 사실이에요. 다 아는 사실만 가지고 어떻게 전시회를 성공적으로 치를 수 있겠습니까? 나는 인간이 그 이끌림을 설명하는 방식에 대해 말하고 싶어요. 예를 들어 철학자처럼요.' 관장이 구체적인 예를 하나 들어달라고 요구했소. 그래서 나는 말했소. '내가 집으로 돌아가려고 기차를 탔는데 한 여자가 날 빤히 쳐다본다면, 나는 그녀와 얘길 나누겠어요. 그녀에게 당신은 외국인이니 우린 꿈꾸었던 모든 것을 자유롭게 할 수 있다고, 우리가 품었던 모든 성적 환상들을 시험해본 다음 각자 배우자가 기다리고 있는 집으로 돌아가 두 번 다시 만나지 않으면 된다고 말입니다.' 그리고 그 역에서 나는 바로 당신을 보게 된 거요."

"이야기가 너무 재미있으니 욕망이 식어버리네요."

랄프가 그 사실을 인정하듯 웃음을 터뜨렸다. 와인 병이 빈 것을 본 그가 한 병 더 가지러 부엌으로 갔다. 다음 단계가 무엇인지 이미 알고 있는 그녀는 피어오르는 불꽃을 바라보며 그 아늑한 분위기를 즐겼다. 영국인은 잊어버리고 분위기가 이끄는 대로 가보기로 마음먹었다.

랄프가 잔을 채웠다.

"그 미술관장과의 이야기는 어떻게 끝내실 거죠?"

"그 사람은 지식인이니 그리스 철학자를 인용하겠소. 플라톤에 따르면, 천지창조 초기에는 남녀가 오늘날과 전혀 달랐다고 해요. 하나의 몸, 하나의 목, 그리고 각자 반대 방향을 바라보는 두 개의 얼굴이 있는 남녀 양성의 존재들만 있었죠. 마치 두 피조물의 등이 붙어 있는 것처럼 성기가 둘이고 팔 다리는 네 개씩이었다오.

그런데 질투심 많은 신들이 그 피조물은 팔이 네 개라 일을 훨씬 더 많이 하고, 얼굴이 두 개라 번갈아 잠을 잘 수 있는 바람에 몰래 공격할 수 없고, 다리가 넷이라 큰 힘을 들이지 않고서도 오래 서 있거나 먼길을 걸을 수 있다는 것을 알게 됐소. 무엇보다 위험한 것은 그 피조물이 양성 兩性이어서, 어느 누구의 도움을 받지 않고도 스스로 번식할 수 있다는 사실이었소. 올림포스 신전의 최고 주인 제우스는 '나에게 저들의 힘을 빼앗을 방도가 있다'고 말하고는 벼락을 던져 그 피조물을 둘로 쪼개 남자와 여자로 나누어버렸소. 이렇게 해서 지상의 인구는 훨씬 늘어난 반면, 그들은 힘을 잃고 방황하게 되었소. 이제 그들은 잃어버린 반쪽을 되찾아 다시 결합해야만 예전의 힘, 습격을 피하는 능숙함, 피곤과 일을 견뎌내는 지구력을 되찾을 수 있게 되었어요. 두 개의 육체가 서로 뒤섞여 하나가 되는 결합, 그걸 섹스라고 부르오."

"그 이야기가 사실인가요?"

"플라톤에 따르면 그래요."

마리아가 매료된 눈길로 그를 바라보았다. 전날 밤의 경험은 이제 그녀의 머릿속에서 완전히 지워지고 없었다. 그녀는 자기 앞에 있는, 더이상 욕망이 아니라 기쁨으로 눈을 반짝이며 그 이상한 이야기를 하고 있는, 그 자신이 그녀에게서 발견했다는 그 '빛'으로 충만한 남자를 보고 있었다.

"한 가지 부탁해도 될까요?"

랄프는 뭐든지 들어줄 테니 해보라고 대답했다.

"신들이 네 개의 다리를 가진 그 피조물들을 둘로 쪼갰을 때, 갈라진 피조물들 중 일부는 왜 재결합을 통해 에너지를 증가시키기는커녕 빼앗기만 하는 다른 일들과 똑같은 일로 느껴지도록 안배했는지 이유를 좀 찾아주세요."

"매춘에 대해 이야기하고 싶은 거요?"

"그래요. 언제부터 섹스가 성스럽기를 그만뒀는지 알아봐줄 수 있나요?"

"원한다면 찾아보겠소. 난 그것에 대해선 한 번도 깊이 생각해본 적이 없어요. 내가 알기론, 아무도 그 문제에 관심이 없었던 것 같아요. 찾아보긴 하겠지만 아마 아무것도 나오지 않을 거요."

마리아가 다시 말했다.

"여자들, 특히 창녀들도 사랑할 수 있다고 생각해본 적 있나요?"

"그래요. 우리가 카페에서 만났을 때, 당신의 빛을 봤을 때 그렇게 생각했어요. 내가 당신에게 같이 술 한잔 하자고 제안했을 때, 난 당신이 내가 아주 오래 전에 떠났던 세계로 날 되돌아가게 해줄 가능성까지 포함해, 모든 것을 믿기로 마음먹었소."

이제 과거로 돌아가는 것은 불가능했다. 자신의 주인인 마리아가 즉시 그녀를 도우러 와야만 했다. 그러지 않으면 그녀는 그에게 키스를 하고, 그를 껴안고, 자신을 떠나지 말라고 애걸하게 될 터였다.

"우리 역으로 돌아가요."

그녀가 말했다.

"아니 그보다, 우리가 이 거실에서 처음 만났던 날로, 당신이 나 역시 존재한다는 것을 인정하고 나에게 선물을 준 날로 돌아가요. 그것은 내 영혼 속으로 들어오기 위한 당신의 첫 시도였어요. 당신은 환영받을지 어떨지도 알지 못했죠. 하지만 플라톤이라는 사람이 이야기하고 있듯이 인간 존재는 둘로 쪼개졌어요. 그후로 그들은 자기들을 하나로 만드는 그 결합을 찾아다니고 있죠. 그게 우리의 본능이에요. 그건 또한 우리가 방황하는 중에 부딪치게 되는 모든 어려움을 견뎌내는 이유이기도 하죠.

난 당신이 날 바라보길 원해요. 그리고 당신이 내가 그것을 눈치채지 못하도록 하길 원해요. 최초의 욕망은, 감춰지고, 금지되고, 동의를 얻지 못한 것이기 때문에 중요해요. 당신은 당신 앞에 있는 여자가 정말 당신의 잃어버린 반쪽인지 아닌지 몰라요. 그

녀 역시 마찬가지예요. 하지만 뭔가가 당신을 이끌어요. 그럼 그
것을 믿어야만 해요."

　'내가 이 모든 걸 다 어디서 끄집어낸 거지?' 그녀는 생각했다.
'내 마음 깊숙한 곳에서 끄집어낸 거야. 늘 그랬으면 좋겠다고 생
각했으니까. 나는 이 꿈들을 나 자신의 꿈에서 길어온 거야.'

　그녀는 젖가슴이 조금, 아주 조금만 드러나도록 원피스 어깨끈
을 살짝 내렸다.

　"욕망은, 당신이 보는 것이 아니라 상상하는 것이에요."

　랄프는, 한여름에 벽난로 불을 피우라고 하는 것 같은 엉뚱한
욕망들로 가득한, 머리칼만큼이나 짙은 원피스를 입고 거실 바닥
에 앉아 있는 갈색 머리 여자를 바라보았다. 그랬다. 그는 그 원피
스가 감추고 있는 것을 상상해보고 싶었다. 겉모습만 봐도 그는
그녀 젖가슴의 크기를 짐작할 수 있었다. 아마 직업적인 의무사
항이긴 하겠지만, 그녀가 브래지어를 꼭 해야 할 필요가 없다는
것을 그는 알고 있었다. 그녀의 젖가슴은 크지도 작지도 않았고,
싱싱했다. 그녀의 눈은 아무런 감정도 드러내고 있지 않았다. 그
녀는 여기서 대체 무얼 하고 있는 걸까? 또 그는 왜 이런 터무니
없고 위험한 관계를 가지려 하는 걸까? 마음만 먹으면 여자를 얼
마든지 구할 수 있는 그가. 돈 많고, 젊고, 유명한데다 잘생기기까
지 한 그가. 그는 자신의 일을 사랑했고, 그와 결혼했던 여자들을

사랑했고, 그녀들로부터 사랑받았다. 요컨대, 모든 기준에서 볼 때 "나는 행복하다"고 외칠 수 있는 사람이었다.

그러나 그는 행복하지 않았다. 대부분의 인간들이 사람답게 살기 위해 빵 한 조각, 지붕 하나, 일자리 하나를 놓고 서로 죽어라 싸우는 동안, 랄프 하르트는 그 모든 것을 이미 가지고 있었고, 그것이 그를 비참하게 만들었다. 굳이 따지자면, 그도 잠에서 깨어나 눈부신 태양을 바라보며, 또는 쏟아지는 비를 바라보며, 살아 있는 것이 즐겁다고, 아무것도 욕망하지 않고, 아무 계획도 세우지 않고, 아무 대가도 바라지 않는 채로 그냥 단순히 즐겁다고 느낀 적이 최근 이삼 일쯤 있기는 했다. 하지만 그런 드문 날들을 제외하면 그는 꿈으로, 욕구불만으로, 실현으로, 자신을 초월하려는 욕망으로, 여행으로 소진되어갔다. 그는 더이상 견딜 수가 없었다. 정확하게 누구를, 무엇을 견딜 수 없는 건지는 알 수 없었지만, 확실한 것은 자신이 뭔가를 증명하려고 애쓰며 지금까지 살아왔다는 사실이었다.

그는 한 카페에서 우연히 만난, 그전에 나이트클럽에서 보고는 그런 장소에 전혀 어울리지 않는 사람이라고 생각한 적이 있는, 점잖은 검은색 원피스를 차려입고 자기 앞에 앉아 있는 아름다운 여자를 바라보고 있었다. 그녀는 그에게 자신을 욕망하라고 요구하고 있었다. 그는 그녀를 열렬히, 그녀가 상상할 수 있는 것보다 훨씬 더 열렬히 욕망하고 있었다. 하지만 그가 욕망하는 것은 그녀의 젖가슴이나 몸이 아니라 그녀의 존재였다. 그녀를 품에 안고 말없이 불꽃을 바라보며 와인을 마시고 담배 한두 개비를 피우는 것만으로 충분했을 것이다. 삶은 단순한 것들로 이루어져 있었다. 그는 무엇인지도 모르는 것을 찾아 헤매며 보낸 그 모든 세월에 지쳐 있었다.

그런데 만약 그녀를 건드린다면, 모든 것이 수포로 돌아갈 것이다. 그녀의 '빛'에도 불구하고, 그는 그녀 곁에 그냥 그렇게 머물러 있는 것이 얼마나 좋은지 그녀가 이해했다고 확신할 수는 없었다. 그는 돈을 지불했잖은가? 그랬다. 그는 그녀의 영혼을 정복하고, 호숫가에 함께 앉아 밀어를 속삭일 수 있을 때까지 계속 돈을 지불할 것이다. 위험을 무릅쓰지 않는 편이, 서두르지 않는 편이, 아무 말도 하지 않는 편이 나았다.

랄프 하르트는 고민을 멈추고 그들이 방금 창안해낸 놀이에 다시 집중했다. 앞에 앉아 있는 여자가 옳았다. 와인, 불꽃, 담배, 함께 있는 것만으로는 충분하지 않았다. 다른 종류의 도취, 다른 불꽃이 필요했다.

어깨끈이 달린 그녀의 원피스 위로 한쪽 젖가슴이 드러나 있었다. 가무잡잡한 그녀의 속살이 보였다. 그는 그녀를 원했다. 아주 많이.

마리아는 랄프의 눈빛이 변하는 것을 보았다. 욕망의 대상이 되고 있다는 사실이 무엇보다 그녀를 흥분시켰다. 그것은 '너와 사랑을 나누고 싶어, 너와 결혼하고 싶어, 아이를 가지고 싶어, 결혼을 약속해줘' 같은 관습적인 애정 표현과는 아무런 상관이 없었다. 아니, 욕망은 자유로운 느낌, 공간 속의 떨림, 삶을 풍부하게 하는 의지였다. 그리고 그 의지는 산들을 뒤집어놓고, 그녀를 앞으로 나아가게 하고…… 그리고 그녀의 그곳을 축축이 젖어들게 만들었다.

욕망은 고향을 떠나고, 새로운 세계를 발견하고, 프랑스어를 배우고, 편견을 극복하고, 농장을 가지기를 꿈꾸고, 아무런 대가도 바라지 않은 채 사랑하고, 한 남자의 눈길을 통해 스스로 여자라고 느끼는 이 모든 것의 근원이었다. 그녀는 미리 계산이라도 한 듯 천천히 다른쪽 어깨끈마저 내렸다. 원피스가 몸을 따라 흘러내렸다. 이어, 그녀는 브래지어 호크를 풀었다. 그녀는 상체를 드러낸 채 그가 그녀를 덮쳐 범하고는 사랑을 맹세할지, 아니면 욕망 자체를 통해 섹스의 진정한 쾌락을 느낄 정도로 감수성이 뛰어날지를 생각하며 그렇게 가만히 있었다.

그들 주위에는 이제 아무 소리도 존재하지 않았다. 벽난로, 그림, 책들은 사라지고 오로지 욕망의 모호한 대상만이 존재하는, 더이상 다른 그 무엇도 중요하지 않은 몰아지경의 상태로 대체되었다.

랄프는 움직이지 않았다. 처음에 그녀는 그의 눈에서 어떤 망설임을 읽었다. 하지만 오래 가진 않았다. 그가 그녀를 바라보았다. 그는 상상 속에서 혀로 그녀를 애무하고 있었다. 그들은 사랑을 나누고 있었다. 땀을 흘리고, 서로 껴안고, 부드러움과 난폭함을 뒤섞고, 함께 소리치고 신음했다.

하지만 실제로는 아무 말도 하지 않았고 움직이지도 않았다. 그것이 그녀를 더욱 흥분시켰다. 그녀 역시 자신이 원하는 것을 마음대로 상상할 수 있었으니까. 그녀는 그에게 자신을 부드럽게 애무해달라고 애원했고, 그의 눈앞에 다리를 벌리고 자위를 했고, 낭만적이거나 천박한 말들을 입에서 나오는 대로 지껄여댔고, 여러 차례 오르가슴을 느꼈고, 소리를 질러 이웃들을, 온 세상을 깨웠다. 그녀에게 쾌락과 기쁨을 주는, 함께 있으면 그녀가 그녀 자신이 될 수 있는, 자신의 성적인 문제들을 털어놓을 수 있고, 나머지 밤을, 나머지 주일을, 나머지 삶을 함께 보내고 싶은 생각이 들게 하는 남자가 거기 있었다.

그들의 이마 위로 땀방울이 흘러내리기 시작했다. 벽난로를 피웠기 때문이라고 그들은 마음으로 서로에게 말했다. 하지만 그나 그녀나 한계에 도달해 있었다. 갖고 있는 상상력을 모두 동원했고, 영원히 이어질 것 같은 행복한 순간들을 함께 보냈다. 한 발자국 더 나아가면 현실이 그 마술을 파괴하고 말 것이었다. 그들은 거기서 멈추어야만 했다.

아주 천천히, 끝은 언제나 시작보다 훨씬 더 힘들기 때문에, 그
녀는 브래지어를 다시 채워 가슴을 가렸다. 우주가 자기 자리로
되돌아왔고, 주변의 사물들이 다시 나타났다. 그녀는 허리에 걸
려 있던 원피스를 끌어올려 입고는 미소지었고, 그의 얼굴을 부
드럽게 어루만졌다. 그가 그녀의 손을 잡아 뺨에 갖다댔다. 그 손
을 언제까지 그리고 얼마나 세게 붙잡고 있어야 하는지도 알지
못한 채.

그녀는 그에게 사랑한다고 말하고 싶었다. 하지만 그랬다가
는 모든 것이 엉망이 되어버릴 위험이 있었다. 그가 겁을 집어먹
을 수도 있고, 최악의 경우 그 역시 사랑한다고 말할 수도 있었다.
마리아는 그것을 원치 않았다. 사랑의 자유는 아무것도 요구하지
않고 아무것도 바라지 않는 데에 있으니까.

"느낄 수 있는 사람은 상대방을 건드리지 않고도 쾌락을 누릴
수 있다는 것을 알아요. 말, 눈길, 이 모든 것이 춤의 비밀을 담고
있죠. 하지만 기차가 도착했어요. 이제 각자 자신의 길을 가야 해
요. 이 여행을 당신과 계속하고 싶은데…… 어디까지 가능할까
요?"

"제네바로 돌아갈 때까지."

랄프가 대답했다.

"늘 꿈꾸었던 사람을 찾아 자세히 관찰해본 사람은 섹스 에너
지가 성관계에 우선한다는 사실을 알아요. 가장 큰 쾌락은 섹스

가 아니라 섹스에 담겨 있는 정열이죠. 정열이 월등할 때, 섹스를 통해 그 춤을 완수하게 되죠. 하지만 섹스는 결코 본질적인 게 아니에요."

"당신은 사랑에 대해 마치 프로처럼 말하는군."

마리아는 말하기로 마음먹었다. 그렇게 하는 것이 그녀의 방어 수단, 아무것에도 발을 들여놓지 않고 자신을 해방시킬 수 있는 방법이었으니까.

"사랑에 빠진 사람은 늘 섹스를 해요. 실제적인 성관계를 가지지 않을 때조차도 그렇죠. 육체들이 만나게 되면 단지 잔이 넘치는 것뿐이에요. 그들은 몇 시간이고 며칠이고 함께할 수 있어요. 그들은 어느 날 춤을 추기 시작해 다음날 끝낼 수도 있고, 아니면 쾌락이 너무나 커 끝내지 않을 수도 있어요. 십일 분과는 아무런 상관도 없어요."

"십일 분?"

"사랑해요."

"나도 사랑하오."

"미안해요. 내가 무슨 말을 하고 있는지 나도 모르겠어요."

"나 역시 그렇소."

그녀는 일어나 그의 뺨에 키스하고는 밖으로 나갔다.

이튿날 아침, 마리아의 일기.

어젯밤 랄프 하르트가 날 바라보았을 때, 그는 도둑처럼 문 하나를 열고 내 안으로 들어왔다. 하지만 떠나면서 그는 내게서 아무것도 가져가지 않았다. 오히려 은은한 장미향을 남겨놓고 갔다. 그는 도둑이 아니라 날 방문한 피앙세였다.

인간은 누구나 자신의 욕망에 따라 산다. 욕망이 그의 보물이다. 그것이 상대방을 멀어지게 만드는 경우도 있지만, 대개는 사랑하는 사람을 다가오게 만든다. 욕망은 내 영혼이 선택한, 너무나 강렬해서 주변 사람들에게까지 전염될 수 있는 마음의 동요이다.

나는 매일 내가 더불어 살고자 하는 진실을 택한다. 나는 실용적이고 효율적이고 전문적이려 애쓴다. 하지만 늘 욕망을 동무 삼을 수 있었으면 좋겠다. 그것은 의무감 때문도, 내 생활의 외로움을 완화시키기 위해서도 아니다. 단지 좋기 때문이다. 그렇다, 욕망은 아주 좋다.

마리아가 친구로 여기는 사람은 필리핀 아가씨 니아밖에 없었지만, 평균 서른여덟 명의 아가씨가 주기적으로 코파카바나에 드나들었다. 그들이 클럽을 거쳐가는 평균 기간은 최소 6개월, 최대삼 년이었다. 그들은 결혼 신청을 받거나 타업소의 스카우트 제의를 받아 나가기도 했고, 더이상 손님들의 관심을 끌지 못하는 아가씨에겐 밀랑이 다른 곳을 한번 알아보라고 조심스럽게 말하는 경우도 있었다.

따라서 각자의 손님을 존중하고, 정해진 아가씨를 향해 곧장 가는 남자들에게는 유혹의 눈길을 보내지 않는 것이 관례였다. 이를 어기는 것은 불공정할 뿐만 아니라 위험한 일이기도 했다. 지난주, 콜롬비아 아가씨가 가방에서 면도날을 꺼내 세르비아 아가씨의 잔 위에 올려놓고는 차분한 목소리로 자기 단골인 은행간부의 초대를 계속 받아들이면 얼굴을 그어버리겠다고 경고했다. 세르비아 아가씨는 그건 그 손님 마음이라고, 그가 자신을 선택하면 자기도 어쩔 수가 없다고 응수했다.

그날 저녁, 그 손님이 클럽에 들어와 콜롬비아 아가씨에게 인사하고는 세르비아 아가씨가 앉아 있는 테이블을 향해 걸어갔다. 그들은 함께 음료를 마시고 춤을 추었다. 세르비아 아가씨가 '봤어? 그가 날 선택했어!'라고 말하듯 콜롬비아 아가씨를 흘끗 쳐다보았다. 마리아는 너무 심한 도발이라고 생각했다.

그 눈길에는 많은 것이 담겨 있었다. 내가 너보다 더 예쁘기 때문에, 지난주에 나와 함께 나갔을 때 좋았기 때문에, 내가 더 젊기 때문에 그가 날 선택한 거야. 콜롬비아 아가씨는 잠자코 있었다. 두 시간 후 세르비아 아가씨가 돌아왔을 때, 콜롬비아 아가씨는 가방에서 면도날을 꺼내어 세르비아 아가씨의 귀 근처를 그어버렸다. 깊지는 않게, 위험하지는 않을 정도로, 그날 밤을 영원히 기억하게 해줄 흉터를 남길 정도로만. 두 아가씨는 뒤엉켜 싸우기 시작했고, 피가 번졌고, 겁을 먹은 손님들은 하나둘 클럽을 떠났다.

경찰이 도착하자, 세르비아 아가씨는 선반에서 잔이 떨어져 깨지는 바람에 얼굴을 베었다고 진술했다. 코파카바나에는 선반이 없었다. 그것은 침묵의 법칙, 이탈리아 창녀들이 즐겨 사용하는 용어를 빌리자면 오메르타*였다. 사랑에서 죽음에 이르기까지, 베른 가에서 발생하는 모든 문제에는 베른 가 나름의 해결방식이 있었다. 베른 가에는 베른 가의 법이 있었다.

경찰도 오메르타를 알고 있었다. 그들은 그 아가씨가 거짓 진술을 하고 있다는 것을 알았지만 추궁하지는 않았다. 그녀를 체포해 재판을 하기로 한다면 재판 기간 동안 그녀를 먹여살려야 할 테니 스위스 납세자들에게 부담만 주는 꼴이었다. 밀랑은 신속한 출동에 감사한다고 말하고는 이 모든 것이 오해이거나 경쟁업소의 허위제보라고 주장했다.

경찰이 철수하자, 그는 두 아가씨를 불러 자신의 가게에 두 번다시 발을 들여놓지 말라고 말했다. 요컨대 코파카바나는 가족적인 업소라는 거였고(마리아로서는 그 말을 이해하기 힘들었다), 그에게는 지켜야 할 평판이 있다는 거였다(이 말은 그녀를 더욱더 헷갈리게 만들었다). 이곳에서 다툼이란 있을 수 없었다. 첫째 규칙은 손님을 존중하는 것이고, 둘째 규칙은 '스위스 은행처럼' 철저히 비밀을 지키는 것이었다. 이곳의 고객들은 당좌계정뿐만 아니라 생활의 건전성에 따라 선별되는, 은행 고객만큼이나 엄격하게 선별된 신뢰할 수 있는 사람들이었다.

드물긴 하지만 화대 지불을 거부하거나 아가씨들에게 폭력을

---

* omerta. 마피아 계통의 조직에서 외부인에 대해 지키는 침묵의 계율.

가하거나 위협을 하는 손님들이 아주 없지는 않았다. 그러나 코파카바나를 개장한 이래 이 세계에서 잔뼈가 굵은 밀랑은 받아도 되는 손님과 받지 말아야 할 손님을 한눈에 알아보았다. 그가 어떤 기준에 따라 손님들을 분류하는지 정확하게 아는 아가씨는 아무도 없었다. 아가씨들은 때로는 그가 잘 차려입은 손님에게 다가가 오늘 밤 클럽이 만원이고(텅 비어 있는데도), 앞으로도 계속 그럴 거라고(달리 말하면, 두 번 다시 오지 말아달라고) 말하는 것을 보기도 했고, 운동복 차림에 면도도 하지 않은 남자들을 반갑게 맞으며 샴페인을 권하는 것을 보기도 했다. 코파카바나의 사장은 겉모습만 보고 판단하지 않았다. 그리고 실수하는 법이 거의 없었다.

좋은 거래가 성립되려면 쌍방이 만족해야 한다. 손님들은 대부분 결혼을 했거나 회사에서 요직을 맡고 있었다. 코파카바나에서 일하는 여자들 중 몇몇 역시 결혼을 했고 자식이 있었으며 학부형 모임에 드나들었지만, 직업을 들킬 위험은 전혀 없었다. 학부형들 중 누군가가 그녀를 알아본다 하더라도 침묵을 지키지 않을 수 없을 테니까. 오메르타는 그런 식으로 작동했다.

이곳에는 동료애는 있어도 우정은 없었다. 어느 누구도 자신의 사생활을 털어놓지 않았으니까. 동료들과 드물게 간간이 나눈 대화에서 마리아는 회한도, 죄책감도, 슬픔도 발견하지 못했다. 일종의 체념과 스스로를 자랑스러워하는 듯한, 자부심을 가지고 꿋

꿋하게 세상과 대결을 벌이는 듯한 묘한 도전의 눈길이 있을 뿐
이었다. 일 주일만 버티면 아무리 신출내기라도 '프로'로 간주되
어, 결혼을 옹호하고(창녀는 가정의 안정에 위협이 될 수 없었
다), 일과 시간 외의 약속은 잡지 말고, 손님이 털어놓는 이야기
에 귀를 기울이되 자신의 의견을 함부로 피력하지는 말고, 손님
이 오르가슴을 느낄 때 함께 신음소리를 내고, 길에서 경찰을 만
나면 인사를 하고, 취업카드 유효기간을 넘기지 않도록 조심하
고, 정해진 날짜에 건강검진을 받으며, 마지막으로 직업의 윤리
적·법적 측면에 대해서는 너무 많은 생각을 하지 말라는 지시를
받았다. 그들은 창녀라는 직업에 종사하는 것이었다.

사람들은 클럽이 손님들로 북적이지 않을 때에는 늘 마리아의
손에 책이 들려 있는 것을 보았다. 곧 그녀는 그 그룹 내에서 '지
식인'으로 통했다. 처음에 다른 아가씨들은 그녀가 어떤 연애소
설을 읽고 있는지 궁금해 흘끗거리다가, 책 주제가 경제학, 심리
학, 그리고 최근에는 농장 경영 등 심각하고 재미없는 것이라는
사실을 알고는 그녀가 차분히 공부를 계속하도록 내버려두었다.

마리아에겐 단골이 많았다. 손님이 별로 없는 날에도 마리아
는 매일 저녁 일을 나갔기 때문에 밀랑의 신임과 동료들의 시샘
을 받았다. 동료들은 자기들끼리 그 브라질 아가씨는 야심이 많
고 거만하며, 오로지 돈 버는 일만 생각한다고 수군거렸다. 너희

들도 똑같이 돈 때문에 여기서 일하는 게 아니냐고 물어보고 싶기도 했지만, 돈 버는 일만 생각한다는 지적이 아주 틀린 건 아니어서 그만두었다.

어쨌거나 험담이 사람을 죽이지는 않았다. 그것은 성공한 사람이 치러야 하는 대가였다. 한쪽 귀로 흘려버리고 정해진 날짜에 브라질로 돌아가는 것과 농장을 사는 일, 두 가지 목표에 몰두하는 편이 나았다.

얼마 전부터 그녀의 머리는 아침부터 저녁까지 랄프 하르트에 대한 생각으로 가득했다. 처음으로 그녀는 부재하는 사랑을 즐길 수 있었다. 그러면서도 그녀는 모든 것을 잃을 위험을 감수해가면서 그에게 사랑을 고백한 것을 조금은 후회하고 있었다. 하지만 대가로 아무것도 요구하지 않는다면, 그녀가 잃을 것이 뭐가 있겠는가? 그녀는 그가 '특별손님'이라고(혹은 '특별손님'이었다고) 밀랑이 알려줬을 때, 자기 가슴이 얼마나 빠르게 뛰었는지를 떠올렸다. 그것은 도대체 무엇을 의미하는 걸까? 그녀는 배반당한 여자처럼 뜨거운 질투심을 느꼈다.

삶을 통해 누군가를 소유할 수 있다고 믿는 것이 얼마나 헛된 일인지, 그럴 수 있다고 생각하는 사람은 자신을 속이는 것이라는 걸, 마리아는 잘 알고 있었다. 하지만 질투는 어쩔 수 없는 것이었다. 질투에 대한 거창한 이론을 갖고 있고, 그것이 연약함의 증거임을 아무리 잘 알고 있는 사람도 그러한 감정을 결코 억누르지 못할 터였다.

가장 강한 사랑은 자신의 연약함을 내보일 수 있는 사랑이다. 아무튼, 내 사랑이 진실이라면(기분전환 혹은 나 자신을 속이고 이 도시에 온 이래로 한없이 늘어나고 있는 자유시간을 보내기 위해 택한 수단만이 아니라), 자유가 질투와 그것이 촉발시키는 고통을 극복할 것이다. 고통 역시 자연스런 과정의 일부이다. 운동을 하는 사람은 누구나 안다. 목표달성을 원한다면, 매일 일정량의 고통이나 불편을 감수해야만 한다는 사실을. 처음에는 그 불편 때문에 의지가 약해지지만, 시간이 가면 그 불편 역시 궁극의 충족을 얻기 위한 하나의 단계라는 것을 이해하게 되고, 고통 없이는 아무리 연습해도 바라던 결과가 나오지 않는다는 것을 느끼게 되는 순간이 온다.

하지만 고통에 집착하는 것, 그 고통에 특정한 사람의 이름을 부여하고 늘 염두에 두는 것은 위험하다. 다행히도 마리아는 그런 것으로부터 자신을 해방시킬 수 있었다.

하지만 그녀는 가끔 랄프는 지금 어디서 무엇을 하고 있을까, 그는 왜 나를 만나러 오지 않을까, 기차역과 억제된 욕망 이야기를 지어낸 나를 멍청하다고 생각하는 것은 아닐까, 사랑한다고 털어놓았다는 이유로 앞으로 영원히 나를 피할 작정은 아닐까, 하고 묻고 있는 자신을 발견하곤 했다. 그토록 아름다웠던 감정들이 고통으로 변하는 것을 막기 위해 그녀는 한 가지 방법을 생각해냈다. 벽난로, 와인, 그와 함께 의논해보고 싶은 생각, 또는 그가 언제쯤 그녀를 만나러 올지 알고 싶은 달콤한 욕망 등 랄프 하르트와 관련된 긍정적인 추억이 떠오르면, 하던 일을 멈추고 하늘을 올려다보고 웃으면서 살아 있다는 사실에, 그리고 사랑하는 남자에게서 아무것도 기대하지 않는다는 사실에 감사드렸다.

거꾸로, 자신의 마음이 그가 보고 싶다고, 혹은 함께 있을 때 왜 그에게 그런 바보 같은 말을 했을까, 하고 불평을 늘어놓기 시작하면, 그녀는 자신에게 말했다.

'아! 그래, 네가 생각하고 싶은 게 고작 그거야? 아주 좋아, 넌 너 좋을 대로 해. 난 더 중요한 일에 전념할 테니까.'

그러고는 계속해서 책을 읽거나, 자신을 둘러싸고 있는 색깔, 사람, 특히 소리, 자신의 발소리, 자동차 소리, 책장을 넘기는 소리, 주위에서 들려오는 대화의 파편들에 온 신경을 집중했다. 그러면 부정적인 생각이 사라졌다. 오 분 후 부정적인 생각이 다시 나타나면, 마리아는 받아들여진 동시에 정중하게 거부되어야 하는 그 기억들이 상당히 오랫동안 멀어질 때까지 그 과정을 반복했다.

'부정적인 생각들' 중 하나는 두 번 다시 랄프를 보지 못할 거라는 가정이었다. 약간의 연습과 많은 인내로 마리아는 그것을 '긍정적인 생각'으로 바꾸어놓는 데 성공했다. 그녀가 제네바를 떠나게 되면, 그곳은 그녀에게 하나의 얼굴, 촌스럽게 자른 긴 머리칼과 아이처럼 천진난만한 웃음과 나지막한 목소리를 가진 한 사내의 얼굴로 남을 것이다. 많은 세월이 흐른 후, 누군가 그녀에게 젊은 시절에 가본 그곳이 어땠느냐고 묻는다면, 그녀는 '아주 아름답고, 사랑할 수 있고, 사랑받을 수 있는 곳'이라고 대답할 수 있을 것이다.

코파카바나에 손님이 없던 어느 날, 마리아의 일기.

이곳을 찾는 사람들과 교제하다보니 그들이 섹스를 다른 마약들과 똑같은 용도로, 현실에서 도피하고, 어려운 문제들을 잊고, 긴장을 풀기 위해 사용한다는 결론에 이르게 된다. 다른 마약들과 마찬가지로 섹스 역시 유해하고 파괴적이다.

누군가가 섹스든 마약이든 뭔가에 취하고 싶어한다면, 그 행위의 결과는 그의 선택에 따라 더 행복할 수도 덜 행복할 수도 있을 것이다. 하지만 삶에서 앞으로 나아가는 것이 문제일 경우에는 '제법 좋은'과 '최고' 사이에는 큰 차이가 있다.

내 손님들이 생각하는 것과는 달리 섹스는 아무 때나 이루어질 수 있는 것이 아니다. 우리에게는 각자 내적인 시계가 있어서, 두 사람이 사랑을 나누기 위해서는 각자의 시곗바늘이 동시에 같은 시각을 가리켜야 한다. 그런 일이 매일 일어나지는 않는다. 사랑에 빠진 사람은 성적 행위에 의존하지 않고도 쾌

225

감을 느낄 수 있다. 서로 사랑하고 함께 있는 두 사람은 놀이와 '연극'을 통해 그들의 시곗바늘을 맞추어야 하고, 사랑을 나누는 것이 단순한 만남 이상이라는 것을, 생식기의 '포옹'이라는 것을 이해해야 한다.

모든 것이 중요하다. 치열하게 살아가는 존재는 매 순간 희열을 느낀다. 그에게는 섹스가 전혀 아쉽지 않다. 그가 성적인 관계를 가지는 것은 뭔가가 넘쳐나기 때문이다. 그의 잔이 다 채워져 넘쳐흐르기 때문이다. 불가피하기 때문이다. 삶의 부름에 응해야 하기 때문이다. 그 순간에만, 오로지 그 순간에만 통제력을 상실할 수 있기 때문이다.

P.S. 내가 쓴 것을 방금 다시 읽어보았다. 맙소사, 내가 얼마나 지적으로 변했는지!

마리아가 이 일기를 쓰고 나서 얼마 지나지 않아, 너그러운 엄마로 혹은 순진한 아가씨로 또 하룻저녁을 준비하고 있을 때, 코파카바나의 문이 열리고 테렌스가 들어섰다.

밀랑은 바 뒤편에 서서 흐뭇한 표정을 짓고 있었다. 브라질 아가씨가 영국 남자를 실망시키지 않았다고 생각한 것이다. 마리아는 그 순간 많은 의미를 담고 있지만 그녀에겐 모호하기만 했던 말, '아픔, 고통, 그리고 많은 쾌락'을 떠올렸다.

"당신을 만나기 위해 런던에서 오는 길입니다. 당신 생각을 많이 했어요."

그녀는 웃었다. 그러면서 그 웃음이 환영의 뜻으로 받아들여지지 않도록 애썼다. 그는 이번에도 의례적인 절차를 따르지 않았다. 그는 함께 한잔 하자거나 춤을 추자고 묻지 않은 채 곧바로 그녀의 테이블에 앉았다.

"스승이 제자로 하여금 뭔가를 발견하게 할 경우, 스승 역시 뭔가를 발견하게 되는 법이죠."

"무슨 얘기인지 알겠어요."

손님과 함께 있을 때는 그를 존중하고 그를 만족시키기 위해 최선을 다해야 한다고 생각하면서도 마리아는 마음속으로 랄프 하르트를 떠올리며 신경이 곤두섰다.

"더 먼 곳까지 가보고 싶지 않아요?"

천 프랑. 감추어진 세계. 그녀를 쳐다보고 있는 클럽 주인. 원하면 언제든지 그만둘 수 있을 거라는 확신. 브라질로 돌아갈 날짜. 찾아오지 않는 또다른 사내.

"바쁘세요?"

마리아가 물었다.

그는 아니라고 대답하며, 이 여자가 뭘 원하는 걸까 하는 표정으로 바라보았다.

"난 내 잔, 내 춤, 내 직업에 대한 약간의 존중심을 원해요."

그는 잠시 망설였다. 지배하고 지배당하는 것은 연극의 일부였다. 그는 음료를 주문하게 하고, 춤을 추고, 택시를 부르고, 택시가 도시를 가로지르는 동안 그녀에게 화대를 지불했다. 그들은 지난번에 갔던 호텔로 갔다. 그는 호텔로 들어서면서 처음 만난 날 저녁처럼 이탈리아인 문지기에게 인사를 했다. 그리고 강이 내려다보이는 그때 그 방으로 올라갔다.

테렌스가 성냥을 켰다. 마리아는 그제야 방 안 여기저기에 수없이 많은 초들이 놓여 있는 것을 알았다. 그가 그 초들에 불을 붙이기 시작했다.

"내가 왜 이러는지 궁금해요? 내가 틀리지 않는다면, 우리가 함께 보낸 밤이 뭐가 그렇게 좋았냐고 묻고 싶은 거죠? 당신 역시 왜 그런지 알고 싶은 거죠?"

"브라질에는 한 성냥으로 초를 세 개 이상 켜서는 안 된다는 미신이 있어요. 당신은 그걸 지키지 않는군요."

그는 그녀의 말을 무시했다.

"당신도 나와 마찬가집니다. 당신은 천 프랑 때문이 아니라 죄책감과 지배당하고 싶은 마음 때문에, 콤플렉스와 자신감 결여 때문에 날 따라온 거죠. 뭐, 그건 좋은 것도 나쁜 것도 아니에요. 인간의 본성일 뿐이니까."

그는 텔레비전 리모컨을 집어 여러 차례 채널을 바꾸다 도피중인 난민들을 보여주는 뉴스 채널에서 멈추었다.

"저 화면들 보이죠? 자신의 개인적인 문제들을 만인 앞에 털어놓는 TV 프로그램을 본 적 있어요? 신문 가판대 앞에 서서 주요 기사들을 읽어본 적은? 사람들은 모두 아픔과 고통을 즐기고 있어요. 홀린 듯이 바라볼 때는 사디즘, 행복하다고 느끼기 위해 그 모든 걸 알 필요는 없다고 결론짓는 것은 마조히즘. 어쨌거나 사람들은 타인의 비극을 열심히 좇고, 때로는 그 사람들과 고통을 함께하죠."

그는 잔 두 개에 샴페인을 채운 다음 텔레비전을 끄고 마리아가 알려준 미신 따위에는 아랑곳 않은 채 다시 초에 불을 붙이기 시작했다.

"다시 한번 말하죠. 그게 인간의 조건입니다. 낙원에서 추방당한 이후로 우리는 고통스러워하거나 타인에게 고통을 주거나 타인의 고통을 바라보죠. 우리로서는 어쩔 수 없는 일이에요."

천둥이 으르렁거리는 소리가 들려왔다. 거대한 폭풍우가 다가오고 있었다.

"하지만 난 못 해요."

마리아가 말했다.

"당신이 나의 주인이고 내가 당신의 노예라고 생각하는 것 자체가 우스꽝스러워요. 고통을 겪기 위해 '연극'을 할 필요는 없어요. 그렇잖아도 삶은 우리에게 너무나 많은 고통을 주고 있으니까요."

촛불이 모두 켜졌다. 테렌스가 그중 하나를 집어 테이블 한가운데에 놓고 샴페인과 캐비아를 더 내왔다. 마리아는 가방 속에 든 천 프랑을, 그녀를 매료시키는 동시에 두렵게 만드는 미지의 세계를, 두려움을 통제할 수 있는 최선의 방법을 생각하며 서둘러 잔을 비웠다. 오늘 밤은 지난번 밤과는 전혀 다르리라는 것, 이번에는 그를 위협할 수 없으리라는 것을 그녀는 잘 알고 있었다.

"앉아."

그의 목소리는 부드럽기도 하고 권위적이기도 했다. 마리아는 복종했다. 열기가 파도처럼 온몸을 휩쓸었다. 익숙한 명령이었기 때문에 한결 마음이 놓였다.

'연극이야. 난 연극 속으로 들어가야 해.'

명령에 따르는 것은 기분 좋은 일이었다. 생각을 하지 말아야 한다. 오로지 복종만 해야 한다. 그녀는 샴페인을 더 달라고 했다. 그가 보드카를 가져다줬다. 그게 더 빨리 취하게 만들고, 더 쉽게 억압에서 해방시키고, 캐비아와도 훨씬 잘 어울렸다.

그가 병을 땄다. 마리아가 거의 혼자 마시다시피 했다. 천둥이 계속 으르렁대고 있었다. 마치 하늘과 땅의 에너지가 격렬함을 드러내보이는 것 같았다. 모든 것이 그 순간의 완벽함에 일조하고 있었다.

테렌스가 장롱에서 작은 손가방을 꺼내 침대 위에 올려놓았다.

"움직이지 마."

마리아는 복종했다. 그가 가방에서 크롬 도금한 수갑 하나를 꺼냈다.

"다리를 벌리고 앉아."

그녀는 그의 명령에 따랐다. 그녀 역시 그것을 원했으니까. 그녀는 자신의 다리 사이를 쳐다보는 그를 보았다. 그는 그녀의 검은 팬티를, 스타킹을, 허벅지를 볼 수 있었고, 그녀의 음모를, 성기를 상상할 수 있었다.

"일어서!"

그녀가 의자에서 벌떡 일어섰다. 몸이 똑바로 서 있지 못하고 비틀거렸다. 그녀는 자기가 생각했던 것보다 훨씬 더 많이 취했다는 것을 깨달았다.

"날 쳐다보지 마. 고개 숙여. 네 주인에게 경의를 표해!"

고개를 숙이기 전에, 그녀는 아주 가느다란 채찍 하나가 가방에서 나와 마치 살아 있는 듯 허공을 가르는 것을 흘끗 보았다.

"마셔. 고개 숙이고 마셔."

그녀는 보드카를 한 잔, 두 잔, 석 잔 들이켰다. 이젠 더이상 연극이 아니라 현실이었다. 그녀도 어쩔 수 없었다. 그녀는 자신이 하나의 물건, 하나의 도구라고 느꼈다. 그리고 믿어지지 않았지만, 그 복종은 그녀에게 완전한 자유의 느낌을 주었다. 그녀는 이제 더이상 가르치고, 위로하고, 고해성사를 들어주고, 흥분시키는 선생님이 아니었다. 그녀는 엄청난 권력을 가진 사내 앞에 있는, 브라질에서 온 어린 계집아이에 불과했다.

"옷을 벗어."

욕망이 묻어나지 않는 건조한 명령이었다. 그런데도 지극히 에

로틱했다. 마리아는 순종의 표시로 여전히 고개를 숙인 채 원피스의 호크를 풀어 바닥으로 흘러내리게 했다.

"네 태도가 시원찮다는 거 알아?"

또다시 채찍이 허공을 갈랐다.

"벌을 받아야만 해. 너 같은 계집아이가 어떻게 감히 내 뜻을 거스를 수가 있지? 넌 내 앞에 무릎을 꿇어야 마땅해!"

그녀가 막 무릎을 꿇으려는데 채찍이 그것을 중단시켰다. 그가 처음으로 그녀의 살, 그녀의 엉덩이를 때렸다. 피부가 타는 듯이 화끈거렸지만 자국이 남지는 않을 것 같았다.

"무릎 꿇으라고 하지 않았어. 내가 그 말을 했나?"

"아뇨."

채찍이 또다시 그녀의 엉덩이를 후려쳤다.

"'아닙니다, 주인님'이라고 말해."

또다시 채찍. 또다시 화끈거림. 순간, 그녀는 당장 모든 것을 그만둘 수도 있다고 생각했다. 또한 돈 때문이 아니라 테렌스가 처음에 했던 말, 즉 인간은 자신의 한계에 도달했을 때에만 자기 자신을 알 수 있다는 말 때문에 끝까지 가보기로 결정할 수도 있었다.

그건 새로운 길이었다. 모험이었다. 물론 원한다면 다음에 계속하기로 할 수도 있을 것이다. 하지만 그 순간, 그녀는 삶의 목표들을 추구하는 여자, 몸을 이용해 돈을 버는 여자이기를 멈추었다. 벽난로 앞에 앉아 흥미로운 이야기를 들려준 한 남자를 알게 된 여자는 없었다. 그 순간, 그녀는 더이상 아무도 아니었다. 아무도 아니기 때문에 그녀가 꿈꾸었던 모든 것이었다.

"옷을 전부 다 벗어. 그리고 내가 네 몸을 볼 수 있도록 천천히 걸어봐."

그녀는 고개를 숙인 채 아무 말 없이 그의 명령에 복종했다. 그녀를 관찰하는 사내는 옷을 입고 있었고 더없이 냉랭했다. 그는 더이상 그녀가 나이트클럽에서 만났던 그 남자가 아니었다. 그는 런던에서 온 오디세우스, 하늘에서 내려온 테세우스, 세상에서 가장 안전한 도시를 접수한 납치범, 그리고 세상에서 가장 단단한 심장을 가진 사내였다. 브래지어와 팬티를 벗은 그녀는 무방비인 동시에 든든한 보호를 받고 있다는 느낌을 받았다. 채찍이 그녀의 몸을 피해 허공을 갈랐다.

"계속 고개 숙이고 있어! 넌 모욕당하기 위해, 내가 원하는 것에 따르기 위해 여기 있는 거야. 알아들었어?"

"예, 주인님."

그는 그녀의 손목을 붙잡고 수갑을 채웠다.

"톡톡히 혼을 내주마! 어떻게 행동해야 되는지 깨달을 때까지 말이야."

그가 손바닥을 펴 그녀의 엉덩이를 후려쳤다. 마리아가 비명을 질렀다. 이번에는 정말로 아팠다.

"호오! 지금 항의하는 건가? 좋아, 내가 본때를 보여주지."

그녀가 어떻게 해보기도 전에 그녀의 입에 가죽재갈이 물렸다. 말을 전혀 못 하게 된 건 아니었다. '옐로' '레드'는 말할 수 있었다. 하지만 그녀는 이제 이 남자로 하여금 자신을 원하는 대로 하도록 허락하는 것이 운명이라고 느꼈다. 그녀로서는 빠져나갈 방법이 전혀 없었다. 벌거벗은 채 재갈과 수갑이 채워져 있었고, 혈관 속에는 피 대신 보드카가 흐르고 있었으니까.

또다시 엉덩이를 후려치는 손바닥.

"이쪽에서 저쪽으로 걸어봐!"

마리아는 '멈춰' '오른쪽으로 돌아' '앉아' '다리를 벌려' 같은 명령에 복종하며 이리저리 걸어다녔다. 때때로, 손바닥이나 채찍이 아무 이유 없이 엉덩이를 후려쳤다. 그녀는 아픔을, 그리고 아픔보다 훨씬 더 크고 강력한 굴욕감을 느꼈다. 아무것도 존재하지 않는 다른 세상에 와 있는 느낌이 들었다. 자신을 완전히 소멸시키고, 전적으로 봉사하고, 자신의 자아, 자신의 욕망, 자신의 의지에 대한 의식을 놓아버리는, 거의 종교적이라고 할 수 있는 느낌이었다. 그녀는 극도로 흥분해 완전히 젖어 있었고, 무슨 일이 벌어지고 있는지도 이해하지 못했다.

"무릎 꿇어!"

복종과 굴욕의 표시로 계속 고개를 숙이고 있었기 때문에 마리아는 무슨 일이 벌어지고 있는지 정확히 알 수가 없었다. 하지만 다른 세계에서, 다른 행성에서 사내가 채찍을 휘두르고 엉덩이를 때리느라 지쳐 헐떡거리는 사이, 정작 그녀 자신은 넘치는 에너지로 점점 더 강해지고 있다는 사실을 알아차렸다. 이제 그녀는 더이상 부끄럽지 않았다. 이 상황을 즐기는 자신을 드러내는 것이 조금도 어색하지 않았다. 그녀는 신음하기 시작했다. 그에게 자기 성기를 애무해달라고 애원했다. 하지만 사내는 그녀를 만족시켜주는 대신 그녀를 붙잡아 침대 위에 내팽개쳤다.

그가 난폭하게 그녀의 다리를 벌려 침대 양쪽에 묶었다. 그녀는 그 폭력이 그녀에게 아무런 해도 가하지 않으리라는 걸 알고 있었다. 그녀의 두 손은 등뒤로 수갑에 채워져 있었고, 양다리는 벌어진 채 묶여 있고, 입에는 재갈이 물려 있었다. 그는 언제쯤 그녀 속으로 들어올까? 그녀가 충분히 준비되었다는 것을, 그를 모시고 싶어한다는 것을, 그녀가 그의 노예, 그의 애완동물, 그의 객체라는 것을, 그가 원하는 것이면 무엇이든 할 각오가 되어 있다는 것을 보지 못한단 말인가?

"느끼게 해줄까?"

그가 채찍 손잡이를 그녀의 성기에 대고 지그시 누르고는 위에서 아래로 문지르기 시작했다. 손잡이가 그녀의 클리토리스를 건드리는 순간, 그녀는 자제력을 잃고 말았다. 그녀는 그들이 언제부터 거기 있었는지, 자신이 몇 대나 얻어맞았는지 알 수 없었다. 갑자기 오르가슴이, 수개월 동안 수십 수백 명의 남자들도 그녀에게 가져다주지 못한 오르가슴이 찾아왔다. 빛의 폭발이었다. 마리아는 자기 영혼의 가장 깊은 곳에 있는 블랙홀 속으로 빨려 들어가는 것을 느꼈다. 고통과 두려움이 절대적인 쾌감과 뒤섞이면서 지금껏 알고 있던 모든 한계 너머로 그녀를 데려갔다. 그녀는 신음했고, 재갈에 억눌린 비명을 내질렀고, 침대 위에서 요동쳤고, 수갑과 가죽끈에 스친 손목과 발목에 생채기가 생기는 것을 느꼈다. 그녀는 맘대로 움직일 수가 없었기 때문에 그 어느 때보다 격렬하게 움직였고, 입에 재갈이 물려 있었고 아무도 그녀가 지르는 소리를 들을 수 없었기 때문에 어느 때보다 크게 소리쳤다. 그것은 고통이자 쾌락이었다. 채찍 손잡이가 점점 더 세게 그녀의 클리토리스를 누르자, 그녀의 입, 그녀의 성기, 그녀의 눈, 그녀의 땀구멍, 그녀의 모든 피부가 희열을 부르짖었다.

그녀는 무아지경에서 서서히 깨어났다. 그녀의 두 다리 사이에 끼어 있던 채찍은 이미 사라지고 없었다. 그녀의 머리칼이 땀으로 흠뻑 젖어 있었다. 부드러운 손길이 수갑과 가죽끈을 풀어주었다.

그녀는 몽롱한 상태로 거기 축 처져 있었다. 혼란스러웠다. 그 남자를 똑바로 쳐다볼 수가 없었다. 자기 자신이, 자신이 내지른 소리가, 자신이 맛본 오르가슴이 부끄러웠다. 그 역시 그녀의 머리칼을 쓰다듬으며 헐떡이고 있었다. 하지만 쾌락은 오로지 그녀

237

만을 위한 것이었다. 그는 어떠한 황홀감도 느끼지 못했다.

그녀는 자신의 벌거벗은 몸을 그 많은 명령, 그 많은 외침, 그 많은 상황통제에 지쳐버린, 옷을 다 입고 있는 그 사내에게 바싹 갖다붙였다. 그녀는 이제 무슨 말을 해야 할지, 무엇을 어떻게 해야 할지 알 수 없었다. 다만 자신이 안전하고 보호받고 있다고 느꼈다. 그는 그녀가 알지 못했던 그녀 자신의 일부분에 도달할 수 있도록 그녀를 인도했다. 그는 그녀의 보호자이자 안내자였다.

그녀가 눈물을 흘리기 시작했다. 사내는 그녀가 진정할 때까지 끈기 있게 기다렸다.

"내게 뭘 한 거죠?"

그녀가 울먹이며 물었다.

"내가 해줬으면 하고 당신이 바란 것."

그녀는 자신이 그를 너무도 필요로 한다는 것을 느끼며 그를 바라보았다.

"나는 당신에게 아무것도 강요하지 않았어요. 당신이 '옐로'라고 말하는 것도 듣지 못했고. 나의 유일한 권력은 당신이 나에게 부여한 것이었죠. 어떠한 강제도, 어떠한 협박도 없었어요. 오로지 당신의 의지가 있었을 뿐이죠. 당신은 노예고 내가 주인이긴 했지만. 나의 유일한 권력은 당신이 당신 자신의 자유를 향해 나아가도록 인도하는 것이었죠."

수갑. 발목을 묶은 가죽끈. 재갈. 신체적인 고통보다 더 크고 강렬했던 굴욕감. 하지만 그가 옳았다. 그 느낌은 완전한 자유의 느낌이었다. 마리아는 넘치는 에너지와 활기를 주체할 수가 없었다. 그리고 곁에 있는 사내가 완전히 기진맥진한 것을 보고 놀랐다.

"당신도 오르가슴을 느꼈나요?"

그녀가 물었다.

"아니, 주인은 노예를 다그치기 위해 있는 거죠. 노예의 쾌락이 주인의 기쁨입니다."

아무래도 좋았다. 그것은 책에서는 전혀 다루지 않은, 실제의 삶과는 아무 상관이 없는 성적 환상의 세계였다. 그녀는 빛으로 가득했고, 그는 불투명하고 비어버린 것처럼 보였다.

"가고 싶으면 언제든 가도 좋아요."

테렌스가 말했다.

"가지 않겠어요. 난 이해하고 싶어요."

"이해해야 할 건 아무것도 없어요."

그녀는 눈부시게 아름답고 강렬한 나신裸身으로 일어나 잔 두 개에 와인을 따르고, 담배 두 개비에 불을 붙여 그에게 하나를 건네주었다. 역할이 뒤바뀌어 있었다. 그녀는 자신에게 쾌락을 준 노예에게 보상을 해주는 여주인이었다.

"조금 있다 옷 입고 갈게요. 하지만 그 전에 얘기를 좀 나누고 싶어요."

"할말은 아무것도 없어요. 내가 원한 게 바로 이것이었어요. 그리고 당신은 아주 훌륭했어요. 난 지금 몹시 피곤해요. 내일 일찍 런던으로 떠나야 합니다."

그는 침대에 누워 눈을 감았다. 마리아는 그가 정말 잠이 들었는지 아니면 자는 척하고 있는 건지 알 수가 없었다. 하지만 그런 건 조금도 중요하지 않았다. 그녀는 느긋하게 담배를 피우고, 천천히 와인잔을 비웠다. 그리고 유리창에 얼굴을 대고 호수를 바라보았다. 누군가 그 모습 그대로의 그녀를, 벌거벗은, 에너지로 충만한, 절정에 도달한, 자신만만한 그녀를 바라보길 갈망하면서.

그녀는 옷을 입은 다음 작별인사도 하지 않고, 아무 거리낌 없이 자기 손으로 직접 문을 열고 방을 나섰다. 이곳에 다시 오고 싶을지 아직은 확신할 수 없었다.

테렌스는 방문이 닫히는 소리를 들었다. 그는 마리아가 뭔가를 핑계 삼아 다시 돌아오지 않을까 잠시 기다렸다. 몇 분 후, 그는 자리에서 일어나 담배에 불을 붙였다.

품격이 있는 아가씨야, 그는 생각했다. 그녀는 채찍을 잘 견뎌냈다. 체형體刑 중에서 가장 흔하고, 가장 오래되고, 가장 경미한 것이긴 하지만. 그는 서로 다가가기를 원하지만 서로 고통을 줌으로써만 그것이 가능한 두 존재 사이의 신비로운 관계를 자신이 처음 경험했을 때를 떠올렸다.

저 바깥에는 수백만의 부부들이 매일 자신도 모르는 사이에 사도마조히즘을 실행하고 있었다. 그들은 매일 일터로 갔고, 돌아와서는 모든 것에 대해 불평을 늘어놓았다. 남편은 아내를 괴롭히거나 아내로부터 괴롭힘을 당했다. 그들은 자신이 비참하다고 느꼈지만 그들 자신의 불행에 깊이 얽매여 있었고, 하나의 몸짓, 한 번의 '더는 못 참겠어'로도 충분히 억압에서 해방될 수 있다는 것을 모르고 있었다. 테렌스 역시 유명한 영국 가수인 아내와 그것을 경험했다. 질투에 사로잡혀 있던 그는 걸핏하면 아내에게 시비를 걸었고, 낮에는 진정제에, 밤에는 술에 취해 시간을 보냈다. 그녀는 그를 사랑했지만 그런 그의 행동을 이해하지 못했다. 그도 그녀를 사랑했지만, 그 역시 자신의 행동을 이해할 수 없었다. 마치 그들이 서로에게 주는 고통이 그들 삶에 꼭 필요한 본질적인 것인 듯했다.

어느 날, 한 연주자가 깜박 잊고 스튜디오에 책 한 권을 놓고 갔다. 괴짜들이 득실대는 그 계통에서 지극히 평범해 보였기 때문에 테렌스가 아주 이상하게 여기던 연주자였다. 책은 레오폴트 폰 자허 마조흐*가 쓴 『모피옷을 입은 비너스』였다. 책을 뒤적이

---

* Leopold von Sacher-Masoch(1836~1895), 오스트리아 소설가. 청년 귀족 쿠젬스키의 사랑의 모험 이야기를 다룬 대표작 『모피옷을 입은 비너스』(1871)로 이름을 떨쳤다. 그가 죽은 뒤 그의 성적 기행이 성심리학자들의 주목을 받아 '마조히즘'이라는 용어가 생겼다.

던 테렌스는 책을 통해 점차 자기 자신을 더 잘 이해하게 되었다.

그 예쁜 여자가 옷을 벗어던지고는 짤막한 손잡이가 달린 긴
채찍을 집어 자기 손목에 감으며 말했다.

"당신이 원했으니, 채찍으로 당신을 후려치겠어요."

"그렇게 해주오. 제발 부탁이오."

그녀의 정부情夫가 속삭이듯 말했다.

테렌스의 아내는 유리로 되어 있는 스튜디오 칸막이벽 건너편
에서 한창 연습에 열중하고 있었다. 그녀는 바깥에 있는 기술자
들이 스튜디오 내부에서 나는 소리를 들을 수 없도록 마이크를
꺼달라고 요구했고, 사람들은 그녀의 말에 따랐다. 테렌스는 그
녀가 아마도 피아노 연주자와 밀회 약속을 정하고 있을 거라고
생각했다. 그는 깨달았다. 그녀는 일부러 그를 미치게 만들고 있
었다. 하지만 그는 이미 고통에 길들어 있었다. 고통 없이는 더이
상 살 수 없었다.

"채찍으로 당신을 후려치겠어요." 그가 손에 들고 있는 소설 속
에서 옷을 벗은 여자가 말했다. "그렇게 해주오. 제발 부탁이오."

그는 미남이었고, 음반회사 내에서 어느 정도의 권력도 가지고
있었다. 그런 그가 이런 생활을 계속할 필요가 있을까?

그는 그런 상황을 즐기고 있었다. 돈, 명성, 인기, 자신이 지닌

그 모든 특혜를 누릴 자격이 없었기 때문에, 삶이 그에게 관대했기 때문에, 그는 많은 고통을 받아야 마땅했다. 그는 음반 제작자로서 큰 성공을 거두고 있었는데, 그것 또한 그를 불안하게 만들었다. 정상에서 하루아침에 낭떠러지로 추락하는 사람들을 숱하게 보아왔기 때문이었다.

그는 그 책을 끝까지 읽었다. 그는 고통과 쾌락을 신비스럽게 결합해놓은 책들을 찾아 읽기 시작했다. 아내는 그가 빌려오는 비디오테이프들, 그가 감추는 책들을 보고는 그것들이 도대체 다 뭐냐고, 어디 아프냐고 물었다. 테렌스는 아니라고, 새 앨범 재킷에 쓰려고 뭘 좀 찾고 있을 뿐이라고 그녀를 안심시켰다. 그러고는 지나가는 말처럼 슬쩍 흘렸다.

"우리도 한번 시도해봐야 할 것 같아."

그들은 시도해보았다. 처음에는 섹스숍에서 구한 입문서에만 의존해 아주 조심스럽게 했다. 그런 다음 그들은 서서히 새로운 테크닉들을 발전시켜나갔고, 한계에 도전하고 위험을 감수했다. 그들은 결혼생활이 점점 더 견고해지는 것을 느낄 수 있었다. 그들은 금지된 비밀을 공유하는 공범자들이었다.

그들의 실험은 예술로 확장되었다. 그들은 가죽과 각종 금속 못을 새로이 유행시켰다. 그의 아내는 손에 채찍을 든 채 가죽 부츠와 가터벨트 차림으로 무대에 올라 관중을 광란에 빠뜨렸다. 그녀의 그룹이 발표한 새 앨범은 영국 차트 1위에 올랐다. 그리고 유럽 전체에서 놀라운 성공을 거두었다. 테렌스는 젊은이들이 개인적인 성적 일탈을 그토록 쉽게 받아들이는 것을 보고 무척 놀랐다. 억제된 폭력성을, 강렬하지만 공격적이지 않은 형태를 통해 표현했기 때문이라고 설명할 수밖에 없었다.

그룹의 상징이 되어버린 채찍은 티셔츠, 문신, 스티커, 우편엽서 등 곳곳에 모습을 드러냈다. 지적 성향을 지닌 테렌스는 자기 자신을 더 잘 이해하기 위해 그 모든 것의 기원을 탐구하기 시작했다.

그가 마리아에게 말한 것과는 달리, 그 기원은 흑사병을 몰아내고자 했던 고행자들과는 아무런 상관이 없었다. 아주 먼 옛날부터 인간은 혹독한 고통도 일단 익숙해지면 자유로 가는 통행증이 된다는 사실을 알고 있었다.

한 인간이 자신을 희생해 나라와 세상을 구한다는 개념은 이집트, 로마, 그리고 페르시아에 이미 존재했다. 중국에서는 자연재해가 발생하면 지상에서 신성神性을 대표하는 사람인 천자天子가 벌을 받았다. 고대 그리스에서는 일 년에 한 번씩 스파르타 최고의 전사들이 여신 아르테미스에게 경의를 표하기 위해 아침부터 저녁까지 채찍질을 당했고, 군중들은 고통을 꿋꿋하게 참아내고 미래의 전장에서 용감히 싸우라고 함성을 질러 그들을 격려했다. 하루가 끝날 무렵, 사제들은 그들의 등에 난 상처를 살펴보고 그것에서 도시의 미래를 점쳤다.

알렉산드리아 수도원 주변에서 발원한 4세기의 수도단체 '사막의 교부단敎父團'은 악마를 쫓고, 구도에서 육체에 대한 정신의 우월성을 증명하기 위해 자신에게 채찍질을 가하는 방법을 사용했다. 성인들의 역사에도 그러한 예는 수없이 많았다. 성녀 로사는 가시밭을 뛰어다녔고, 성 도미니크 로리카투스는 매일 밤 잠자리에 들기 전 스스로에게 매질을 가했다. 순교자들은 기꺼이 십자가에 매달려 서서히 죽어가거나 스스로 맹수의 밥이 되었다. 모두 고통을 극복하면 종교적 황홀경에 도달하게 된다고 단언하고 있었다.

아직 공인되지 않은 최근의 연구들에 따르면, 환각을 일으키는 성분을 지닌 어떤 균류는 상처 위에서 자라나 환상을 유발시킨다고 했다. 그러한 습속이 수도원을 벗어나 온 세계로 퍼진 것을 보면 거기서 얻을 수 있는 쾌감이 무척이나 큰 것 같았다.

1718년에는 신체적인 훼손 없이 고통을 통해 쾌감을 얻는 법을 가르치는『스스로 채찍질을 가하는 방법에 관한 논설』이 출간되기도 했다. 18세기 말 유럽에는 고통을 통해 쾌락을 추구하는 곳이 무수히 많았다. 어떤 고문서들에 따르면, 고통을 당하는 것뿐만 아니라 고통을 가하는 것(더 힘들고 덜 강렬하기는 하지만)에서도 쾌락을 얻을 수 있다는 사실이 알려지기 전에는 왕과 공주들도 하인들을 시켜 자신을 때리도록 명령했다고 한다.

담배를 피우면서, 테렌스는 대부분의 사람들이 자기 생각을 이해할 수 없으리라고 중얼거리며 우월감을 맛보았다. 엘리트들만 허용하는 폐쇄적인 클럽의 일원으로 남는 게 더 나았다. 그는 지옥 같던 자신의 결혼생활이 어떻게 더없이 즐거운 것으로 변했는지를 떠올렸다. 아내는 그가 제네바에 가는 목적이 무엇인지 알고 있었지만 전혀 개의치 않았고, 오히려 남편이 일 주일간의 노동을 보상받을 수 있는 적절한 놀이를 찾았다며 행복해했다.

방금 방에서 나간 아가씨는 모든 것을 이해하고 있었다. 그들의 영혼은 닮아 있었다. 그는 그것을 느낄 수 있었다. 아내를 사랑하기에, 다른 누군가를 사랑할 준비는 되어 있지 않았지만. 그래도 그는 수시로 자신이 한없이 자유롭다고 생각했고 새로운 관계를 꿈꾸었다.

이제 가장 어려운 실험이 남아 있었다. 그녀를 모피를 걸친 비너스로, 그를 모욕하고 가차없이 벌할 수 있는 최고의 군주로, 그의 지배자로 만드는 것. 그녀가 그 시험을 통과한다면, 그는 기꺼이 그녀에게 가슴을 열어 보이고 그 안으로 들어오게 할 것이다.

마리아가 보드카와 쾌락에 취해 쓴 일기.

잃을 것이 아무것도 없었을 때 나는 모든 것을 얻었다. 나 자신이기를 그만두었을 때 나는 나 자신을 찾았다. 전적인 굴욕과 복종을 경험했을 때, 나는 자유로웠다. 내가 아픈 것인지, 이 모든 게 하나의 꿈인지, 이런 일은 단 한 번밖에 일어나지 않는 것인지 나도 모르겠다. 그런 것 없이도 내가 살 수 있다는 건 나도 잘 알고 있다. 그런데도 그를 또 만나 그 경험을 다시 하고 싶고 더 멀리까지 가보고 싶다.

사실, 고통이 약간 두려웠다. 하지만 고통은 굴욕감보다는 훨씬 약했다. 그 숱한 남자들이 내 몸을 자기들 하고 싶은 대로 가진 후에, 그런 수개월 만에 처음으로 오르가슴을 느꼈을 때, 나는 내가 신에게 더 가까이 다가갔다고 느꼈다. 그게 정말 가능한 일일까? 나는 흑사병에 대해 그가 말했던 것, 인류의 구원을 위해 자신의 고통을 바친 고행자들이 그 행위를 통해 쾌락을 찾았다는 것을 떠올렸다. 나는 인류를, 혹은 그나 나 자신을 구원하고 싶었던 것은 아니다. 나는 그저 그곳에 있었을 뿐이다.

섹스의 기술은 통제력의 상실을 통제하는 기술이다.

그것은 연극이 아니었다. 그들은 그곳에서만 파는 피자를 먹고 싶다는 마리아의 요청에 따라 실제로 역에 갔다. 그녀는 자신이 약간 변덕쟁이처럼 구는 것을 허락했다. 랄프는 하루 일찍 그녀를 찾아왔어야 했다. 그녀가 아직 사랑, 욕망, 벽난로, 그리고 와인을 찾는 여자였을 때. 하지만 인생은 다른 길을 선택했다. 그녀는 오늘은 소리들에, 현재의 순간에 집중할 필요가 없었다. 단 한 번도 랄프 생각을 하지 않았기 때문이다. 훨씬 더 흥미로운 것을 발견했다는 훌륭한 이유도 있었다.

함께 집으로 갈 시간만 기다리며 곁에 앉아 좋아하지도 않을 게 뻔한 피자를 열심히 먹고 있는 이 남자와 도대체 뭘 할 수 있을까? 그가 코파카바나에 들어와 그녀에게 음료를 제공했을 때, 마리아는 말할 생각이었다. 이제 끝났다고, 다른 아가씨를 찾아보라고. 그런데 다른 한편으로, 그녀는 누군가에게 전날 밤에 대해 말하고 싶은 엄청난 욕구를 느꼈다.

그녀는 '특별손님'과 외출한 적이 있는 동료 창녀들과 대화를 시도했지만 그들은 한결같이 딴전을 피울 뿐이었다. 영리하고 배우는 것도 빠른 마리아가 조만간 코파카바나의 다른 여자들에게 큰 위협이 될 거라고 생각했기 때문이었다. 그녀가 아는 남자들 중에서 그녀를 이해할 수 있는 사람은 오로지 랄프 하르트뿐이었다. 밀랑 말이 그 역시 '특별손님'이라고 했으니까. 하지만 지금 그는 애정이 가득한 눈으로 그녀를 바라보고 있다. 그것이 사태를 어렵게 만들었다. 아무 말도 하지 않는 편이 나았다.

"아픔, 고통, 그리고 많은 쾌락에 대해 아세요?"

그녀는 자신을 통제하지 못했다.

랄프가 동작을 멈췄다.

"나는 모든 걸 알고 있소. 하지만 이제 그런 것에는 흥미가 없어요."

일말의 망설임도 없이 대답이 흘러나왔다. 마리아는 충격을 받았다. 그렇다면 그녀만 빼고 모든 사람이 알고 있었다는 걸까? 맙소사, 무슨 놈의 세상이 이렇게 돌아간담?

"난 내 안의 악마와 어둠을 만났소."

랄프가 말을 이었다.

"나는 그 끝까지 가보았고, 그 분야뿐 아니라 다른 많은 분야에서도 모든 걸 실험해봤소. 하지만 지난번 우리가 만났을 때, 난 고통이 아니라 욕망을 통해 내 한계들을 발견했어요. 난 내 영혼의 밑바닥으로 뛰어들었소. 그리고 내가 선한 것들, 이승의 삶 속에 있는 수많은 선한 것들을 여전히 갈망하고 있다는 것을 깨달았소."

그는 말하고 싶었다. '당신도 그중 하나요. 제발 부탁이니 그 길로 가지 말아요.' 하지만 용기가 나지 않았다. 그는 택시를 불러 호숫가로 가달라고 부탁했다. 영원이라고 느껴질 만큼 아주 오래전, 그들이 처음 만났던 날, 그들은 함께 그곳을 걸었다. 마리아는 이상하게 여겼지만 아무 말도 하지 않았다. 그녀의 정신은 전날밤 있었던 일에 아직 취해 있었지만, 그녀의 본능이 자칫하면 많은 걸 잃게 될지도 모른다고 경고해주었다.

호숫가에 다다랐을 때에야 비로소 그녀는 수동적인 태도에서 벗어났다. 아직 여름이었지만 밤공기가 차가웠다.

"여긴 뭐하러 온 거죠? 바람이 차서 감기 걸리겠어요."

택시에서 내리며 그녀가 물었다.

"당신이 말한 고통과 쾌락에 대해 곰곰이 생각해봤소. 신발을 벗어요."

그녀는 언젠가 어떤 손님이 그녀에게 똑같은 것을 요구한 뒤 그녀의 맨발을 바라보는 것만으로도 흥분했던 일을 떠올렸다. 모험은 그녀를 잠시도 가만히 내버려두지 않는 것일까?

"감기 걸릴 거예요."

"시키는 대로 해요."

그가 고집을 부렸다.

"오래 있지만 않으면 감기는 걸리지 않을 거요. 내가 당신을 믿
듯 날 믿어봐요."

마리아는 그가 자신을 돕고 싶어한다는 것을 느낄 수 있었다.
이미 쓰디쓴 맛을 경험해본 적이 있기 때문에 그녀가 똑같은 위
험에 처해 있다고 생각하는 것 같았다. 하지만 그녀는 도움을 받
고 싶지 않았다. 그녀는 고통이 더이상 문제가 되지 않는 그 새로
운 세계가 마음에 들었다. 하지만 그녀는 브라질을 떠올렸고, 거
기서는 그런 세상을 함께 나눌 파트너를 찾는 것이 불가능하리라
는 사실을 직시했다. 그녀의 삶에서 브라질은 그 무엇보다 소중
했으므로, 그녀는 신발을 벗었다. 땅바닥이 작은 자갈들로 덮여
있었기 때문에 그녀의 스타킹이 금방 찢어져버렸다. 하지만 그런
건 전혀 중요하지 않았다.

"윗도리도 벗어요."

그녀는 거절할 수도 있었다. 하지만 전날 밤 이후로 그녀는 모
든 것에 '예'라고 말하는 데 익숙해져 있었다. 그녀는 윗도리를 벗
었다. 그녀의 몸은 아직은 따뜻해서 즉각적으로 반응하지는 않았
지만 서서히 한기에 움츠러들었다.

"걸읍시다. 걸으면서 이야기합시다."

"여기선 불가능해요. 바닥이 온통 돌로 뒤덮여 있잖아요."

"그러기에 하는 말이오. 난 당신이 그 돌들을 느끼길 원해요. 난 그것들이 당신 속에서 고통을 불러일으키기를, 당신에게 상처를 입히기를 원해요. 당신은 분명 쾌감을 가져다주는 고통을 느꼈을 거요. 나 역시 그것을 느껴보았소. 나는 그것을 당신 영혼에서 뽑아버리고 싶어요."

마리아는 '그럴 필요 없어요, 난 그게 좋으니까'라고 말하고 싶었다. 하지만 그녀는 천천히 걷기 시작했다. 추위와 발바닥을 찌르는 뾰족한 돌들 때문에 발바닥이 타는 것처럼 아팠다.

"당신이 '고통, 굴욕, 그리고 많은 쾌락'이라 부르는 것에 내가 푹 빠져 있었을 때, 나는 전시회 때문에 일본에 갈 기회가 있었소. 그때 나는 그것이 되돌아올 수 없는 길이라고, 그 길로 점점 더 멀리 나아갈 거라고 믿고 있었어요. 내 삶에는 벌을 주고, 벌을 받고픈 욕망 외에는 아무것도 남아 있지 않았소.

우린 인간들이오. 우린 죄책감을 가지고 태어나오. 행복이 가까이 오면 두려움에 빠져들고, 우리 자신이 늘 무기력하고, 부당한 취급을 받고, 불행하다고 느끼기 때문에 타인을 벌하길 원하며 죽어가오. 지은 죄의 대가를 지불하고 죄지은 자들을 벌하는 것, 아! 멋지지 않소? 그래요, 그건 정말 멋진 일이오."

마리아는 걸었다. 아픔과 추위 때문에 아무리 애를 써도 랄프의 말에 집중할 수가 없었다.

"당신 손목에 난 자국을 봤어요."

수갑 자국이었다. 그녀는 그 자국을 감추기 위해 팔찌를 여러 개 차고 나왔지만 뭔가에 정통한 눈은 언제나 원하는 것을 찾아내는 법이다.

"당신이 최근에 경험한 모든 것이 그 걸음을 내디디도록 당신을 이끌었다면 나로서도 굳이 말릴 수가 없소. 하지만 그것은 진정한 삶과는 전혀 관계가 없다는 걸 명심해요."

"그 걸음이라뇨?"

"고통과 쾌락. 사디즘과 마조히즘. 당신 좋을 대로 불러요. 그것이 당신의 길이라고 확신한다면, 나로서도 어쩔 수 없는 노릇이오. 난 욕망을, 우리들의 만남을, 산티아고의 길에서의 산책을, 당신의 빛을 기억할 거요. 당신이 준 볼펜을 특별한 곳에 고이 간직할 거고, 벽난로에 불을 피울 때마다 당신을 생각할 거요. 하지만 두 번 다시 당신을 찾지 않을 거요."

마리아는 겁이 났다. 물러설 때였다. 그 사람보다 더 많은 것을 아는 척하지 말고 진실을 말해야 할 때였다.

"내가 최근에, 정확히 말하자면 어제 한 경험은 전에는 한 번도 해본 적이 없는 거였어요. 타락의 한계점에서 나 자신을 발견할 수 있었다는 사실이 날 두렵게 해요."

말을 잇기조차 어려웠다. 이가 따닥따닥 부딪쳤고 발이 너무

아팠다.

"쿠마노라는 지역에서 열린 내 전시회에 한 나무꾼이 찾아왔었소."

랄프가 마치 그녀의 말을 듣고 있지 않았던 것처럼 말을 이었다.

"그는 내 그림을 좋아하진 않았지만, 내가 경험하고 느끼는 것을 그림을 통해 정확하게 꿰뚫어볼 줄 알았소. 이튿날 그가 호텔로 날 찾아와 물었어요. 행복하냐고, 행복하다면 좋아하는 걸 계속하고, 그렇지 않다면 자기를 따라가 함께 며칠 보내지 않겠느냐고.

그는 내가 지금 당신한테 하고 있는 것처럼 날 돌 위에서 걷게 했소. 그는 나를 추위에 떨게 만들었소. 그는 나로 하여금 고통의 아름다움을 깨닫도록 강요했소. 단, 그것은 인간이 아니라 자연이 가하는 고통이었소. 그는 그것을 전통 슈겐도*라 불렀소.

그는 내가 고통을 두려워하지 않는 사람이라고, 그리고 영혼을 지배하기 위해서는 육체를 지배하는 법 또한 배워야 하니 그것은 좋은 것이라고 말했소. 하지만 내가 고통을 올바르지 못한 방식으로 사용하고 있다고, 그것은 아주 나쁜 것이라고 했소.

그 나무꾼은 자기가 나 자신보다 나를 더 잘 안다고 생각했고,

---

* 修驗道, 산에서 수행하며 밀교적인 의식을 행하여 득도하려는 종교. 개조(開祖)는 7, 8세기의 주술사인 엔노 오즈노(役小角)로 알려져 있다. 산악신앙에 일본 고유의 민족종교인 신도(神道), 밀교, 음양도 등의 요소가 혼합된 것.

그것이 날 은근히 화나게 만들었소. 동시에 내 그림에 내가 느끼는 것이 정확하게 표현되었구나 하는 생각에 자랑스럽기도 했소."

마리아는 날카로운 돌 하나에 발바닥이 베이는 것을 느꼈다. 하지만 추위가 더 견디기 힘들었다. 몸의 기능이 현저히 떨어졌다. 그녀는 랄프 하르트의 말을 좇아가기가 힘들었다. 신이 만든 이 성스러운 세상에서 남자들은 왜 그녀에게 고통을 보여주는 것에만 관심을 갖는 것일까? 성스러운 고통, 쾌락을 주는 고통, 설명할 수 있는 고통, 설명할 수 없는 고통, 하지만 언제나 고통, 고통……

상처가 난 부분에 다른 돌이 닿았다. 그녀는 터져나오는 비명을 억누르며 계속 걸었다. 처음에 그녀는 자기 본래의 모습, 자기 절제, 그가 그녀의 '빛'이라 부른 것을 지키려고 애썼다. 속이 울렁거리고 머릿속이 빙빙 돌았지만 천천히나마 걸어보려고 노력했다. 금방이라도 토할 것만 같았다. 걸음을 멈추고 싶었다. 이 모든 게 무슨 의미랴 싶었다. 하지만 그녀는 멈추지 않았다.

자존심 때문이었다. 이 정도 맨발의 산책은 얼마든지 견딜 수 있었다. 평생 걸어야 하는 건 아닐 테니까. 갑자기 또다른 생각이 그녀의 뇌리를 스치고 지나갔다. 발에 심한 상처가 생기거나 독한 감기에 걸려 다음날 코파카바나에 출근할 수 없게 된다면? 그녀는 자기를 기다리고 있는 손님들을, 그녀를 어느 누구보다 신뢰하는 밀랑을, 벌지 못하게 될 돈을, 미래의 농장을, 자기를 자랑스러워하는 부모를 생각했다. 하지만 곧 고통이 모든 생각을 사라지게 만들었다. 그녀는 랄프 하르트가 자신의 노력을 인정해주기를, 그래서 이제 됐다고, 신발을 신어도 좋다고 말해주기를 미친 듯이 소원하며 또 한 발을 내디뎠다.

하지만 그는 마치 그것이 그녀가 모르고 있는 그 무엇으로부터, 당장은 그녀를 매료시켰지만 머지않아 그녀 내부에 수갑 자국보다 더 깊은 자국을 남기게 될 그 무엇으로부터 그녀를 해방시키는 유일한 방법인 양 차가운 표정으로 묵묵히 지켜보고만 있었다. 그가 자신을 도우려 한다는 것을 알고 있었고, 자신의 의지력을 증명하기 위해 온힘을 다하고 있었지만, 고통이 너무 심했기 때문에 그녀는 세속적인 것이든 숭고한 것이든 아무 생각도 할 수가 없었다. 오로지 고통만이 모든 공간을 차지하고 있었다. 그것은 그녀를 두려움에 떨게 만들었고, 한계에 다다랐다고, 결코 더는 해내지 못할 거라고 고백하라고 강요했다.

하지만 그녀는 또다시 한 걸음을 내디뎠다.

또 한 걸음.

이제 고통이 그녀의 영혼을 잠식해 그녀의 정신을 약화시키는 것 같았다. 별 다섯 개짜리 호텔에서 벌거벗은 채, 보드카와 캐비아를 앞에 놓고, 허벅지 사이에 채찍을 끼고 연극을 하는 것과, 살을 에는 추위 속에서 맨발로 자갈 위를 걷는 것은 아무 상관이 없다는 생각이 들었다. 그녀는 어디가 어딘지 알 수 없었고, 랄프 하르트와 단 한마디의 말도 나눌 수가 없었다. 그녀의 세계에는 나무 사이로 난 오솔길을 뒤덮고 있는 작고 날카로운 자갈들밖에 없었다.

그녀가 막 포기하려는 순간, 아주 묘한 감정이 그녀를 휩쓸었다. 한계에 도달했던 것이다. 그리고 그 한계 너머로 텅 빈 공간이 펼쳐졌다. 그녀는 자신이 무엇을 느끼는지도 알지 못한 채 그 빈 공간 위를 떠다녔다. 이것이 바로 고행자들이 느끼는 것일까? 고통의 극단에서 그녀는 의식의 다른 차원으로 들어가는 문을 발견했다. 이제는 준엄한 자연과 꺾이지 않는 그녀 자신 외에는 아무것도 존재하지 않았다.

어두컴컴한 공원, 칠흑 같은 어둠에 감싸인 호수, 말없는 사내, 그녀가 맨발로 힘겹게 걷고 있다는 것을 눈치채지 못한 채 산책하고 있는 한두 쌍의 연인들, 그녀 주위의 모든 것이 꿈으로 변했다. 추위 또는 고통 때문이었을까? 그녀는 갑자기 자신의 육체를 느끼기를 그만두고 욕망도 두려움도 없는, 그것을 뭐라고 부를 수 있을까? 오로지 신비로운 '평화'밖에 없는 상태로 빠져들었다. 고통의 한계는 그녀의 한계가 아니었다. 그녀는 그 너머까지 갈 수 있었다.

그녀는, 스스로 고통 속으로 뛰어든 그녀와는 달리 말없이 고통을 견디고 있는 모든 인간들을 떠올렸다. 하지만 지금 그런 것은 중요하지 않았다. 그녀는 육체의 경계를 뛰어넘은 것이다. 이제 그녀에게 남은 것은 영혼, 언젠가 누군가 천국이라고 불렀던, 텅 빈 상태인 '빛'뿐이었다. 우리가 그 너머로 떠다닐 능력을 갖게 될 때에야 비로소 잊혀질 수 있는 고통들이 있다.

그녀가 기억하는 마지막 장면은, 달려와 그녀를 품에 안는 랄프 하르트의 모습이었다. 그는 자기 윗도리를 벗어 그녀의 어깨 위에 걸쳐주었다. 추위를 견디다 못한 그녀가 기절하고 만 모양이었다. 하지만 그런 건 중요하지 않았다. 그녀는 행복했다. 전혀 두렵지 않았다. 그녀가 이긴 것이다. 그 남자 앞에서 비굴한 모습을 보이지 않았던 것이다.

몇 시간이 마치 몇 분처럼 흘러갔다. 그의 품에서 바로 잠이 들었던 모양이었다. 눈을 떴을 땐 아직 밤이었다. 방 한쪽 구석에 텔레비전이 놓여 있었다. 다른 것은 아무것도 없었다. 온통 하얀색인 방은 텅 비어 있었다.

랄프가 코코아를 들고 들어왔다.

"아주 잘했소. 당신은 도달하고자 했던 곳에 도달했어요."

그가 말했다.

"코코아는 싫어요. 와인을 주세요. 벽난로가 있고 사방에 책이 흩어져 있는 우리 방으로 가고 싶어요."

그녀는 '우리 방'이라고 말했다. 그녀가 하려고 했던 말이 아니었다.

그녀는 발을 살펴보았다. 약간 벤 상처를 제외하고는 몇 시간만 지나면 없어질 붉은 자국들이 얼룩얼룩했다. 그녀는 절뚝거리며 층계를 내려가 벽난로 근처 양탄자 위에 자리를 잡았다. 그곳에 앉을 때마다 그녀는 마치 그곳이 자기 자리인 것처럼 편했다.

"그 나무꾼 말이, 신체적 훈련을 계속하면, 신체적으로 할 수 있는 모든 것을 하고 나면, 정신이 내가 당신에게서 본 '빛'과 유사한 기이한 영적 힘을 얻게 된다고 했어요. 당신은 무엇을 느꼈소?"

"고통이 여자의 친구라는 것."

"그게 바로 위험한 거요."

"고통에도 한계가 있다는 것."

"구원은 바로 거기에 있소. 그걸 잊지 말아요."

마리아는 여전히 혼란스러웠다. 그녀는 자기 한계를 넘어섬으로써 그 '평화'를 느꼈다. 새로운 형태의 고통을 발견했다. 그것 역시 그녀에게 묘한 쾌락을 가져다주었다.

랄프는 커다란 데생 묶음을 가져와 그녀 앞에 펼쳤다.

"매춘의 역사. 당신이 알아봐달라고 부탁했던 거요."

그랬다. 그런 부탁을 한 것은 사실이다. 하지만 그건 그저 시간을 보내기 위한, 관심을 끌기 위한 구실에 불과했다. 지금에 와서는 조금도 중요하지 않았다.

"요 며칠 내내 나는 미지의 바다 위를 떠다녔소. 나는 매춘의 역사라는 게 존재하리라고는 생각지도 못했소. 흔히 말하듯 그것이 세상에서 가장 오래된 직업이라고 생각했을 뿐이오. 하지만 그 역사는 존재해요, 그것도 두 가지나."

"그런데 이것들은?"

그녀가 별 흥미를 보이지 않자 그는 약간 실망하는 듯했다.

"내가 읽고 연구하고 배운 것을 정리해, 그린 것들이오."

"그 얘긴 다음에 해요. 오늘은 주제를 바꾸고 싶지 않아요. 난 아픔을 이해하고 싶어요."

"당신은 어제 고통을 느꼈고, 그것이 당신을 쾌락으로 이끈다는 것을 깨달았소. 당신은 오늘 다시 아픔을 느꼈고 평화를 찾았소. 그래서 내가 당부하는 거예요. 아픔은 쉽사리 중독되는 강력한 마약이니 그것에 습관을 들이지 말라고. 그것은 우리의 일상 속에, 감추어진 고통 속에, 우리의 체념 속에, 그리고 우리가 흔히 사랑 탓으로 돌리는 우리 꿈의 와해 속에 있어요. 아픔은 본모습을 드러낼 때는 무섭지만, 희생과 체념으로, 또는 비겁함으로 치장을 하면 매력적으로 보이는 법이오. 인간은 아픔을 거부할 수도 있지만, 그것과 함께하는 방법, 그것과 불장난하는 방법, 그것이 삶의 일부분이 되도록 하는 방법을 늘 찾아낸다오."

"그럴 리 없어요. 고통받길 원하는 사람은 아무도 없으니까요."

"당신이 고통 없이도 살 수 있다는 걸 이해한다면, 그것만으로도 이미 큰 진전일 거요. 하지만 다른 사람들도 그럴 거라고는 생각지 말아요. 고통받길 원하는 사람은 아무도 없소. 하지만 거의 모든 사람들이 아픔을, 희생을 추구하고 있소. 그 덕분에 그들은 스스로 정당하다고, 깨끗하다고, 자식, 배우자, 이웃, 그리고 신으로부터 존중을 받을 만하다고 느끼는 거요. 아, 이 생각은 그만 접어둡시다. 세상을 움직이는 것은 쾌락의 추구가 아니라 중요한 모든 것에 대한 포기라는 사실만 알아둬요. 군인이 적을 죽이기 위해 전쟁터로 나간다고 생각하오? 아니, 그는 조국을 위해 죽으러 가는 거요. 아내가 남편에게 자신이 얼마나 행복한지 보여주고 싶어한다고 생각하오? 아니, 그녀는 그의 행복을 위해 자신이 얼마나 헌신적으로 고생하고 있는지 그가 알아주기를 바라오. 남편이 자아를 실현하기 위해 직장에 나간다고 생각하오? 아니, 그는 가족의 행복을 위해 피땀을 바치는 거요. 자식들은 부모를 기쁘게 해주기 위해, 또 부모는 자식을 기쁘게 해주기 위해 꿈을 포기하오. 아픔과 고통이, 오로지 기쁨만을 가져다주어야 마땅한 사랑의 증거가 되는 거요."

"그만 해요."

랄프가 말을 중단했다. 주제를 바꿔야 할 때였다. 그가 그림들을 하나씩 꺼내 보여주었다. 처음에는 모든 것이 뒤죽박죽으로 보였다. 인물들도 있었지만 휘갈겨 쓴 글, 색깔만 칠한 것, 아무렇게나 신경질적으로 그은 선, 기하학적인 선도 있었다. 그가 각각의 단어를 손으로 짚어가며 설명했다. 그녀는 서서히 그가 하는 말을 이해하기 시작했다. 손짓이 수반된 그의 말 한마디 한마디가, 그리고 각 문장들이, 그때까지는 그녀 스스로 이것은 인생의 한 단계에 지나지 않는다고, 그저 돈을 벌기 위한 수단일 뿐이라고 말함으로써 자신이 속해 있음을 부정해온 그 세계 속에 그녀를 위치시켰기 때문이다.

"난 매춘의 역사가 하나가 아니라 둘이라는 사실을 알 수 있었소. 처음 것은 당신의 역사이기도 하니 당신도 알고 있을 거요. 예쁜 아가씨가 자신이 선택한, 또는 다른 누군가가 그녀 대신 선택한 여러 가지 이유들 때문에 살아남을 수 있는 유일한 방법은 몸을 파는 것이라는 사실을 깨닫게 되는 거요. 로마 시대의 메살리나*처럼 그것을 이용해 국가를 지배하는 여자들도 있고, 마담 뒤바리**처럼 신화가 되어버린 여자들도 있소. 또 여자 스파이 마타하리***처럼 모험과 불행, 그 둘과 동시에 내기를 벌이는 여자들도 있소. 하지만 그들은 대부분 영광의 순간을 누리지도, 위대한 도전에 나서지도 못하오. 그들은 인기, 남편, 모험을 찾으러 나섰다

---

* Valeria Messalina(?~48), 클라우디우스 1세의 황후. 애인과 함께 남편을 암살하려다가 발각되어 처형당했다. 스스로 창녀촌을 찾아가 밤새도록 손님을 받을 정도로 색정광이었다 한다.
** Madame du Barry(1743~1793), 루이 15세의 정부(情婦). 뛰어난 침실기술을 발휘하여, 한 여자에 쉽게 싫증을 냈던 루이 15세로부터 오랫동안 총애를 받았다.
*** Mata Hari(1876~1917), 파리의 물랭루주에서 미모의 댄서로 이름을 떨쳤으며, 제1차 세계대전 무렵에는 독일의 스파이로 활동했다.

가 결국에는 또다른 현실을 발견하고, 그 현실에 빠져들고, 습관을 붙이고, 그것 말고 다른 것은 할 수 없으면서도 상황을 통제하고 있다고 믿소.

예술가들은 무려 삼천 년 전부터 조각을 하고, 그림을 그리고, 책을 써왔소. 창녀들 역시 아주 먼 옛날부터 크게 변한 건 아무것도 없다는 듯 그들의 일을 계속해오고 있소. 좀더 알고 싶어요?"

마리아는 긍정의 뜻으로 고개를 끄덕였다. 시간을 벌어야 했다. 아픔을 이해해야만 했다. 맨발로 공원을 걷는 동안 극히 유해한 뭔가가 그녀의 몸에서 빠져나간 느낌이었다.

"고전 텍스트에도, 고대 이집트의 상형문자에도, 고대 수메르의 기록에도, 구약과 신약에도 창녀가 언급되어 있소. 하지만 그 직업은 기원전 5세기, 그리스의 입법자 솔론이 국가에서 관리하는 공창公娼을 설치하고, '살의 매매'에 대한 세금을 거두어들이기 시작했을 때에야 비로소 조직화되었어요. 금지되어 있던 성매매가 합법적인 것으로 인정되자 아테네의 사업가들은 몹시 기뻐했고, 창녀들은 그때부터 그들이 내는 세금에 따라 여러 계급으로 분류되었소.

가장 싼 창녀는 포르네porné라 불렸는데, 업소 주인에게 속한 노예들이었소. 그 다음이 거리를 돌아다니며 호객행위를 하는 페리파테티케peripatètikè였고, 마지막이 질적으로나 가격으로나 최고인 헤타이라hetaira, 즉 '여자 동행'이었소. 그들은 여행을 떠나는 사업가들을 동행했고, 고급 식당에 드나들었고, 자기 재산을 직접 관리하고, 손님들에게 조언을 해주고, 정치에도 관여했소. 당신도 알 수 있겠지만, 과거에 존재했던 것들이 오늘날에도 여전히 존재하고 있어요. 중세에는 성관계를 통해 전염되는 질병 때문에……"

침묵, 감기에 대한 두려움, 이 순간 그녀의 몸과 영혼을 데우기 위해 꼭 필요한 벽난로의 열기. 마리아는 세상이 멈춰버린 것 같은, 모든 것이 반복되는 것 같은 느낌을 주는 그 이야기를 더이상 듣고 싶지 않았다. 이 남자는 결코 섹스에, 그것이 받아 마땅한 경의를 표하지 않을 것 같았다.

"내 이야기에 별로 관심이 없는 것 같군요."

그녀는 노력했다. 지금에 와서는 좀 불확실해졌지만, 어쨌거나 그는 그녀가 마음을 주기로 결심했던 남자였다.

"내가 이미 알고 있는 것에는 관심이 없어요. 그건 날 슬프게 할 뿐이에요. 또다른 역사가 존재한다고 말한 것 같은데요."

"또하나의 역사는 정반대요. 성스러운 매춘이죠."

그 말에, 그녀는 멍한 상태에서 벗어났다. 그리고 귀를 기울였다. 성스러운 매춘? 섹스로 돈도 벌고, 거기다 신에게 더 가까이 다가간다고?

"그리스의 역사가 헤로도토스는 바빌론에 관해 이렇게 썼소. '그곳에는 아주 이상한 관습이 있다. 수메르에서 태어난 모든 여

265

성은 적어도 평생에 한 번은 사랑의 여신 이슈타르의 신전으로 가서 환대의 표시로 상징적인 돈만 받고 생면부지의 사람에게 몸을 바친다.'"

마리아는 나중에 그 여신에 대해 알아볼 생각이었다. 그 여신이, 그녀가 잃어버렸지만 아직 그것이 무엇인지 모르는 어떤 것을 되찾을 수 있도록 도와줄지도 몰랐다.

"여신 이슈타르의 영향은 중동 전역으로 번졌고, 사르디니아, 시칠리아, 그리고 지중해의 항구들에까지 이르렀소. 로마의 여신 베스타는 철저히 순결을 지키거나 아니면 누구에게든 몸을 줄 것을 요구했소. 베스타 신전의 무녀들은 성스러운 불을 유지하기 위해 청년들과 왕들을 성性에 입문시키는 역할을 맡았소. 그들은 에로틱한 노래를 부르며 신들린 상태로 빠져들어가, 신과 일체가 되는 하나의 의식으로서 우주에 그들의 황홀경을 바쳤던 거요."

랄프 하르트는 그녀에게 몇몇 고대문서의 사본들을 보여주었다. 그 사본 아래에는 문서의 내용이 독일어로 번역되어 있었다. 그가 시구를 천천히 읽어내려갔다.

선술집 문 앞에 앉아 있는
여신인 나, 이슈타르.
나는 창녀, 어머니, 아내, 신이다.
나는 사람들이 생명이라 부르는 것이다,

너희들은 날 죽음이라 불렀지만.

나는 사람들이 법이라 부르는 것이다,

너희들은 날 주변인이라 불렀지만.

나는 너희들이 찾고 있는 것이고,

너희들이 찾은 것이다.

나는 너희들이 퍼뜨린 것이다.

그리고 지금 너희들은 내 조각들을 모으고 있다.

마리아가 잠시 흐느껴 울자 랄프가 웃었다. 그녀의 생명 에너지가 다시 돌아왔다. '빛'이 다시 번득이기 시작했다. 이야기를 계속하고, 그림들을 보여주고, 그녀가 사랑받고 있다고 느끼게 해야 했다.

"이천 년 동안이나 지속되어온 성스러운 매춘이 왜 갑자기 사라졌는지는 아무도 몰라요. 아마 질병 때문이거나, 종교들이 큰 변화를 겪으면서 사회의 규칙들이 많이 바뀌었기 때문일 거요. 어찌 되었건 그것은 이제 존재하지 않고 앞으로도 존재하지 않을 거요. 오늘날의 세계는 남자가 지배하고 있고, '창녀'라는 용어는 오로지 올바른 길을 가지 않는 여자를 비난하는 데에만 사용되고 있소."

"내일 코파카바나로 와줄 수 있나요?"

랄프는 질문의 의미를 이해하지 못했다. 하지만 그는 지체없이 그렇게 하겠다고 대답했다.

제네바의 영국정원을 맨발로 걸었던 날 밤, 마리아의 일기.

과거에 그것이 성스러웠든 아니든 그건 전혀 중요하지 않다. 하지만 나는 내가 하고 있는 짓이 혐오스럽다. 그것은 내 영혼을 파괴하고, 나 자신과의 접촉을 방해하고, 아픔이 하나의 보상이라고, 돈이면 무엇이든 살 수 있고 정당화할 수 있다고 가르친다. 내 주변에 행복한 사람은 아무도 없다. 손님들은 그냥 받아야 마땅한 것을 얻기 위해 돈을 지불하고 있다는 사실을 알고 있다. 그것은 그들을 의기소침하게 만든다. 아가씨들은 즐겁게 그리고 애정을 담아 제공하면 좋을 것을 돈을 받고 팔아야 한다는 사실을 알고 있다. 그것은 그들을 파괴한다. 나는 이 글을 쓰기 전에, 내가 불행하다는 것을 인정하기 전에, 무척 많은 고민을 했다. 나는 어떻게든 버텨야 했고, 아직도 몇 주를 더 버텨야 한다.

하지만 나는 더이상 이 모든 것을 정상적인 일로, 내 인생의 한 단계에 불과한 것으로 여길 수가 없다. 나는 그것을 잊고 싶다. 난 사랑을 할 필요가 있다. 오로지 사랑만이 필요하다.

잘못 살 사치를 부리기에는 삶은 너무 짧거나 너무 길다.

그의 집도 그녀의 집도 아니다. 브라질도 스위스도 아니다. 어디에 있어도 좋은, 유행을 타지 않는 똑같은 가구가 있고, 소위 가족적으로 장식되어 더욱더 개성이 없어 보이는 한 호텔일 뿐이다.

　호수가 내려다보이는, 아픔, 고통, 황홀경의 추억이 담겨 있는 그 호텔이 아니다. 창들은 고행이 아닌 순례의 길인 산티아고의 길을 향해 나 있다. 사람들은 그 길가에 있는 카페에서 우연히 만나 '빛'을 발견하고, 대화를 나누고, 친구가 되고, 사랑에 빠진다. 비가 내리고 있다. 한밤중이라 거리는 텅 비어 있다. 길은, 수세기 전부터 매일같이 이어지는 사람들의 발길에 지쳐 좀 쉬고 있는지도 모른다.

　불을 켠다. 커튼을 친다.

그에게 옷을 벗으라고 말하고 그녀도 옷을 벗는다. 지금까지 옷을 벗어 몸의 일부를 보여준 건 그녀뿐이었다. 어둠은 결코 완전하지 않다. 어둠이 눈에 익자, 마리아는 어딘지 알 수 없는 곳에서 스며들어온 희미한 빛 속에서 사내의 몸을 알아볼 수 있다.

향수나 비누 냄새가 남지 않도록 빨아서 여러 차례 헹궈 말린 후 곱게 접은 스카프 두 장을 꺼낸다. 그에게 다가가 한 장을 내밀면서 눈을 가리라고 한다. 그가 잠시 망설인다. 그는 자신이 이미 거쳐온 지옥들에 대해 말한다. 그녀는 그런 게 아니라고 그를 안심시킨다. 그녀는 완전한 어둠을 원할 뿐이다. 어제 그가 그녀에게 아픔을 가르쳐주었으니, 이제 그녀가 그에게 뭔가를 가르쳐줄 차례다. 그가 스카프로 눈을 가린다. 그녀도 스카프로 눈을 가린다. 이제 미광조차 스며들어오지 않는다. 그들은 칠흑의 어둠 속에 있다. 손을 마주 잡고 침대로 간다.

아니, 누워서는 안 돼요. 언제나 그랬듯이 우리 마주 보고 앉아요. 무릎이 닿도록 조금 더 가까이.

그녀는 늘 그것을 해보고 싶었지만 한 번도 그럴 기회를 갖지 못했다. 첫사랑과도, 처음으로 그녀 속으로 들어왔던 남자와도. 그녀가 줄 수 있었던 것보다 훨씬 더 많은 것을 기대하며 천 프랑을 내놓았을 그 아랍인과도. 때로는 그들 자신만 생각하며, 때로는 그녀도 생각해주며, 어떤 때는 낭만적인 꿈에 젖어, 또 어떤 때는 오로지 본능에 따라 그녀의 다리 사이에서 앞뒤로 허리를 흔들어대며 그녀의 몸을 거쳐간 그 수많은 남자들과도.

그녀는 자신의 일기를 떠올린다. 더이상 견딜 수가 없다. 남은 몇 주가 빨리 지나가기를 간절히 바란다. 이 남자에게 자신을 바치는 것도 바로 그 때문이다. 그녀의 비밀스런 사랑의 빛은 바로 거기에 있다. 원죄는 이브가 금단의 열매를 먹은 데 있는 것이 아니라, 누군가의 도움 없이 자신의 길을 가야 하는 것이 두려워 자신이 느낀 마음의 동요를 아담과 나누어 가지고 싶어한 데에 있다.

어떤 것들은 나누어 가질 수 없다. 우리가 좋아서 뛰어든 대양을 두려워해서는 안 된다. 두려움은 모두를 갑갑하게 한다. 사내는 그것을 이해하기 위해 여러 지옥을 거친 것이다. 서로 사랑하자, 그러나 소유하려 들지는 말자.

나는 내 앞에 있는 이 남자를 사랑한다. 나는 그를 소유하지 않고, 그 역시 나를 소유하지 않는다. 우리는 자유롭게 서로에게 자신을 내준다. 나는 이 말을 수십 번, 수백 번, 수백만 번, 내가 그것을 진실로 믿을 때까지 나 자신에게 반복해야 한다.

그녀는 함께 일하는 창녀들을 생각한다. 그녀는 어머니와 친구들을 생각한다. 그들은 모두 남자들이 오로지 매일 11분만을 위해 산다고, 남자들은 그것을 위해 많은 돈을 지불할 준비가 되어 있다고 믿는다. 하지만 그렇지가 않다. 남자들 역시 여성적인 부분을 가지고 있고, 누군가를 만나기를, 자신의 삶에 의미를 부여하기를 갈망한다.

그녀의 어머니가 그녀처럼 행동하는 것, 아버지와 관계를 맺을
때 오르가슴을 느끼는 척하는 것이 가능할까? 아니면 브라질에서
는 성관계 때 여자가 기쁨을 표시하는 것이 금지되어 있는 걸까?
그녀는 삶에 대해, 사랑에 대해 아는 것이 거의 없다. 이제 그녀
는 눈을 가린 채, 세상의 모든 시간과 더불어 모든 것의 기원을 발
견한다. 모든 것은 그녀가 그것이 시작되었으면 좋겠다고 여기는
곳에서, 그녀가 바라는 방식으로 시작된다.

접촉. 그녀는 창녀들을, 손님들을, 어머니와 아버지를 잊는다.
지금 그녀는 완전한 어둠 속에 있다. 그녀는 자신에게 긍지를 되
돌려준, 그녀로 하여금 기쁨을 추구하는 것이 아픔의 필요성보다
훨씬 더 중요하다는 사실을 깨닫게 해준 한 남자에게 그녀가 해
줄 수 있는 것이 무엇인지 생각하며 오후를 보냈다.

'나로 하여금 새로운 뭔가를 발견하게 해준 행복을 그에게도
주고 싶어. 어제 그가 나에게 고통을 보여주고, 거리의 창녀와 성
스러운 창녀들의 역사를 가르쳐준 것처럼. 그는 그렇게 하는 것
이 행복한 거야. 그래서 날 미지의 세계로 인도해준 거야. 난 사람
들이 영혼에, 삽입에, 쾌락의 절정에 도달하기 전에 어떻게 육체
에 이르게 되는지 알고 싶어.'

그녀는 그를 향해 팔을 뻗으며 그에게 똑같이 해달라고 부탁한
다. 그녀가 속삭인다. 오늘 밤, 특별할 것 없는 이곳에서, 그가 그
녀와 세상 사이의 경계인 그녀의 피부를 발견했으면 좋겠다고,

영혼이 동의하지 않아도 육체는 서로를 이해하는 법이니 나를 만져달라고, 두 손으로 나를 느껴보라고. 그가 그녀를 만진다. 그녀도 그를 만진다. 미리 약속이라도 되어 있는 듯, 두 사람은 성적 에너지가 빠르게 표출되는 신체부위는 피한다.

그의 손가락들이 그녀의 얼굴을 만진다. 그녀는 그 손가락들에서 나는 물감 냄새의 흔적을, 그가 수천 수백만 번 손을 씻어도 영원히 남아 있을 냄새를, 그가 태어날 때부터, 그가 자신의 첫 나무와 첫 집을 보고 그것들을 자신의 꿈속에 그리겠다고 결심했을 때부터 거기 있었던 그 냄새를 맡는다. 그 역시 그녀의 손에서 그녀가 모르는 어떤 냄새를 맡을 것이다. 하지만 그녀는 그것을 알고 싶지 않다. 그 순간, 모든 것이 몸이고, 나머지는 침묵이기에.

그녀가 그를 애무한다. 그리고 자신을 애무하는 그의 손길을 느낀다. 밤새 그러고만 있으라고 해도 그럴 수 있을 것 같다. 그만큼 기분이 좋다. 꼭 성관계로 발전하지 않아도 좋다. 반드시 관계를 가지지 않아도 된다는 것을 깨닫자, 갑자기 그녀는 허벅지 사이에서 뜨거운 열기를 느낀다. 그곳이 축축이 젖어 있다. 그가 그녀의 성기를 만지고 그곳이 흠뻑 젖어 있다는 것을 아는 순간이 올 것이다. 그것은 좋고 나쁘고의 문제가 아니다. 그녀의 몸이 그렇게 반응하는 것뿐이다. 그녀는 여기, 저기, 더 천천히, 더 빨리…… 하며 그를 리드할 생각이 전혀 없다. 사내의 손이 그녀의

겨드랑이를 스치고 지나간다. 팔의 솜털이 곤두선다. 그녀는 그
손길을 뿌리치고 싶다. 그러나 느낌이 좋다. 그녀가 느끼는 것이
고통에 가까운 것이라 해도. 이번에는 그녀가 그의 겨드랑이를
애무한다. 그의 겨드랑이가 다른 느낌을 갖고 있다는 사실을 발
견한다. 그가 사용하는 탈취제 때문일까? 지금 무슨 생각을 하고
있는 거지? 생각을 하지 말아야 한다. 만져야 한다. 그것에만 집
중해야 한다.

그의 손가락이 신경을 곤두세우고 망을 보는 짐승처럼 그녀 가
슴 주위에 원을 그린다. 그녀는 그가 더 빨리 움직여주기를, 젖꼭
지를 만져주기를 원한다. 생각이 그의 동작보다 앞선다. 하지만
그것을 알고 있는지 그는 약을 올리듯 한없이 미적거린다. 그가
팽팽하게 곤두선 그녀의 젖꼭지를 가지고 잠시 장난을 친다. 피
부에 소름이 돋는다. 성기가 또다시 욕망으로 녹아내린다. 이제
그의 손가락이 그녀의 배 위를 돌아다닌다. 다리로 발로 내려간
다. 그의 손이 그녀의 허벅지 안쪽을 더듬는다. 그는 그곳의 열기
를 느낀다. 하지만 좀처럼 다가오지 않는다. 그것은 부드럽고 가
벼운, 마치 착각처럼 가벼운 애무다.

그녀가 그가 한 대로 그의 몸을 더듬는다. 그녀의 손이 그의 다
리에 난 털들을 살짝 스친다. 그녀 역시 그의 성기에서 뿜어져나
오는 열기를 느낀다. 신비롭게도 그녀는 순간 처녀성을 되찾은
것만 같다. 처음으로 한 남자의 몸을 발견한 것만 같다. 그녀가 그

의 성기를 만진다. 생각했던 것보다는 덜 단단하다. 그녀는 흠뻑 젖어 있는데…… 이건 불공평하다. 남자는 시간이 좀더 많이 필요한지도 모르겠다. 누가 알겠는가?

그녀가 순결한 처녀들만 할 줄 아는, 창녀들은 모두 잊어버린 방식으로 그를 애무하기 시작한다. 남자가 반응한다. 그의 성기가 점점 커진다. 마리아는 그의 성기를 잡은 손의 압력을 서서히 높인다. 그녀는 이제 어디를 만져야 하는지를 안다. 위보다는 아래다. 손가락으로 그것을 어떻게 감싸쥐어야 하는지, 표피를 어떻게 아래로 당겨야 하는지도 안다. 그는 몹시 흥분해 있다. 그녀가 좀더 강하고 좀더 깊은 접촉을 간절히 바라고 있는데도 그는 여전히 부드럽게 그녀의 음순을 애무한다. 그가 그녀에게서 솟아나온 분비물을 그녀의 클리토리스에 대고 문지른다. 젖꼭지 주변에서 했던 원운동을 클리토리스 주위에서 반복한다. 그는 마치 그녀 자신인 것처럼 그녀를 만진다.

랄프의 한 손이 그녀의 가슴을 향해 다시 올라온다. 아, 얼마나 감미로운가! 그녀는 이제 그가 자신을 안아주기를 열렬히 갈망한다. 하지만 안 된다. 그들은 서로의 몸을 발견하고 있다. 그들에게는 시간이 있다. 그들에게는 많은 시간이 필요하다. 그들은 이제 사랑을 나눌 수도 있을 것이다. 그것은 너무나 자연스럽고, 분명 너무나 달콤한 일일 것이다. 하지만 이 모든 것이 너무나 새롭다. 자제해야 한다. 이 모든 것을 망치고 싶지 않다. 그녀는 첫째

날 밤 한 모금씩 맛보며 천천히 마셨던 와인을 떠올린다. 그 음료
는 그녀를 따뜻하게 데워주고, 시야를 열어주고, 그녀를 더욱 자
유롭게, 삶에 더 가까이 다가서게 해주었다.

그녀는 이 남자도 마시고 싶다. 그러면 단숨에 들이켜는 질 나
쁜 와인, 머리를 욱신거리게 하고 영혼에 구멍을 내는 그런 와인
은 잊을 수 있을 것이다.

그녀가 동작을 멈추고 랄프의 손가락에 부드럽게 자신의 손가
락을 끼운다. 신음소리가 들려온다. 그녀도 신음소리를 내고 싶
다. 하지만 참는다. 온몸에 열기가 번져가는 것을 느낀다. 그도 똑
같은 것을 느끼고 있는 것이 분명하다. 에너지가 오르가슴 없이
서서히 퍼져 뇌에까지 이른다. 그녀가 정녕 원하는 것은 중단하
는 것, 끝까지 가는 것 외엔 아무 생각도 할 수 없을 때 그만두는
것, 쾌감이 온몸으로 번지고, 정신을 점령하고, 약속과 욕망을 쇄
신해 다시 숫처녀가 되는 것.

그녀는 눈을 가리고 있던 천을 천천히 푼다. 그들은 둘 다 벌거
벗고 있다. 그들은 서로에게 미소짓지 않는다. 그저 서로 바라보
기만 한다. 그녀는 생각한다. '난 사랑이에요, 난 음악이에요. 함
께 춤을 춰요.'

하지만 그녀는 말하지 않는다. 그들은 사소한 것들에 대해 이
야기한다. 우리 언제 다시 만나죠? 그녀가 날짜를 제안한다. 이

틀 후는 어때요? 그가 그녀에게 전시회에 초대하고 싶다고 말한다. 그녀는 망설인다. 그의 주변 사람들에게, 그의 친구들에게 인사를 해야 할 것이다. 그들은 뭐라고 할까? 그들은 어떻게 생각할까?

그녀가 거절한다. 하지만 그는 그녀가 제안을 받아들이고 싶어한다는 것을 안다. 그는 그것도 춤의 일부라고, 말도 안 되는 소리를 하며 떼를 쓴다. 그녀가 결국 수락한다. 그녀가 원하는 것이기에. 그들은 약속 장소를 정한다. 우리가 처음 만난 카페? 그녀가 고개를 젓는다. 안 돼요, 브라질 사람들은 미신을 믿어요. 처음 만났던 장소에서는 다시 만나면 안 돼요. 순환이 마감되어 모든 것이 끝날 수도 있으니까.

그는 그녀가 그들의 이야기를 끝내고 싶어하지 않는다는 것에 기뻐한다. 그들은 수많은 순례자들의 발길을 이끌었던, 그들이 서로 알게 된 후 함께 떠난 신비스러운 순례의 일부분인, 도시가 한눈에 내려다보이는 산티아고의 길에 있는 성당에서 만나기로 한다.

고향으로 돌아가는 비행기표를 사기 전날, 마리아의 일기.

옛날 옛적에, 번쩍이는 깃털로 뒤덮인, 멋진 색깔의 완벽한 날개 한 쌍을 가진 새 한 마리가 있었다. 그 새는 마치 하늘을 자유롭게 날아올라, 보는 이들을 더없이 즐겁게 해주기 위해 태어난 존재 같았다.

어느 날, 한 여인이 그 새를 보고는 한눈에 반하고 말았다. 그녀는 감탄으로 입을 다물지 못한 채, 마구 두근거리는 가슴을 안고, 감동으로 두 눈을 반짝이며 그 새가 나는 것을 바라보았다. 새는 자기를 따라오라고 그녀를 초대했다. 그들은 완벽한 조화를 이루며 함께 비행했다. 그녀는 그 새를 너무나 사랑했고 숭배했고 찬양했다.

그러던 어느 날, 여인은 문득 '혹시 저 새가 머나먼 산으로 훌쩍 날아가버리지는 않을까?' 하는 생각이 들었다. 덜컥 겁이 났다. 다른 새에게는 더이상 그런 애정을 느낄 수 없을까봐 두려웠다. 그녀는 하늘을 나는 새의 능력을 질투하기 시작했다.

그녀는 외로웠다. 그녀는 생각했다.

'새를 함정에 빠뜨려야겠어. 다음번에 나타나면 두 번 다시 날 떠날 수 없을 거야.'

역시 여인에게 반해 있던 새가 이튿날 그녀를 만나러 왔다. 새는 함정에 걸려 새장 속에 갇히고 말았다.

여인은 매일 새를 바라보았다. 그 새는 그녀가 불태우는 열정의 대상이었다. 그녀는 친구들에게 새를 보여주었고, 친구들은 "넌 정말 좋겠구나!" 하며 부러워했다. 그런데 아주 이상한 변화가 일어나기 시작했다. 새가 그녀의 것이 되어 더이상 그것을 정복할 필요가 없게 되자, 새에 대한 여인의 애정이 점점 식어갔다. 더이상 날지 못해 자기 삶의 의미를 표현할 수 없게 된 새는 점점 쇠약해져갔다. 새는 빛을 잃고, 보기 싫게 변해갔다. 여인은 먹이를 주고 새장을 청소할 때를 빼고는 새에게 관심을 기울이지 않게 되었다.

그러던 어느 날, 새가 죽고 말았다. 그녀는 깊이 상심했고 그때부터 끊임없이 그 새만을 생각했다. 그녀는 새장은 전혀 기억하지 못했다. 구름만큼이나 높이 날며 행복해하는 그 새를 처음 본 그날만을 떠올렸다.

그녀가 자기 자신을 조금만 더 세심히 관찰했더라면, 그녀에게 그토록 깊은 감동을 준 것은 새의 겉모습이 아니라 그 눈부신 자유로움, 끊임없이 퍼덕이는 그 날개의 에너지였다는 사실을 알 수 있었을 것이다.

새가 죽고 나자, 그녀의 삶 역시 의미를 상실하고 말았다. 죽음이 찾아와 그녀의 문을 두드렸다.

"왜 날 찾아왔나요?"

여인이 죽음에게 물었다.

"당신이 그 새와 함께 다시 하늘을 날 수 있도록 하기 위해서."

죽음이 대답했다.

"그 새를 자유롭게 놔뒀더라면, 당신은 그 새를 훨씬 더 많

이 사랑하고 숭배했을 거요. 하지만 이제 당신은 내가 없이는
그를 다시 만날 수 없소."

마리아는 몇 달 전부터 준비했던 일, 여행사를 찾아가 그녀가 달력에 표시해둔 날짜에 출발하는 브라질 행 비행기표를 구입하는 일로 하루를 시작했다.

이제 그녀가 유럽에서 보낼 수 있는 시간은 단 이 주뿐이었다. 그 기간이 지나면, 제네바는 그녀가 사랑했고 그녀를 사랑했던 한 남자의 얼굴로 남을 것이고, 베른 가는 스위스의 수도에 경의를 표하는 하나의 이름에 불과할 것이다. 그녀는 자신의 방, 호수, 프랑스어, 스물세 살의 아가씨가(그녀는 전날 밤 스물세번째 생일을 자축했다) 세상 모든 일엔 한계가 있다는 것을 깨닫기 전에 저지른 모든 미친 짓들을 감회에 젖어 회상할 것이다.

새를 새장에 가두거나 그녀와 함께 브라질로 가자고 요구할 수는 없었다. 그는 일생 동안 그녀가 만난 사람들 중 가장 순수한 사람이었다. 그런 새는 동료와 함께 했던 비행에 대한 향수를 양식 삼아 자유롭게 날아다니며 살아가야 한다. 그녀 역시 한 마리 새였다. 랄프 하르트가 곁에 있으면, 코파카바나에서 보낸 시절이 끊임없이 떠오를 것이다. 그것은 그녀의 과거였다. 미래가 아니었다.

'이제 곧 나는 이곳에 없을 거야' 하는 생각이 들 때마다 괴로워지지 않도록 그녀는 출발하는 순간까지는 '안녕'이라는 말을 하지 않으리라 스스로 다짐했다. 그날 아침, 그녀는 제네바 이곳저곳을 돌아다니며 마음을 달랬다. 그 길들, 언덕, 산티아고의 길, 몽블랑 다리가 마치 늘 다녔던 곳인 것처럼. 얼마 전부터 틈만 나면 드나든 카페들이 마치 어릴 적부터 알고 있었던 곳인 것처럼. 그녀는 강물 위를 나는 갈매기들의 비행을 눈으로 좇았고, 진열대를 정리하는 상인, 점심을 먹으러 가기 위해 사무실에서 나오는 회사원, 저 멀리 착륙을 위해 고도를 낮추는 비행기를 바라보았다. 그녀는 자기가 먹는 사과의 색깔과 맛을, 호수 한가운데에서 솟아오르는 분수 위에 걸린 무지개를, 그녀 곁을 지나는 행인들의 마음속에 깃든 환희를, 욕망의 눈길들과 무표정한 눈길들을 마음속에 새겨두었다. 그녀는 세상의 수많은 도시들 가운데 하나, 특이한 건축양식과 범람하는 은행 광고판만 아니었다면 브라질에 있는 도시와 별 차이가 없을 한 도시에서 거의 일 년을 보냈다. 공원 한쪽에 장이 열려 사람들로 붐볐다. 주부들이 흥정을 벌이고, 아버지나 어머니가 아프다는 핑계를 대고 조퇴했을 고등학생들이 호숫가를 거닐며 키스를 하고 있었다. 자기 나라에 있다고 느끼는 사람도 있었고, 자신이 이방인이라고 느끼는 사람도 있었다. 스캔들만 다루는 타블로이드판 신문도 있었고, 늘 스캔들 신문만 읽는 사업가들을 위한 진지한 잡지들도 있었다.

마리아는 농장 경영에 관한 책을 반납하기 위해 도서관에 들렀다. 책의 내용은 조금도 이해할 수 없었지만, 그 책은 그녀가 자신과 자신의 운명에 대한 통제력을 상실하고 말았다는 생각에 빠져들 때마다 그녀의 목표가 무엇인지를 일깨워주었다. 근엄한 노란색 표지에 일련의 그래프들이 들어 있는 그 책은 그녀에겐 말없는 동료이자, 그녀가 유럽에서 보낸 마지막 밤들을 밝혀준 등대였다.

난 늘 미래를 계획하면서도 현재에 덜미를 잡히지, 그녀는 스스로에게 말했다. 그녀는 자신이 어떻게 독립, 절망, 아픔을 통해 자신을 발견했는지, 어떻게 다시 사랑을 되찾았는지를 곰곰이 생각해보았다. 그리고 여기가 종착점이기를 바랐다.

무엇보다 신기한 것은, 그녀의 동료들은 몇몇 남자들과 관계를 맺으면서 황홀경을 맛보았다고 떠벌려대곤 했지만 그녀에게 섹스는 좋은 것이든 나쁜 것이든 아무것도 가져다주지 않았다는 사실이었다. 그녀는 자신의 문제를 아직 해결하지 못하고 있었다.

그녀는 삽입으로는 오르가슴을 느낄 수가 없었다. 그녀는 성행위를 너무나 진부한 것으로 치부해왔기 때문에, 아마도 랄프 하르트의 표현에 따르면 그 '인식의 포옹'을, 혹은 그녀가 추구하는 뜨거움과 기쁨을 다시는 발견하지 못할 터였다.

아니면 그녀도 가끔은 그렇게 생각하듯이, 어머니와 아버지들 혹은 낭만적인 문학작품들이 주장하는 것처럼, 사랑 없이는 침대에서 쾌감을 느끼는 것이 불가능하거나.

평상시 늘 심각해 보이는, 한 번도 말해준 적은 없지만 마리아의 유일한 친구였던 도서관 사서는 그날따라 기분이 좋아 보였다. 마침 점심시간이었는데, 그녀는 샌드위치를 싸왔으니 나누어 먹자며 반갑게 맞아주었다. 마리아는 방금 점심을 먹고 오는 길이라며 고맙다고 인사했다.

"이번 책은 읽는 데 시간이 제법 많이 걸렸군요."

"전혀 이해가 안 되더라고요."

"예전에 나한테 부탁했던 거 기억해요?"

아니, 그녀는 기억하지 못했다. 하지만 사서의 얼굴에 묘한 미소가 피어오르는 것을 보고는 곧 이해했다. 섹스였다.

"당신이 그 주제와 관련된 책들을 문의한 이후로 우리가 구비하고 있는 모든 관련서적 목록을 찾아봤는데 별게 없었어요. 젊은이들을 가르치는 것은 우리 어른들의 몫이라는 생각에 몇 권을 주문했죠. 젊은이들이 최악의 방법을 빌려, 예를 들면 창녀들을 통해 그 문제에 접근하지 않아도 되도록 말이에요."

사서는 갈색 종이로 정성스레 표지를 싸서 한쪽 구석에 쌓아놓은 책들을 가리켰다.

"시간이 없어서 아직 분류는 하지 못했어요. 하지만 대충 한 번 훑어봤는데, 정말 질겁을 하고 말았어요. 정말 깜짝 놀랐지 뭐예요."

그녀가 무슨 말을 할지 내기를 하자면 할 수도 있었다. 괴상망측하고 불편한 체위들, 사도마조히즘, 대충 이런 것들일 것이다. 직장으로 돌아가야 할 시간이라 말하고 자리를 뜨는 게 상책이었다. 그녀는 사서에게 자기가 은행에 다닌다고 했는지 가게에서 일한다고 했는지 기억이 나질 않았다. 거짓말은 비상한 기억력을 요구한다.

그녀는 사서에게 인사하고 일어설 채비를 했다. 그런데 사서가 말했다.

"당신도 깜짝 놀랄 거예요. 예를 들어, 클리토리스가 최근에 발견되었다는 거 알고 있어요?"

최근에? 이번 주에도 한 남자가 완전한 어둠 속에서도 마치 자기 손이 탐색하고 있는 영역을 훤히 꿰고 있다는 듯이, 늘 거기 있었던 것으로 보이는 그녀의 클리토리스를 만지지 않았던가?

"클리토리스의 존재는 1559년 레알도 콜롬보라는 의사가『해부학』이라는 책을 출간한 이후에 공식적으로 인정되었어요. 예수가 태어난 지 1500년이 넘도록 공식적으로는 무시되었던 거예요. 콜롬보는 그 책에서 그것을 '예쁘고 유용한 것'이라고 기술하고 있어요. 믿어져요?"

두 사람은 큰 소리로 웃었다.

"이 년 후인 1561년, 가브리엘로 팔로피오라는 또다른 의사가 자기가 그것을 '발견'했다고 주장하고 나섰어요. 물론 둘 다 이탈리아 사람들이에요. 그 사람들은 그런 문제에 관해서는 훤하니까. 두 남자는 누가 공식적으로 클리토리스를 세계사에 편입시켰는지를 놓고 논쟁을 벌였답니다!"

대화가 흥미롭기는 했지만 마리아는 그 문제에 관해서는 깊이 생각하고 싶지 않았다. 그녀는 애무, 눈가리개, 그녀의 몸 위를 돌아다니던 그의 손을 떠올리는 것만으로도 성기가 젖어드는 것을 느꼈다. 그녀는 섹스에 무감각한 게 아니었다. 그 남자는 그녀를 성적으로 해방시켜놓았다. 아직 살아 있다는 것이 얼마나 좋은지!

하지만 사서는 이미 발동이 걸린 상태였다.

"그후에도 사람들은 계속 그것을 멸시했어요."

그런 것이 있는지 모르지만, 그녀는 '클리토리스학' 전문가가 다 된 듯 보였다.

"오늘날 신문에서 아프리카의 몇몇 부족이 여성에게서 쾌락을 즐길 권리를 빼앗는다며 떠들어대고 있는 그 성기 훼손은 전혀 새로운 일이 아니에요. 이곳 유럽에서도 19세기에는 여성 신체의 그 하찮은 부분이 히스테리, 간질, 바람기와 불임의 근원이라 하여 절제하는 사례가 빈번했대요."

마리아는 작별인사를 하기 위해 손을 내밀었다. 하지만 사서는 얘기를 그칠 기미를 조금도 보이지 않았다.

"그보다 더 놀랄 만한 것은 정신분석학을 정립하신 우리의 친애하는 프로이트 박사께서 정상적으로 성장한 여성의 경우 오르가슴은 클리토리스에서 질로 이동하게 되어 있다고 주장한 거예요. 그의 충실한 신봉자들은 그 명제를 더욱 발전시켜 클리토리스에 성적 쾌감이 집중되어 있는 것은 미성숙 또는 양성애의 징조라고 주장했고요.

하지만 우리 여자들은 모두 알고 있잖아요. 삽입만으로는 오르가슴을 느끼기가 아주 어렵다는 걸. 한 남자를 자기 몸 속에 받아들이는 것도 좋은 일이죠. 하지만 쾌감은 이탈리아 의사가 발견한 그 작은 알맹이에 있어요!"

마리아는 프로이트가 말한 결함이 바로 자기에게 있다고 생각했다. 그녀의 성은 아직 미숙해서 클리토리스에서 질로 진화하지 못한 것이다. 아니면 프로이트가 잘못 생각한 것일까?

"G스폿에 대해서는 어떻게 생각해요?"

사서가 물었다.

"아줌마는 그것의 정확한 위치가 어딘지 아세요?"

마리아가 되묻자, 사서는 얼굴을 붉히며 헛기침을 했지만 곧 대담하게 대답했다.

"현관을 막 지나서 바로 머리 위 천장."

질을 건물에 빗댄 비교라니, 참으로 기발했다! 어린 소녀들을 위한 책에서 그런 비유를 읽었는지도 몰랐다. 문에 노크를 하고 안으로 들어가 몸 속 세계를 발견하는 성교육 책자에나 나올 법한 표현이었다. 자위할 때 마리아는 클리토리스보다는 혼란, 불안과 뒤섞인 어떤 쾌감을 불러일으키는 그 유명한 G스폿을 더 선호했다. 그녀는 언제나 곧장 현관을 지나 천장으로 갔던 것이다!

사서의 이야기는 쉽게 끝나지 않을 듯했다. 사서는 어쩌면 마리아에게서 자기처럼 성적 쾌감을 상실한 여성을 발견한 것인지도 몰랐다. 그녀는 손을 흔들어 인사를 하고는, 무어라도 좋으니 다른 것들에 의식을 집중하려고 애쓰면서 밖으로 나왔다. 오늘은 행복에 대해, 클리토리스에 대해, 되찾은 처녀성이나 G스폿에 대해 생각할 날이 아니었다. 그녀는 주변에서 들려오는 소리, 휴대폰 소리, 개 짖는 소리, 전차가 선로 위를 덜거덕거리며 달리는 소리, 발걸음 소리, 자신의 숨소리, 태양 아래 있는 모든 것이 내는 소리에 집중했다.

그녀는 코파카바나로 가고 싶지 않았다. 돈은 충분히 모았다.

그런데 이유는 알 수 없지만 일을 마저 끝내야 한다는 막연한 의무감 같은 게 느껴졌다. 그날 오후, 그녀는 장을 보고, 돈을 불리는 방법에 대해 조언해주겠다고 약속한 그녀의 단골 중 한 명인 은행 지점장을 만나고, 커피를 마시고, 우체국에 들러 가방에 다 들어가지 않는 옷가지들을 부칠 수도 있었다. 이상하게도 막연히 슬픈 느낌이 들었다. 유럽에서 지낼 수 있는 시간이 이 주밖에 남지 않아서인지도 몰랐다. 그녀는 유유히 시간을 보내고, 새로운 눈으로 도시를 바라보고, 그 모든 것을 경험했다는 사실을 기뻐해야 마땅했다.

그녀는 이미 수백 번은 건넜을, 호수와 분수가 훤히 내려다보이는 사거리에 이르렀다. 건너편 공원 한가운데에 제네바의 상징 중 하나인 꽃시계가 있었는데, 그것이 그녀로 하여금 더는 자신을 속이지 못하게 했다. 그건……

갑자기, 시간이, 세상이 정지했다. 그날 아침 이후로 그녀가 줄곧 생각하고 있는 그녀의 되찾은 처녀성은 과연 뭘 의미하는 걸까?

세상이 얼어붙은 것 같았다. 그 찰나가 지나가지 않고 있었다. 마리아는 그냥 지나칠 수 없는, 아주 심각하고 중요한 무엇에 직면해 있었다. 늘 메모해두겠다고 다짐하면서도 단 한 번도 기억해내지 못한 밤 꿈들처럼 그렇게 치부해버릴 수 있는 게 아니었다……

"아무것도 생각하지 마. 세상이 정지해버렸어. 대체 무슨 일이 벌어진 거지?"

그거야!

새. 그녀가 얼마 전에 쓴 새 이야기는 랄프 하르트에게 적용되는 이야기일까?

아니, 그건 그녀의 이야기였다!

그랬다!

오전 11시 11분. 그녀의 이야기는 그 순간 끝이 났다. 자기 몸에 익숙하지 않은 이방인 마리아는 처녀성을 재발견하고 있었다. 하지만 그 재탄생은 너무나 깨지기 쉬운 것이어서, 거기 계속 머물러 있는다면 자칫 영영 잃어버리게 될지도 몰랐다. 그녀는 천국을, 그리고 지옥을 분명 경험했다. 하지만 모험은 이제 막바지에 다다랐다. 이 주일, 열흘, 일 주일을 기다리는 것은 불가능했다. 그녀는 서둘러 떠나야 했다. 그러나 그녀는 꽃으로 만들어진 시계를, 사진을 찍어대는 관광객들과 그 주위에서 뛰노는 어린아이들을 바라보면서 슬픔의 이유를 깨달았다. 그녀는 돌아가고 싶지 않았던 것이다.

랄프 하르트 때문도, 스위스가 좋아서도, 모험 때문도 아니었다. 진짜 이유는 너무나 간단했다. 그건 바로 돈이었다.

돈! 모든 사람이 가치가 있다고 말하는 칙칙한 색깔의 특별한 종이쪽. 그녀는 그것을 믿었다. 모든 사람이 그것을 믿었다. 산더

미처럼 쌓인 그 종이쪽을 가지고 유서 깊은, 고객의 비밀을 철저히 지키는 대형 스위스 은행을 찾아가 "이 돈으로 내 인생의 몇 시간을 살 수 있을까요?"라고 물었을 때, "죄송합니다, 손님. 저희는 팔지는 않고 사기만 합니다"라는 답변을 듣게 될 때까지는.

마리아는 자동차가 급정거하는 소리에 놀라 망상에서 깨어났다. 운전자가 큰 소리로 투덜거렸고, 한 노인이 웃으면서 빨간 불이니 물러서라고 영어로 말했다.

'난 모든 사람이 알아야 할 뭔가를 발견한 것 같아.'

하지만 그들은 모르고 있었다. 그녀는 주변을 둘러보았다. 행인들은 '난 좀더 기다릴 수 있어. 오늘은 돈을 벌어야 하니까, 당장 내 꿈을 실현할 필요는 없어'라고 생각하며 고개를 숙인 채 직장으로, 학교로, 직업 소개소로, 베른 가로 달려가고 있었다. 물론 그녀의 직업은 저주받은 것이었다. 하지만 엄밀히 따져보면, 그것 역시 모든 사람들이 그러듯이 자신의 시간을 파는 것일 뿐이다. 모든 사람들이 그러듯이 견딜 수 없는 사람들을 견뎌내는 것, 모든 사람들이 그러듯이 결코 도래하지 않는 미래의 이름으로 자신의 귀중한 육체와 영혼을 내놓는 것, 모든 사람들이 그러듯이 아직 충분히 모으지 못했다고 주장하는 것, 모든 사람들이 그러듯이 조금만 더 기다리는 것, 기다리고, 조금 더 벌고, 욕망의 실현을 나중으로 미루는 것. 당장은 몹시 바쁘니까. 하룻밤에 350에서 천 스위스프랑까지 지불하는 손님들이 그녀를 기다리고 있으니까.

자신이 벌게 될 돈으로 살 수 있는 그 모든 것에도 불구하고(누가 알겠는가, 딱 일 년만 더 하면 그렇게 될지?), 마리아는 생애 처음으로, 의식적으로, 냉철하게, 그리고 고의적으로 좋은 기회가 그냥 지나가도록 내버려두기로 결심했다.

그녀는 파란 불이 켜질 때까지 기다렸다가 길을 건넜다. 그리고 꽃시계 앞에 멈춰 서서 랄프를 생각했다. 그녀는 원피스끈을 내려 가슴을 드러냈던 날 밤 그의 눈에 불타던 욕망을 다시 보고, 그녀의 젖가슴과 성기와 얼굴을 만지던 그의 손길을 다시 느꼈다. 그녀는 젖어들었다. 눈을 돌려 멀리 있는 거대한 분수를 바라보았을 때, 그녀는 몸의 어느 부분도 만지지 않았지만, 바로 거기, 많은 사람들 앞에서 오르가슴을 느꼈다.

아무도 눈치채지 못했다. 그들은 모두 너무 바빴다.

코파카바나에 들어서자마자, 마리아가 동료들 중 유일하게 친구라고 여기는 니아가 그녀를 불렀다. 그녀는 한 동양인 옆에 앉아 웃고 있었다.

"이것 좀 봐!"

그녀가 소리쳤다.

"이 사람이 내가 뭘 해주길 원하는지 좀 봐!"

공모자의 눈길, 입가에 번지는 미소, 동양인이 시가 상자처럼 보이는 것의 뚜껑을 열었다. 밀랑은 멀찍이서 그 안에 주사기나 마약이 들어 있지 않나 흘끗 들여다보았다. 아니었다. 그것은 밀랑도 어떻게 기능하는지 잘 모르는 기구였다.

"누가 보면 지난 세기의 물건이라고 하겠어요!"

마리아가 말했다.

"맞아요, 지난 세기의 물건이."

마리아의 말에서 드러난 무지에 화가 난 듯 동양 남자가 대꾸했다.

"백 년도 더 된 물건이라 손에 넣는 데 돈깨나 들었지."

그것은 몇 개의 밸브, 핸들, 전기회로, 금속으로 된 작은 스위치, 건전지들을 조립한 것으로, 두 개의 선 끝이 각각 손가락 크기의 유리막대에 연결되어 있었다. 옛날 라디오의 내부와 비슷했다. 큰돈이 들 만한 것은 아무것도 없어 보였다.

"어떻게 작동하는 거예요?"

니아는 질문하는 마리아가 마음에 들지 않았다. 이 브라질 아가씨를 신뢰하긴 했지만, 사람 마음이라는 게 손바닥 뒤집듯 변하니 자기 손님을 노릴지도 모를 일이었다.

"나한테 이미 설명해줬어. 이건 바이올렛 원드*야."

니아는 동양인을 돌아보며 초대에 응하기로 마음먹었으니 함께 나가자고 말했다. 하지만 사내는 자신의 장난감에 대한 마리아의 관심에 기분이 들뜬 것 같았다.

"1900년경, 최초의 건전지가 나왔을 때 의학계는 전기가 정신

---

* violet wand, 사도마조히즘 성향의 사람들 중 특히 '전기 애호증'을 가진 사람들이 성적 만족을 얻기 위해 사용하는 도구. 치한을 퇴치하는 전기 충격기와 비슷하게 생겼다.

질환이나 히스테리를 치료할 수 있는지 알아내기 위해 전기를 이용한 여러 가지 실험을 했어요. 여드름을 제거하거나 피부에 탄력을 주기 위해 전기를 사용하기도 했죠. 이 양쪽 끝 보이죠? 이것들을 여기에 대면, 배터리가 공기중이 아주 건조할 때처럼 정전기를 일으켜요."

그는 자신의 관자놀이를 가리켰다.

그것은 브라질에는 존재하지 않았지만 스위스에서는 아주 빈번하게 발생하는 현상이었다. 언젠가 택시 문을 열면서 딱 하는 소리와 함께 작은 쇼크를 느꼈던 날 마리아는 그 현상을 처음으로 발견했다. 차에 문제가 있다고 생각한 그녀가 택시비를 내지 않겠다고 항의하자, 운전사는 그녀를 아주 무식한 여자 취급 했다. 그의 말이 옳았다. 그 현상을 일으킨 것은 차가 아니라 건조한 공기였다. 그러한 종류의 사고를 여러 차례 경험한 그녀는 그 후 겁이 나서 금속으로 된 물건은 가능하면 만지지 않았다. 한 슈퍼마켓에서 몸 속에 쌓이는 전기를 줄여주는 신기한 재주를 가진 팔찌를 발견할 때까지는.

그녀가 동양인을 돌아보며 말했다.

"하지만 그건 기분이 안 좋잖아요!"

마리아의 끈질긴 추궁에 점점 더 초조해진 니아가 자기 손님임을 과시하기 위해 보란 듯이 사내의 어깨에 팔을 둘렀다.

"그건 당신이 그걸 당신 몸 어디에 연결시키느냐에 달려 있어요."

동양인이 웃으며 말했다.

그가 작은 핸들을 돌리자 막대 두 개가 보라색으로 변했다. 그가 재빨리 그것들을 두 여자에게 갖다댔다. 딱 소리와 함께 방전이 일어났지만 아픔보다는 간지러움에 더 가까운 느낌이었다.

"죄송하지만 여기서는 삼가주세요."

밀랑이 다가오며 말했다.

사내가 장치를 상자에 집어넣었다. 필리핀 아가씨 니아가 그 기회를 이용해 당장 호텔로 가자고 제안했다. 동양인은 약간 실망한 듯 보였다. 새로 온 여자가 지금 같이 나가자고 조르는 여자보다 바이올렛 윈드에 훨씬 더 큰 관심을 보이고 있었기 때문이었다. 어쨌든 그는 윗도리를 입고, 가죽 서류가방에 그 상자를 넣으며 말했다.

"요즘은 신형도 나와요. 특별한 쾌락을 추구하는 사람들에겐 유행처럼 되어버렸죠. 하지만 당신이 방금 본 모델은 몇 개 없는 겁니다. 희귀한 의료기 컬렉션, 박물관 혹은 골동품상에서나 구경할 수 있는 거죠."

밀랑과 마리아는 무슨 말을 해야 할지 몰라 잠자코 있었다.

"저거 전에 본 적 있어요?"

마리아가 밀랑에게 물었다.

"저런 모델은 본 적 없어. 저런 건 정말 값이 제법 나갈 거야.

저 사람 석유회사 고급 간부거든. 다른 것들은 본 적이 있지, 신형들 말이야."

"어떻게 사용하죠?"

"몸에다 연결시킨 다음…… 여자한테 핸들을 돌려달라고 해. 쇼크를 즐기는 거지."

"혼자서 해도 되는데, 왜 여자한테 시켜요?"

"섹스에 관한 한 인간은 뭐든 혼자 할 수 있어. 하지만 누군가와 함께 하는 걸 더 좋아하니 얼마나 다행이야. 그렇지 않다면 이 클럽은 파산하고 말겠지. 넌 야채 가게에서 일을 해야 할 거고. 아참. 네 특별손님한테서 연락이 왔는데, 오늘 밤에 오겠대. 그러니까 다른 손님은 받지 마."

"거절할 거예요. 그 사람까지 포함해서. 작별인사나 하려고 들렀어요. 나, 떠날 거예요."

밀랑은 그녀의 느닷없는 결정을 책망하는 것 같진 않았다.

"그 화가를?"

"아뇨, 코파카바나를요. 모든 일엔 한계가 있는데, 오늘 아침 호수 근처의 꽃시계 앞에서 그 한계에 도달했어요."

"그 한계란 게 어떤 거지?"

"브라질에 있는 농장 하나 가격이요. 일 년 더 일하면 더 많은 돈을 벌 수 있을 거라는 것도 알아요. 일 년 더 일할 수도 있겠죠. 하지만 그렇게 되면 나는 영원히 이 함정에서 벗어나지 못할 거예요. 당신처럼, 회사간부, 여객선 사무장, 헤드헌터, 음반 제작자, 그리고 내가 알았던 모든 남자들, 돈으로 내 시간을 샀지만 그것을 나에게 되돌려줄 수는 없는 모든 손님들처럼요. 하루를 더 머무르면 일 년을 머무르게 될 거고, 일 년을 더 머무른다면 결코 여기서 벗어나지 못하겠죠."

밀랑은 사정상 아무 말도 해줄 수는 없지만, 그녀의 말을 이해하고 동의한다는 듯 조심스레 고개를 끄덕였다. 마리아의 결정이 그를 위해 일하는 다른 아가씨들에게 전염될 위험이 있었던 것이다. 그는 좋은 사람이었다. 비록 축하해주지는 않았지만 마리아가 실수를 범하도록 부추기는 말은 단 한마디도 하지 않았다.

그녀는 샴페인 한 잔을 주문했다. 과일 칵테일 주스라면 이제 지긋지긋했다. 이제는 술을 마실 수 있었다. 일을 하고 있는 게 아니니까. 밀랑이 말했다. 도움이 필요하면 언제든 전화하라고, 그녀라면 언제든지 환영이라고.

그녀는 샴페인 값을 지불하려 했다. 하지만 그가 그냥 놔두라고 했다. 그녀는 그의 호의를 받아들였다. 술 한 잔 값보다 훨씬 더 많은 돈을 그에게 갖다바쳤으니까.

집에 돌아와서 쓴 마리아의 일기.

언제였는지는 정확하게 기억나지 않지만, 어느 일요일, 미사에 참석하기 위해 교회에 간 적이 있다. 그런데 한참 후에야 나는 내가 적절치 못한 장소에 와 있다는 것을 깨달았다. 그곳은 신교도들의 교회였던 것이다.

서둘러 나가려고 하는데 목사가 설교를 시작했다. 설교중에 자리를 뜨는 것은 예의 없는 행동이라 생각되어 그냥 앉아 있었다. 그것은 축복이었다. 그날 나는 내가 반드시 들어야 하는 것들을 들을 수 있었으니까.

"세상의 모든 언어에는 똑같은 속담이 존재합니다. 눈이 보지 못하는 것은 마음도 느끼지 못한다는 속담이죠. 그런데 전전혀 그렇지가 않다고 감히 단정합니다. 우리가 억누르려고, 잊어버리려고 하는 감정들은 멀리 떨어져 있을수록 마음에는 더 가까이 다가옵니다. 우리가 유배중이라면, 두고 온 집과 고향에 대한 기억을 간직하려고 애쓸 겁니다. 사랑하는 사람과 멀리 떨어져 있다면, 거리를 지나가는 사람 한 명 한 명에게서 그 사람을 떠올릴 겁니다.

복음서와 세상 모든 종교의 경전들은 신을 이해하기 위해, 민족을 나아가게 한 신앙을 이해하기 위해, 지구 표면을 방황하는 영혼들의 순례를 이해하기 위해 떠난 유배중에 씌어진 것입니다. 우리의 조상들은 주님께서 우리의 삶에서 기대하는 것을 알지 못했고, 우리 역시 그것을 모르고 있습니다. 그렇기 때문에, 우리가 우리 자신이 누구인지를 잊을 수 없고 또 잊기를 원치도 않기 때문에 책들이 씌어지고 그림들이 그려지는 것입니다."

예배가 끝날 무렵, 나는 목사에게 다가가 감사의 마음을 전했다. 나는 내가 외국에서 온 이방인이라고, 눈이 보지 못하는 것을 마음은 느낀다는 사실을 일깨워줘서 고맙다고 말했다. 그리고 이제 내가 너무나 절실하게 그것을 느끼기 때문에 나는 떠난다.

마리아는 가방 두 개를 들어 침대 위에 올려놓았다. 모든 것이 끝나는 이날을 기다려온 가방이었다. 예전엔 이 가방들에 많은 선물과 새 옷, 눈 덮인 스위스의 풍경과 유럽의 대도시를 담은 사진, 세계에서 가장 안전하고 가장 너그러운 나라에서 보낸 행복했던 시간의 추억들을 가득 채우리라 생각했었다. 실제로 새 옷 몇 벌과 눈이 내린 날 제네바에서 찍은 사진이 몇 장 있긴 했지만, 그녀가 생각해왔던 것과는 많이 달랐다.

이곳에 도착했을 때 그녀는 많은 돈을 벌고, 삶을 배우고, 자신의 참모습을 발견하고, 부모님에게 농장을 사드리고, 남편감을 찾고, 가족들을 불러 그녀가 살고 있는 곳을 보여줄 수 있기를 꿈꾸었다. 하지만 그녀는 산에는 제대로 올라가보지도 못하고, 그녀 스스로도 알아보지 못할 만큼 다른 사람이 되어, 정확히 꿈 하나를 이루는 데 필요한 액수를 가지고 고향으로 돌아갈 것이다. 하지만 그녀는 행복했다. 그녀는 그만둬야 할 순간이 되었다는 것을 알고 있으니까.

그 순간을 아는 사람은 그리 흔치 않다.

그녀는 네 가지 모험을 경험했다. 나이트클럽에서 댄서로 일했고, 프랑스어를 배웠고, 창녀로 일했고, 한 남자를 미친 듯이 사랑했다. 일 년 사이에 그렇게 많은 파란을 겪을 수 있는 사람이 과연 몇이나 될까? 슬펐지만 행복했다. 그 슬픔에는 이름이 있었다. 그 이름은 매춘도, 스위스도, 돈도 아니었다. 그것은 랄프 하르트였다. 단 한 번도 인정한 적은 없었지만, 그녀는 산티아고의 길에 있는 성당에서 그녀를 기다릴, 그녀에게 자신의 그림을 보여주고 주변 사람들과 친구들을 소개할 채비를 하고 있을 그와 결혼하기를 바랐다.

비행기는 다음날 아침 일찍 출발한다. 그녀는 그와의 약속 장소로 가지 않고 공항 근처의 호텔로 직행할까 생각했다. 이제부터 그의 곁에서 보내는 순간순간은, 그녀가 말할 수도 있었지만 하지 않았던 모든 것 때문에, 그의 손, 그의 목소리, 그가 해준 이야기, 그가 그녀를 사랑한 방식에 대한 기억 때문에 견디기 힘든 고통의 한 해가 될 터였다.

그녀는 다시 가방을 열고 그의 집에서 보낸 첫날 밤 그가 준 장난감 기차의 객차를 꺼냈다. 그녀는 몇 분간 그것을 바라보다 쓰레기통에 던져버렸다. 그 객차는 브라질까지 갈 자격이 없었다. 그것은 그것을 늘 갈망했던 어린애에게는 부당하고 불필요한 것이었다.

아니, 그녀는 성당에 가지 않을 것이다. 아마도 그는 그녀에게 질문을 퍼부을 것이다. 그녀가 "나, 떠나요" 하고 진실을 말하면, 그는 가지 말라고 애원할 것이다. 그녀를 잃지 않기 위해 무엇이든 약속할 것이다. 그들이 함께 보낸 매 순간 이미 충분히 보여줬던 그의 사랑을 재차 고백할 것이다. 하지만 그들은 완전히 자유로운 상태로 만나는 법을 배웠다. 다른 어떤 종류의 관계도 그럴 수는 없을 것이다. 아마도 그것이 그들이 서로 사랑하는 유일한 이유일 것이다. 상대방에게 자신이 필요하지 않다는 것을 그들은 알고 있었으니까. 남자들은 여자가 "당신에게 의지하고 싶어요"라고 말하면 겁을 집어먹는다. 마리아는 전적으로 그녀만의 것인, 그녀를 위해서라면 무엇이든 할 각오가 되어 있는, 사랑에 빠진 랄프 하르트의 이미지를 간직한 채 떠나고 싶었다.

약속 장소에 갈지 안 갈지를 놓고 저울질할 시간이 아직은 있었다. 일단은 좀더 실질적인 문제에 집중해야 했다. 그녀는 가방에 들어가지도 않고 어디다 치워야 할지도 알 수 없는 물건들을 난감한 표정으로 쳐다보았다. 그녀가 떠나고 난 뒤 집주인이 와서 그녀가 쓰던 가전제품, 벼룩시장에서 산 그림, 수건과 시트를

발견하고는 알아서 처리할 것이다. 스위스의 거지보다는 그녀의
부모가 훨씬 더 그것들을 필요로 하겠지만 모든 것을 브라질로
가져가는 것은 불가능했다. 게다가 그 물건들은 그녀에게 한때
모험을 벌였던 곳을 끊임없이 일깨워줄 게 아닌가.

그녀는 은행을 찾아가 예금해둔 돈을 모두 인출하고 싶다고 말
했다. 그녀의 단골손님이기도 한 지점장은, 그건 별로 잘한 결정
이 아닌 것 같다고 말하면서 예금에 대한 이자는 브라질에서도
받을 수 있으니 맡겨만 놓으면 계속 수입이 보장된다고 설명했
다. 도둑이라도 맞으면, 몇 달간의 노고가 허사가 될 수도 있다는
우려까지 했다. 마리아는 잠시 망설였다. 그는 진심으로 그녀를
도와주려는 것 같았다. 생각에 잠겨 있던 그녀는 그 돈의 궁극적
인 쓰임새는 지폐로 남아 돈을 늘리는 데 있는 게 아니라 농장으
로, 부모가 노년을 보낼 집으로, 몇 마리의 가축과 많은 노동으로
변하는 데 있다는 결론을 내렸다.

그녀는 잔돈까지 모조리 인출해 그 용도로 쓰려고 구입한 조그
만 가방에 집어넣고 허리띠에 묶은 다음 겉옷으로 가렸다.

그녀는 용기를 잃지 않기를 기도하며 여행사로 갔다. 그녀가
예약해둔 비행기표를 달라고 하자, 직원은 내일 떠나는 항공편은
파리에서 내려 갈아타야 한다고 설명하며 다른 항공편을 권했다.
그런 건 아무래도 좋았다. 중요한 것은, 다시 한번 생각해보자는
유혹이 일기 전에 이곳에서 멀리 떨어진 곳에 가 있는 것이었다.

그녀는 다리까지 걸어갔다. 다시 추워지기 시작했지만 아이스 크림을 샀고, 제네바를 바라보았다. 마치 이 도시에 막 도착해서 박물관과 역사적 기념물, 유명한 바와 식당을 둘러볼 채비를 하고 있는 것처럼 모든 것이 달라 보였다. 이상한 일이지만 사람들은 어떤 도시에 거주할 때는 그 도시를 탐험하는 일을 계속 미루다가 결국에는 그 도시를 전혀 모르는 채 그곳을 떠나게 되는 경우가 대부분이었다.

그녀는 고향에 돌아가게 됐으니 기뻐해야 한다고 생각했지만 전혀 기쁘지가 않았다. 그녀를 그토록 따뜻하게 맞아준 도시를 떠나게 되어 슬픈 거라고 생각하려 했지만 그렇게도 되지 않았다. 그녀가 지금 할 수 있는 것은 오로지 자기 자신, 모든 상황이 유리하게 돌아가도 잘못된 선택을 하곤 하는 한 영리한 아가씨를 위해 눈물 몇 방울을 흘리는 일뿐이었다.

이번에는 자신이 틀리지 않기를 간절히 바랐다.

그녀가 들어섰을 때 성당은 텅 비어 있었다. 더없이 조용한 가운데 전날 밤의 폭풍우로 맑게 갠 하늘의 광채가 훤히 밝혀주는 스테인드글라스를 바라볼 수 있었다. 그녀 앞쪽에 제단과 빈 십자가가 있었다. 그것은 죽어가는 한 인간이 매달려 있는 처형도구가 아니라, 그 도구 본래의 의미, 공포, 중요성을 모두 상실한 부활의 상징이었다. 그녀는 천둥번개가 치던 날 밤의 채찍을 떠올렸다. 그것도 마찬가지였다.

"맙소사, 내가 지금 무슨 생각을 하고 있는 거지?"

피를 흘리며 고통스러워하는 성인들의 그림이 눈에 띄지 않아 다행이었다. 그곳은 사람들이 자신들이 이해할 수 없는 뭔가를 찬양하기 위해 모이는 장소일 뿐이었다.

오랫동안 생각하지 않고 있었지만 그녀는 여전히 예수를 믿고 있었다. 그녀는 성체가 모셔져 있는 감실龕室 앞에서 걸음을 멈추었다. 그녀는 무릎을 꿇고 그날 무슨 일이 일어나더라도 결코 마음을 바꾸지 않을 거라고, 반드시 떠날 거라고. 하느님에게 성모 마리아에게 예수에게 맹세했다. 그녀는 한 여자의 의지를 바꾸어놓기에 충분한 사랑의 함정을 알고 있었다.

잠시 후, 그녀는 어깨에 와 닿는 손길을 느꼈다. 그녀는 얼굴을 옆으로 기울여 그 손에 가져다댔다.

"어떻게 지냈소?"

"잘 지냈어요."

전혀 불안이 묻어나지 않는 목소리로 그녀가 대답했다.

"좋아요. 커피 마시러 갑시다."

그들은 오랜 이별 끝에 재회한 연인들처럼 손을 잡고 밖으로 나갔다. 그들은 사람들이 보는 앞에서 키스를 했다. 몇몇 행인들이 못 볼 걸 봤다는 표정으로 그들을 쳐다보았다. 그들은 그들이 야기한 거북함과 그들이 일깨운 욕망 따위는 안중에도 없었다. 그들은 알고 있었다. 사실은 그 사람들도 똑같이 하고 싶어한다는 것을. 그들이 눈살을 찌푸리는 것은 바로 그 때문이라는 것을.

그들은 여느 카페와 다를 바 없지만 그날 오후 그들이 그곳을 찾았기 때문에, 그들이 서로 사랑했기 때문에 특별했던 한 카페로 들어갔다. 그들은 제네바에 대해. 프랑스어의 난해함에 대해,

성당의 스테인드글라스에 대해, 담배의 폐해에 대해 이야기를 나누었다. 그들은 둘 다 담배를 피웠고 그 나쁜 습관을 버릴 생각이 전혀 없었다.

그녀가 커피 값을 내겠다고 고집을 부렸고 그가 받아들였다. 그들은 그림 전시회장으로 갔다. 그녀는 그곳에서 그의 세계, 예술가들, 실제보다 훨씬 더 부자로 보이는 부자들, 가난해 보이는 백만장자들, 그녀가 한 번도 들어본 적이 없는 것들에 대해 질문을 해대는 관람객들을 만났다. 모두 그녀를 반갑게 맞았고, 그녀의 유창한 프랑스어에 탄성을 터뜨렸고, 카니발과 축구, 브라질음악에 대해 물었다. 좋은 교육을 받은, 친절하고 호의에 넘치고 매력적인 사람들이었다.

전시회장을 나서면서 그가 저녁때 코파카바나로 그녀를 만나러 가겠다고 말했다. 그녀는 그럴 필요 없다고, 오늘은 일을 하지 않는다고, 저녁 식사나 함께 했으면 좋겠다고 대답했다.

그가 좋다고 했다. 그들은 일단 헤어졌다가 나중에 그의 집에서 만나 콜로니 광장에 있는 분위기 좋은 식당에서 저녁 식사를 하기로 했다. 그 작은 광장은 그녀가 언제나 택시를 타고 다니는 길목에 있었지만 한 번도 가본 적이 없었다.

그와 헤어진 마리아는 이 도시에 단 한 명밖에 없는 친구를 떠올렸다. 그녀는 사서를 찾아가 앞으로는 만나지 못할 거라고 알려줘야겠다고 마음먹었다.

그녀는 쿠르드족 사람들이 시위를 끝낼 때까지, 그래서 길이 뚫릴 때까지 영원처럼 긴 시간을 택시 안에 갇혀 보내야만 했다. 하지만 그녀가 자기 시간의 주인이 된 지금, 그런 것은 그리 중요하지 않았다.

그녀가 도착했을 때 도서관은 막 문을 닫으려는 참이었다.

"너무 스스럼없이 구는 게 아닌지 모르겠지만, 나에겐 속을 털어놓을 만한 친구가 전혀 없어요."

마리아가 들어서자마자 사서가 말했다.

이 여자에게 친구가 없다고? 한 장소에서 일생을 보내고 매일 수많은 사람을 만나면서도 함께 의논을 할 만한 사람이 아무도 없다고? 마침내 마리아는 자신과 똑같은, 아니면 여느 사람과 똑같은 누군가를 찾아낸 것이다.

"클리토리스에 관해 읽은 것을 다시 곰곰이 생각해봤어요……"

'아, 다른 얘기를 할 수는 없나?'

"남편과 관계를 맺을 때마다 기분이 좋기는 했지만, 관계중에 오르가슴을 느낀 적이 거의 없다는 사실을 확인했어요. 당신 생각엔 그게 정상 같아요?"

"쿠르드 사람들이 매일 시위를 하는 건 정상으로 보이세요? 사랑에 빠진 여자들이 백마 탄 왕자를 피해 달아나는 건? 사랑에 대해 생각하는 대신 농장을 경영할 꿈을 꾸는 처녀는? 남자와 여자

들이 결코 되살 수 없는 그들의 시간을 파는 건? 하지만 이 모든
건 존재해요. 내가 어떻게 생각하건 그건 전혀 중요하지 않아요.
그게 정상이에요. 자연에 반하는 것, 우리의 내밀한 욕망에 반하
는 건 하느님 눈에는 탈선으로 보일지 몰라도 우리 눈에는 모두
정상이에요. 우리는 우리의 지옥을 찾아 헤맸고, 수천 년을 들여
그것을 건설했어요. 그리고 많은 노력을 한 끝에 우리는 이제 최
악의 방식으로 살 수 있게 됐어요."

마리아는 사서를 바라보았다. 그리고 처음으로 그녀의 이름을
물었다. 마리아는 그녀가 결혼하면서 가지게 된 남편 성姓만 알고
있었다. 그녀의 이름은 하이디이고, 삼십 년이나 결혼생활을 했
지만 남편과의 성관계에서 오르가슴을 느끼지 못하는 게 과연 정
상인가, 하는 의문을 지금까지 단 한 번도 품어본 적이 없었다!

"이 모든 걸 과연 꼭 읽어야 했는지 잘 모르겠어요! 성실했던
남편, 호수가 내려다보이는 전망 좋은 아파트, 세 명의 아이들, 공
무원이라는 안정된 직업이 한 여자가 꿈꿀 수 있는 모든 것이라
고 생각하며 아무것도 모르고 사는 편이 더 나았을지도 몰라요.
당신이 물어본 덕분에 이 책들을 읽기 시작한 이후로 나는 혹시
내가 잘못 살아온 건 아닌가 해서 몹시 불안했어요. 다들 그런가
요?"

"그래요, 제가 장담하죠."

마리아는 충고를 구하는 그 여자 앞에서 자신이 아주 경험이

많은 사람처럼 느껴졌다.

"좀더 자세히 얘기해도 괜찮겠어요?"

마리아가 고개를 끄덕여 동의했다.

"물론 당신은 그런 문제들을 이해하기에는 아직 젊어요. 하지만 바로 그 때문에, 당신이 나와 똑같은 실수들을 저지르지 않도록 당신에게 내 이야기를 조금 털어놓고 싶어요.

내 남편은 왜 내 클리토리스에는 전혀 신경을 쓰지 않았을까요? 그는 오르가슴은 질에서 일어난다고 생각했어요. 나는 그의 생각대로라면 마땅히 느껴야 하는 오르가슴을 느끼는 척하느라 힘이 들었죠. 무척 힘들었어요. 물론 쾌감을 느끼기는 했죠. 하지만 그건 다른 종류의 쾌감이었어요. 마찰이 상부에서 일어날 경우에만…… 무슨 말인지 이해하겠어요?"

"네, 이해해요."

"이제 난 그 이유를 알아요. 바로 이거예요."

그녀가 탁자 위에 놓인, 마리아로서는 제목을 읽을 수 없는 책을 가리키며 말했다.

"오르가슴을 느끼는 데 아주 중요한 역할을 하는 신경다발이 클리토리스에서 G스폿 쪽으로 뻗어 있어요. 그런데 남자들은 모든 것이 삽입에 의해 이루어진다고 믿고 있죠. G스폿이 뭔지 알아요?"

"일전에 말씀하신 적이 있었잖아요. 현관에 들어서서 바로 머리 위 천장."

이번에는 순진한 아가씨로 변한 마리아가 말했다.

"맞아요, 그래요!"

사서의 눈빛이 환하게 밝아졌다.

"당신이 아는 남자들 중에서 그것에 대해 들어본 사람이 몇 명
이나 되는지 직접 확인해보세요. 아무도 없을 거예요! 말도 안 되
는 얘기죠! 클리토리스를 그 이탈리아인이 겨우 오백 년 전에 발
견한 것처럼 G스폿은 20세기가 찾아낸 거예요. 이제 곧 모든 사
람이 그것에 대해 떠들어댈 거라구요. 더이상 어느 누구도 그것
의 역할을 무시할 수 없을 거예요. 우리가 얼마나 혁명적인 시대
를 살고 있는지 상상이 돼요?"

마리아가 손목시계를 들여다보았다. 하이디는 여자들도 활짝
피어나고 행복해질 권리가 있다는 것을 이 예쁜 아가씨에게 가르
쳐주려면, 미래의 세대가 그 놀라운 과학적 발견의 혜택을 누릴
수 있게 하고 싶다면 서둘러야 한다는 것을 알아차렸다.

"프로이트 박사는 남성들의 쾌감이 페니스에 집중되어 있듯이
여성들의 쾌감은 질 속에 있는 게 분명하다고 생각했어요. 우린
근원으로, 우리에게 늘 쾌감을 주었던 클리토리스와 G스폿으로
되돌아가야만 해요! 만족스러운 성관계를 경험하는 여자들은 아
주 드물어요. 내가 비결을 하나 가르쳐줄게요. 체위를 바꿔요. 남
자를 눕게 하고 당신이 위로 올라가요. 그 체위에서는 당신의 클

리토리스가 그의 치골과 마찰을 일으킬 거고, 그러면 당신은 필요한 자극을, 아니, 당신이 마땅히 누려야 할 자극을 얻게 될 거예요!"

마리아는 대화에 주의를 기울이지 않는 척하고 있었다. 그러니까 문제는 그녀에게 있는 게 아니었다! 모든 것이 신체구조의 문제였다. 어마어마하게 무거운 짐에서 해방되는 순간, 그녀는 사서를 덥석 안아주고 싶었다. 아직 젊을 때 그러한 사실을 알게 된 것은 무척이나 다행스러운 일이었다! 그녀는 정말 멋진 시대에 살고 있었다!

하이디가 공모자의 미소를 지었다.

"그들은 모르고 있지만 우리 역시 발기를 해요!"

'그들'은 남자들을 뜻하는 것이었다. 대화가 아주 은밀했기 때문에 마리아가 용기를 내어 물었다.

"남편 말고 다른 누군가와 관계를 가져본 적 있으세요?"

사서는 충격을 받은 것처럼 보였다. 눈에서는 일종의 성스러운 불빛이 번득였고, 피부가 벌겋게 달아올랐다. 모욕을 느낀 것인지 아니면 부끄러워하는 것인지 알 수가 없었다. 잠시 후, 모든 걸 털어놓고 싶은 욕망과 감추고 싶은 욕망 사이의 싸움이 마무리됐다. 하이디는 자신이 원하는 주제를 환기했다.

"여성의 발기 얘기나 해요, 클리토리스 말예요! 흥분하면 딱딱해지는 거 알고 있어요?"

"어렸을 때부터요."

하이디는 실망한 듯이 보였다. 하지만 곧 말을 이었다.

"볼록 튀어나온 곳을 건드리지 않고 그 주변만 애무해도 강렬한 쾌감을 얻을 수 있대요. 경우에 따라서는 아플 수도 있다는 것을 모르고 무작정 클리토리스 끝을 문질러대는 어설픈 남자들도 꽤 있다나봐요. 어때요, 그런 것 같지 않아요? 그리고 한 번이나 두 번쯤 관계를 가진 이후부터는 여자가 주도권을 쥐는 게 좋대요. 여자가 위로 올라가 어디를 어떻게 누를지 컨트롤하고 자기가 원하는 리듬을 타야 하는 거죠. 또 내가 지금 읽고 있는 책에 따르면, 파트너와 솔직한 대화를 나누는 것이 무엇보다 중요하대요."

"남편과는 솔직한 대화를 나누셨나요?"

또다시 하이디는 그때는 시대가 달랐다는 평계를 대며 답변을 회피했다. 지금 그녀의 관심사는 자신의 지적 경험을 누군가와 공유하는 것이었다.

"자신의 클리토리스를 시곗바늘이라고 보고, 파트너가 열한 시에서 한시 사이를 오가게 하는 게 좋대요. 무슨 말인지 알겠어요?"

마리아는 무슨 말인지 알 수 있었고, 책의 내용에도 일리가 있는 것 같긴 했지만 동의할 수는 없었다. 하이디가 "시계"라는 단어를 다시 입에 올릴 때, 마리아는 다시 한번 손목시계를 쳐다보고는 견습기간이 끝나 작별인사를 하러 들른 거라고 설명했다.

사서는 그녀의 말을 귀담아듣지 않는 것처럼 보였다.

"클리토리스에 관한 이 책을 빌려가지 않을래요?"

"아뇨."

"오늘은 한 권도 안 빌려갈 건가요?"

"네, 저는 고향으로 돌아가요. 그래서 늘 다정한 친구처럼 대해
줘서 고마웠다고 인사드리고 싶었어요. 그럼 안녕히 계세요."

그들은 악수를 나누고 서로의 행복을 빌었다.

사서는 마리아가 문을 나설 때까지 기다렸다. 그러고는 분에 겨워 주먹으로 탁자를 내리쳤다. 왜 그 기회를 활용하지 못했을까? 그 아가씨가 남편 몰래 바람을 피운 적이 있느냐고 감히 물었을 때 왜 털어놓지 못했던 걸까?

"좋아, 심각할 거 없어."

물론 세상을 살아가는 데 섹스가 전부는 아니었다. 그래도 그것은 중요했다. 그녀는 주위를 둘러보았다. 그녀를 둘러싸고 있는 수천 권의 책들 중 상당수에는 사랑 이야기가 담겨 있었다. 언제나 똑같은 이야기. 남자와 여자가 만나 사랑에 빠지고, 헤어지고, 그리고 다시 만난다. 늘 서로 소통하는 영혼, 머나먼 나라, 모험, 고통, 근심이 문제였다. 하지만 "친애하는 신사 여러분, 여성의 몸을 더 잘 이해하려고 관심을 가져보십시오"라고 말하는 장면은 거의 없었다. 책들은 왜 그 문제를 공개적으로 다루지 않는 걸까?

생각해보면, 그것은 어느 누구도 그 문제에 진정한 관심을 기울이지 않기 때문인지도 몰랐다. 남자들은 집요하게 새로운 것을 추구했다. 남자는 여전히 생식본능에 따라 행동하는, 동굴에 거주하며 사냥을 다니는 원시인이었다. 그럼 여자는? 하이디의 개인적인 경험에 따르면, 배우자와 함께 쾌락을 즐기고자 하는 욕망은 결혼 후 단 몇 년밖에 지속되지 않았다. 시간이 흐름에 따라 성관계의 빈도는 차츰 줄어들었다. 여자들은 모두 자기만 그런 거라고 생각하고는 입을 굳게 다물었다. 그러고는 매일 밤 성관계를 요구하는 남편의 욕망을 견딜 수 없는 척하며 다른 여자들을 불안에 빠뜨렸다.

여자들은 빠르게 다른 관심사에 몰두했다. 아이들, 요리, 아르바이트, 가사, 공과금, 남편의 외도, 여름휴가 여행(여행중에도 그들은 그들 자신보다는 두고 온 아이들 걱정을 더 많이 했다), 부부 사이의 연대감, 심지어 사랑에도. 하지만 섹스는 아니었다.

그녀는 자신의 딸 또래인, 아직 순진하기 그지없고 세상 돌아가는 이치를 잘 모르는 저 젊은 브라질 아가씨에게 좀더 솔직했어야 했는지도 모른다. 고향에서 멀리 떠나, 변변찮은 일이지만 죽어라 열심히 하며 좋은 신랑감을 만나 결혼하기를 기대하고 있을 저 아가씨. 그리고 결혼해서는 몇 차례 오르가슴을 느끼는 척하고, 생활의 안정을 찾고, 인간이라는 종의 신비스러운 번식에 공헌하고, 마침내는 오르가슴이니 클리토리스니 G스폿이라 불리는 것들 따위는 말끔히 잊어버릴 저 아가씨. 그녀는 결국 현모양처가 되어 가정에 부족한 것이 없도록 보살피고, 때때로 남몰래 자위를 하고, 가끔은 거리에서 그녀에게 욕망의 눈길을 보냈던 남자들을 떠올리겠지. 체면을 지킨다는 것, 왜 세상은 그토록 체면에 신경을 쓰는 걸까?

"남편 말고 다른 누군가와 관계를 가져본 적 있으세요?", 그녀가 이 질문에 대답하지 못했던 것도 바로 체면 때문이었다.

그런 비밀은 무덤까지 갖고 가야 해, 그녀는 생각했다. 섹스가 이미 먼 과거사가 되어버렸을 때에도 남편은 그녀 인생의 유일한 남자였다. 남편은 정직하고 너그러우며 늘 한결같은 사람이었다. 그는 가족을 부양하기 위해 싸웠고, 그가 책임지고 있는 사람들을 행복하게 해주려고 애썼다. 모든 여자들이 꿈꾸는 이상적인 남자였다. 언젠가 그녀가 다른 남자에게 욕망을 느끼고 그 남자를 따라갔다는 사실을 떠올리기만 해도 마음이 불편해지는 것은 바로 그 때문이었다.

그녀는 그 만남을 떠올렸다. 그녀는 산속의 작은 도시 다보스에서 돌아오는 길이었는데, 도중에 눈사태로 인해 기차 운행이 몇 시간 동안 중단되는 바람에 오도가도 못 하는 처지에 놓이게 되었다. 하이디는 우선 집에 전화를 걸어 아무 걱정 말라고 하고는 잡지 몇 권을 사서 역에서 오랜 시간을 기다릴 채비를 했다.

곁에 있던, 배낭과 침낭을 멘 한 남자를 본 것은 바로 그때였다. 반백의 머리에 피부는 햇볕에 검게 그을려 있었다. 그는 기차 출발이 아무리 늦어져도 전혀 지장이 없어 보이는 유일한 사람처럼 보였다. 그는 태평스럽게 미소를 띤 눈으로 주변을 둘러보며 얘기를 나눌 누군가를 찾고 있었다. 하이디는 잡지를 펼쳤다. 그런데 아! 삶의 미스터리란! 순간적으로 그녀의 눈이 그 여행객의 눈과 마주쳤다. 그녀는 매몰차게 눈길을 돌릴 수가 없었다.

그녀가 이야기를 나눌 의사가 없다는 것을 정중하게 암시할 틈도 없이 그가 말을 걸었다. 그는 자신을 작가라고 소개했다. 이곳에는 심포지엄 참석차 왔는데, 기차가 늦어지는 바람에 제네바에 도착해도 비행기를 놓치게 생겼다며 말했다.

"제네바에 도착하면, 호텔 잡는 걸 좀 도와주실 수 있겠습니까?"

하이디는 그를 바라보았다. 불편한 역에서 장시간을 기다려야 하고, 비행기까지 놓치게 된 사람이 어떻게 저렇게 쾌활할 수 있을까?

사내는 마치 그들이 오랜 친구 사이라도 되는 것처럼 이런저런 이야기를 늘어놓기 시작했다. 지금껏 다닌 여행들, 문학적 창조의 신비, 그리고 듣는 그녀가 당황스럽게도 자신이 살아오면서 만나고 사랑했던 여자들에 대해서도 얘기했다. 하이디는 고개를 끄덕이며 듣고 있었고 그는 계속 이야기했다. 가끔씩 자기만 너무 떠들어서 미안하다며 그녀의 이야기도 좀 해보라고 청했다.

"전 특별할 게 전혀 없는 아주 평범한 사람이에요."

그녀가 할 수 있는 말이라고는 그게 고작이었다.

문득 기차가 영원히 도착하지 않았으면 좋겠다는 생각이 들었다. 그 대화는 너무나 즐거웠다. 그 순간 그녀는 소설을 통해서만 만났던 것들을 맛보았다. 두 번 다시 못 만날 사람이었기에 그녀는 대담하게도 마음속에 담아두고만 있던 것들에 대해 그에게 질문을 했다. 자기가 왜 그랬는지 그녀는 나중에 도무지 납득할 수 없었다. 그녀의 결혼생활은 힘든 고비를 지나고 있었다. 남편은 그녀가 집에만 있길 바랐고, 하이디는 어떻게 해야 남편을 행복하게 해줄 수 있는지 알고 싶었다. 사내는 자신의 경험을 곁들여 몇 가지 그럴듯한 조언을 했지만, 그녀의 남편에 대해 이야기하는 것이 그리 달갑지는 않은 듯했다.

"당신은 아주 흥미로운 여자요."

그가 말했다. 그녀가 아주 오랫동안 들어보지 못한 말이었다.

그녀는 어떻게 반응해야 할지 알 수 없었다. 그녀가 당혹스러워하고 있다는 것을 눈치챈 그는 서둘러 사막, 산악, 잃어버린 도시, 얼굴을 베일로 가린 여자들, 맨허리를 드러낸 여자들, 전사, 해적, 늙은 현자들에 대해 이야기하기 시작했다.

기차가 도착했다. 그들은 나란히 앉았다. 이제 그녀는 호수가 마주 보이는 집에서 세 아이를 키우며 사는 유부녀가 아니라 모험을 찾아 처음으로 제네바에 가는 아가씨였다. 산과 강을 바라보며 그녀는 자신을 정복하려는(남자들은 오로지 그것만 생각했다), 그녀에게 좋은 인상을 주려고 최선을 다하는 남자 곁에 있는 게 너무 행복하다고 느꼈다. 그녀는 그녀에게 똑같은 욕망을 보였던 남자들, 하지만 그녀가 조금의 틈도 허용하지 않고 물리쳤던 모든 남자들을 떠올렸다. 그날 아침, 세상은 변해 있었다. 그녀는 자신을 유혹하려는 그의 시도에 넋을 잃고 보조를 맞추는 서른여덟 살짜리 소녀였다. 조금은 일찍 찾아온 그녀 인생의 가을녘에, 바랄 수 있는 모든 것을 가졌다고 믿고 있을 때, 이 남자가 불쑥 역에 나타나 허락도 구하지 않고 그녀의 세계 속으로 들어왔다.

그들은 제네바에서 내렸다. 그는 물가가 무척 비싼 이 나라에서 하루를 더 보내게 되리라고는 예상치 못했다면서, 너무 고급은 아닌 호텔을 소개해달라고 부탁했다. 그녀가 호텔을 물색해 데려다주자, 그는 방까지 함께 올라가 모든 것이 제대로 되어 있는지 확인해달라고 부탁했다. 하이디는 그의 의도를 알고 있었다. 하지만 그녀는 수락했다. 그들은 문을 잠그고 열정적인 키스를 나누었다. 그가 그녀의 옷을 찢듯이 벗겨냈다. 오, 맙소사! 그는 많은 여자들에게서 여성의 고민과 욕구불만을 들어서 그런지 여자의 몸에 대해 모든 것을 알고 있었다.

그들은 오후 내내 사랑을 나누었다. 마법은 해질 무렵이 되어서야 풀렸다. 그녀는 결코 하고 싶지 않았던 말을 내뱉었다.

"가봐야 해요. 남편이 기다리고 있어요."

그가 담배에 불을 붙였다. 그들은 몇 분 동안 아무 말 없이 가만히 있었다. 그도 그녀도 '안녕'이라 말하지 않았다. 무슨 말을 하든, 어떠한 낱말도 어떠한 문장도 의미가 없으리라 생각한 하이디는 일어나서 뒤도 돌아보지 않고 방을 나오고 말았다.

두 번 다시 그를 만나지는 않을 테지만, 그녀는 몇 시간 동안 충실한 아내, 성실한 가정주부, 자상한 엄마, 모범적인 공무원, 늘 한결같은 친구이기를 멈추고 다시 여자가 되었다.

며칠 동안 그녀의 남편은 그녀가 달라졌다고 지적했다. 전보다 더 쾌활하다고 해야 할지 더 우울해졌다고 해야 할지, 그로서는 그녀의 상태를 정확하게 묘사할 수 없었을 터였다. 일 주일이 지나자, 모든 것이 예전의 상태로 되돌아갔다.

'그 아가씨한테 이 이야기를 들려줄 걸 그랬어.'

사서는 생각했다.

'하긴 얘기해줬더라도 이해하지 못했을 거야. 아직은 서로에게 충실하고 사랑의 맹세가 영원히 지속되는 그런 세계에 살고 있을 테니까.'

마리아의 일기.

그날 저녁, 문을 열어준 그가 가방 두 개를 든 내 모습을 보고 무슨 생각을 했는지는 나도 모른다.

"걱정 말아요. 여기 눌러앉으러 온 건 아니니까. 저녁이나 먹으러 가요."

내가 재빨리 말했다.

그는 말 한마디 없이 내 가방을 받아 들여놓았다. 그러고는 "이 가방들은 뭐야?"라거나 "와줘서 정말 기뻐" 같은 말도 없이, 마치 오랫동안 오로지 그것만을 벼르고 있었던 것처럼, 이번 기회가 마지막이 되리라고 예감이라도 한 것처럼 나를 덥석 끌어안고는 키스를 퍼부으며 내 몸을, 내 젖가슴과 성기를 더듬었다.

그는 내 웃옷과 원피스, 그리고 속옷을 벗겼다. 우리는 거기, 문 아래로 차가운 바람이 들어오는 현관에서, 느닷없이, 처음으로 섹스를 했다. 나는 멈추라고 말하는 게 낫겠다고, 좀더 안락한 곳에서 시간을 갖고 천천히 우리 성의 방대한 세계를 탐험하는 게 더 좋겠다고 생각했다. 하지만 나는 그가 내 안으로 들어오기를 바랐다. 내가 한 번도 소유하지 않았고, 앞으로 두 번 다시 소유하지 않을 남자였기에. 나는 내 모든 에너지를 동원해 그를 사랑할 수 있었고, 내가 결코 가져보지 못했던 것 그리고 아마도 두 번 다시 가지지 못할 것을 가질 수 있었다. 적어도 하룻밤 동안은.

그는 나를 바닥에 눕히고 내가 미처 젖기도 전에 내 안으로 들어왔다. 아픈 것은 아무런 문제도 되지 않았다. 오히려 그게 더 좋았다. 그는 내가 그의 것이라는 사실을, 그는 허락을 구할 필요가 없다는 사실을 이해해야 했다. 나는 더이상 그에게 뭔가를 가르치기 위해, 내 감수성이 다른 여자들보다 뛰어나다는 것을 보여주기 위해 거기 있는 게 아니었다. 나는 오로지 그에게 '네'라고, 그라면 언제든 환영이라고, 나 역시 그걸 기다리고 있었다고, 우리끼리 정했던 규칙을 완전히 무시해버린 것이 날 즐겁게 해주었다고, 이제는 우리가 남자와 여자로서의 본능에 이끌려가기를 원하고 있다고 말해주기 위해 거기 있었다. 우리는 가장 관습적인 체위를 취했다. 나는 아래에서 다리를 벌리고 있었고, 그는 위에서 허리를 움직이고 있었다. 나는 쾌감을 꾸미거나 신음소리를 낼 필요성을 전혀 느끼지 않고, 나중에 지금의 매 순간을 떠올리기 위해, 변해가는 그의 표정을, 내 머리칼을 움켜쥐는 그의 손을, 키스를 퍼붓고 물어뜯는 그의 입을 새겨두기 위해 두 눈을 크게 뜨고 그를 바라보았다. 전희도 애무도 꾸밈도 없이 그는 내 안으로, 나는 그의 영혼 속으로 들어갔다.

그는 리듬을 조절하며 왕복운동을 했고, 가끔 움직임을 멈추고 나를 쳐다보았다. 내게 좋으냐고 묻지 않았다. 그 순간 그것이 우리 영혼이 서로 소통할 수 있는 유일한 방법이었기에. 리듬이 빨라졌다. 나는 11분이 다 되어가고 있음을 느꼈다. 나는 그가 영원히 계속하기를 바랐다. 좋았다. 오! 맙소사, 너무나 좋았다! 소유하지 않은 채 소유당한다는 것은! 나는 그 모든 것을 두 눈을 크게 뜨고 바라보았다. 순간, 우리의 지각이 흐릿해졌다. 마치 우리가 다른 차원으로 들어가는 것 같았다. 내가 위대한 어머니, 우주, 사랑받는 여인, 그가 벽난로 앞에서 와인을 마시며 내게 설명해줬던 고대 의식의 성스러운 창녀의 차원으로 들어가는 것 같았다. 나는 그의 오르가슴을 예감했다. 내 팔을 잡고 있던 그의 손에 힘이 들어갔다. 움직임이 점점 더 격렬해졌다. 그가 소리를 질렀다. 그는 신음하지 않았다. 입술을 깨물지도 않았다. 그는 소리를 질렀다! 짐승처럼 포효했다! 문득 이웃 사람들이 경찰에 신고할지도 모른다는 생각이 들었지만 상관없었다. 나는 엄청난 쾌감을 느꼈다. 태초에도 그랬을 테니까. 최초의 남자와 최초의 여자가 만나 처음으로 사랑을 나눴을 때도 그렇게 소리를 질러댔을 테니까.

곧 그의 몸이 내 위로 무너져내렸다. 서로를 품에 안은 채 얼마 동안이나 그러고 있었는지 기억나지 않는다. 호텔에서 어둠 속에 갇혀 있던 날 밤처럼, 나는 그의 머리칼을 쓰다듬었다. 나는 그의 심장박동이 진정되는 것을 느꼈다. 그의 손이 내 팔 위를 가볍게 거닐었다. 온몸의 털이 곤두섰다.

나를 짓누르고 있는 자신의 체중을 문득 생각했는지, 옆으로 몸을 굴려 바닥에 등을 대고 누운 그가 내 손을 잡았다. 우리는 천장과 샹들리에를 바라보며 한참을 그러고 있었다.

"잘 자요."

내가 말했다.

그가 날 끌어당겨 내 머리를 자기 가슴 위에 올려놓았다. 그러고는 한참 동안 날 쓰다듬은 후에야 대답했다.

"당신도 잘 자요."

"이웃들이 다 들었겠어요."

내가 말했다. 그도 알고 있었겠지만 그 순간 '사랑해요'라고 말하는 것은 그리 큰 의미가 없었고, 달리 무슨 말을 해야 할지 알 수 없었기 때문이다.

"문 아래로 찬바람이 들어와요. 부엌으로 갑시다."

'정말 좋았소'라고 외치는 대신 그가 말했다.

우리는 일어났다. 나는 그가 바지조차 벗지 않았다는 것을 그제서야 깨달았다. 그는 옷을 모두 입고 있었고, 성기만 밖으로 나와 있었다. 나는 웃옷을 걸쳤고, 우리는 부엌으로 갔다. 그가 커피를 준비하면서 담배 두 개비를 피웠다. 나는 한 개비만. 그가 식탁에 앉아 눈으로 '고맙소'라고 말했고, 나는 '나 역시 감사드리고 싶어요'라고 대답했다. 하지만 우리의 입은 굳게 닫혀 있었다.

마침내 그가 용기를 내어 그 가방들은 뭐냐고 물었다.

"나, 내일 정오에 브라질로 돌아가요."

어떤 남자가 자기에게 중요할 때 여자는 직감적으로 그것을 느낀다. 남자들 역시 그런 직감을 가지고 있을까? 아니면 "사랑해요" "여기서 당신과 함께 지내고 싶어요" "가지 말라고 붙잡아줘요"라고 말해야 했을까?

"가지 말아요."

그랬다. 그는 자신이 나에게 그렇게 말할 수 있다는 것을 깨달았다.

"가야 해요. 맹세를 했어요."

맹세를 하지 않았더라면, 나는 이 모든 게 영원히 지속되리라고 믿었을 것이다. 그런데 그렇지가 않았다. 그것은 대도시(실제로는 그렇게 큰 도시는 아니었지만)에 와서 숱한 어려움을 겪지만 결국 사랑하는 남자를 만나게 되는 먼 나라 시골 출신 아가씨가 꾼 꿈의 일부였다. 숱한 어려운 순간들을 넘긴 후에 맞는 해피엔드였다. 유럽에서 보낸 내 삶을 생각할 때마다, 내가 그 영혼을 방문했기 때문에 영원히 내 것으로 남을, 나를 사랑한 한 사내가 떠오를 것이다.

아! 랄프, 내가 당신을 얼마나 사랑하는지 당신은 몰라요. 우리 여자들은 꿈꾸어오던 남자를 보는 처음 순간 사랑에 빠져버려요. 이성이 우리가 틀렸다고 말하더라도, 반드시 이기겠다는 의지도 없이 우리가 그 본능에 대항해 싸우기 시작한다 하더라도 말예요. 우리의 느낌에 휩쓸려가도록 자신을 허락하는 그 순간이 오죠. 내가 공원에서 추위와 고통을 참아가며 맨발로 자갈 위를 걸었던 그날 밤처럼요. 당신이 날 얼마나 사랑하는지 깨달은 그 밤처럼요.

그래요, 난 당신을 사랑해요. 마치 전에 다른 남자를 사랑한 적이 없었던 것처럼. 그게 내가 떠나려는 이유예요. 내가 여기 머무르게 되면 꿈은 현실이, 당신의 삶을 소유하고 내 것으로 만들려는 욕망이 되어버리겠죠…… 그렇게 되면 사랑은 속박이 되어버릴 거고요. 꿈은 그냥 꿈으로 내버려두는 편이 나아요. 우리는 한 나라에서, 혹은 삶에서 얻은 것을 소중히 여겨야만 해요.

"당신은 오르가슴에 이르지 못했소."

주제를 바꾸기 위해, 나에게 주의를 기울이고 있었다는 것을 보여주기 위해, 상황을 더이상 어색하게 만들지 않기 위해 그가 말했다. 그는 나를 잃을까봐 두려워하고 있었다. 밤이 가기 전에 내 마음을 바꾸어놓을 수 있을 거라 생각하고 있었다.

"오르가슴에 이르진 못했지만 엄청난 쾌감을 느꼈어요."

"당신이 오르가슴을 느꼈다면 더 좋았을 거요."

"당신이 만족하도록 오르가슴에 도달한 척할 수도 있었어요. 하지만 당신에겐 그러고 싶지 않아요. 당신은 남자예요, 랄프 하르트. 남자라는 낱말에 함축된 아름답고 강렬한 모든 것을 가진. 당신은 날 부축하고 도와주었어요. 내가 조금의 굴욕감도 느끼지 않고 당신을 부축하고 도와주도록 날 받아들였어요. 그래요, 나도 오르가슴을 느낄 수 있었으면 좋았을 거예요. 하지만 느끼지 못했죠. 하지만 난 차가운 바닥, 뜨거운 당신의 몸, 당신이 내 속으로 들어오는 순간의 격렬함이 너무 좋았어요.

낮에, 갖고 있던 책들을 반납하기 위해 도서관에 갔었어요. 사서가 나에게 파트너와 섹스에 관해 대화를 나누느냐고 묻더군요. 나는 그녀에게 "어떤 파트너요? 어떤 종류의 섹스 말인가요?"라고 묻고 싶었어요. 하지만 그럴 순 없었어요. 그녀는 내게 늘 천사 같은 존재였거든요.

제네바에 도착한 이래로 나에게는 두 명의 파트너밖에 없었어요. 하나는 내가 허락했기 때문에, 심지어는 애원까지 했기 때문에 최악의 나 자신을 일깨워준 파트너이고, 다른 하나는 내가 다시 세상에 속한다고 느낄 수 있게 해준 바로 당신이에요. 나도 내 몸 어디를, 어느 정도의 강도로, 얼마나 오랫동안 만져야 하는지 당신에게 가르쳐줄 수 있었으면 좋겠어요. 나는 당신이 그것을 불평이 아니라 우리의 영혼이 더 잘 소통할 수 있게 만들어주는 방법으로 받아들이리라는 걸 알고 있어요. 사랑의 기술은 그림과 같아요. 테크닉과 인내, 그리고 무엇보다

커플간의 실천을 요구하니까요. 또 대담해져야 하구요. 사람들이 흔히 '사랑을 나눈다'고 부르는 것 너머까지 가야만 해요."

정신을 차리고 보니, 나는 다시 선생님처럼 말하고 있었다. 내가 원한 게 아니었다. 하지만 다행스럽게도 랄프는 우리가 거기서 벗어나는 방법을 알고 있었다. 그는 내 말을 곧이곧대로 받아들이는 대신 담배를 피워물었다. 30분도 채 안 되는 동안 벌써 세 개비째였다.

"첫째, 오늘 밤은 여기서 보내요."

그것은 부탁이 아니라 명령이었다.

"둘째, 우린 다시 사랑을 나눌 거요. 근심은 잊고, 더 큰 욕망으로. 마지막으로, 당신 역시 남자를 더 잘 이해해줬으면 좋겠소."

남자를 더 잘 이해해달라고? 나는 내 모든 밤들을 그들과 함께 보냈는데? 백인, 흑인, 아시아인, 유대교도, 이슬람 교도, 불교도들! 그가 그걸 모른단 말인가?

나는 마음이 훨씬 가벼워지는 것을 느꼈다. 대화가 토론의 양상을 띠는 것은 좋은 일이었다. 한순간, 나는 하느님께 용서를 빌고 맹세를 깰 생각까지 했다. 하지만 현실이 거기 서서 내게 명했다. 꿈을 손상시키지 말고 그대로 보존하라고, 운명의 함정에 빠져들지 말라고.

"그렇소, 남자들을 더 잘 이해하려고 애써봐요."

나의 냉소적인 표정을 본 랄프가 다시 한번 반복했다.

"당신은 당신의 여성으로서의 성에 대해 이야기했소. 그리고 내가 당신의 몸에서 길을 찾을 수 있기 위한 인내를 가지도록, 시간을 들일 수 있도록 돕고 싶다고 말했소. 나도 거기에 동의해요. 하지만 우리가 다르다는 것, 적어도 시간의 문제에서만큼은 우리가 서로 다르다는 생각은 안 해봤소? 이 문제에 대해서만큼은 신에게 불평을 해야 할 거요.

우리가 처음 만났을 때, 나는 당신에게 섹스를 가르쳐달라고 부탁했소. 나에게서 욕망이 사라지고 말았으니까. 왜인지 알아요? 내가 가지는 모든 성관계가 단 몇 년 만에 권태와 욕구불만으로 변질되어버렸기 때문이오. 나는 내가 사랑했던 여자들이 나에게 줬던 쾌락을 그녀들에게 주는 것이 아주 힘들다는 사실을 깨달았소."

'내가 사랑했던 여자들', 그 말이 마음에 들지 않았다. 하지만 나는 담배를 피워물며 무관심을 가장했다.

"난 여자에게 '나에게 당신의 몸을 가르쳐주오'라고 말할 용기가 없었던 거요. 그런데 당신을 만났을 때 난 당신의 빛을 보았고, 곧 당신을 사랑하게 되었소. 나는 내 삶의 이 단계에서 나 자신에게, 그리고 곁에 두고 싶은 여자에게 솔직하게 대해도 더이상 잃을 것이 아무것도 없다고 생각했어요."

담배는 정말 맛이 좋았다. 그가 와인을 조금 가져다주었으면

했지만 대화의 리듬을 깨고 싶진 않았다.

"당신과는 달리 남자들은 왜 내가 어떻게 느끼는지는 알려고 하지 않고 오로지 섹스만을 생각하죠?"

"남자들이 오로지 섹스만 생각한다고? 아니, 우리는 섹스가 중요하다는 사실을 자신에게 확신시키느라 숱한 세월을 보내오. 우리는 창녀 아니면 숫처녀와 함께 사랑을 배우죠. 듣고 싶어하는 누구에게나 우리 이야기를 들려주고, 나이가 들면 어린 애인을 과시하려 들죠. 그러면서 여자들이 우리에게 바라는 모습을 우리가 갖고 있다는 걸 증명하고 싶어하죠.

하지만 그 모든 건 전혀 사실이 아니오. 우리는 아무것도 이해하지 못하오. 우리는 섹스와 사정이 같은 것이라고 생각하오. 하지만 당신이 방금 말한 것처럼 그건 전혀 그렇지가 않지요. 우리는 배우질 못하오. 사랑하는 여자에게 '나에게 당신의 몸을 가르쳐주오'라고 말할 용기가 없으니까. 우리는 나아질 수가 없소. 그 여자 역시 '날 알려고 노력해봐요'라고 말할 용기가 없으니까. 그렇기 때문에 아무리 세월이 흘러도 우리는 종의 번식이라는 원초적인 본능에 머물러 있게 되는 거요. 그뿐이오. 엉뚱한 소리처럼 들릴지 모르지만, 남자에게 섹스보다 더 중요한 게 뭔지 알아요?"

나는 아마 돈이나 권력일 거라고 생각했지만 아무 말도 하지 않았다.

"스포츠요. 다른 남자의 몸을 이해할 수 있으니까. 스포츠는 서로를 이해하는 몸들의 대화니까."

"미쳤군요."

"그럴지도 모르오. 하지만 거기엔 의미가 있소. 함께 잔 남자들이 당신을 만날 때 어떤 감정을 가질지 생각해본 적 있소?"

"있어요. 그들은 다들 자신감이 없었어요. 그들은 두려워했어요."

"두려움보다도 더 못한 거요. 그들은 노이로제에 걸려 있어요. 자신이 무슨 짓을 하고 있는지는 잘 이해하지 못하지만, 사회가, 친구들이, 여자들이 섹스를 중요하게 여긴다는 건 알고 있으니까. '섹스, 섹스, 섹스, 이것이 바로 생활의 소금이다', 광고, 영화, 책들이 끊임없이 외쳐대니까. 하지만 자신이 무슨 얘길 하고 있는지 아는 사람은 아무도 없소. 본능이 우리 모두보다 강하기 때문에 그 짓을 하긴 해야 한다는 걸 알 뿐이오."

이제 그만. 나는 나 자신을 보호하기 위해 그를 가르치려 했었다. 이제 그 역시 마찬가지였다. 우리는 서로를 수긍시키려 애쓰고 있었다. 그러나 우리의 말들이 아무리 현명한 것이라 하더라도, 그것은 우리의 관계에는 어떤 가치도 없는 너무나 어리석은 것이었다! 나는 그를 내 쪽으로 끌어당겼다. 그가 나에게 해주고 싶어하는 말이나 내가 나 자신에 대해 생각하는 것과는 별도로, 나는 이미 삶에서 많은 것들을 배웠으니까. 태초에는 모든 것이 사랑이었고 증여였다. 하지만 곧 뱀이 나타나서 이브에게 말했다. "준다는 건 잃는 거야." 그것이 바로 나에게 일어난 일이었다. 나는 이미 학창 시절에 낙원에서 쫓겨났고, 그후로 뱀에게 네가 틀렸다고, 삶에는 소유하는 것보다 훨씬 더 중요한 것이 있다고 말할 수 있는 방법을 찾아 헤맸다. 하지만 뱀이 옳았다. 내가 틀렸다.

　나는 무릎을 꿇고 천천히 그의 옷을 벗겼다. 나는 그의 성기가 아무런 반응 없이 선잠에 빠져 있는 것을 보았다. 그는 그것에 별로 개의치 않았다. 나는 발에서 시작해 그의 다리 안쪽을 입술로 더듬어올라갔다. 그의 성기가 서서히 반응했다. 나는 그것을 애무하다 입 속에 집어넣었다. 나는 그가 그것을 '자, 이제 행동할 채비를 해요!'라는 뜻으로 받아들이지 않도록, 조금도 서두르지 않고, 아무것도 기대하지 않는 사람의 애정을 가지고 그것에 입을 맞추었다. 아무것도 기대하지 않았기 때문에 나는 모든 것을 얻었다. 그가 몹시 흥분한 상태로, 완전한 어둠 속에 빠졌던 그날 밤처럼 주변에 원을 그리며 내 젖꼭지를 애무하기 시작했다. 그를 다시 내 안에, 혹은 내 입 속에, 혹은 그가 날 가지고 싶어하는 방식으로 갖고 싶은 욕망이 일었다.

　그는 내 웃옷을 벗기지 않았다. 그가 나를 다리를 벌린 채 식탁에 배를 대고 엎드리게 했다. 그러고는 뒤에서 천천히 내 안으로 들어왔다. 이번에는 아무 걱정 없이, 날 잃을지도 모른다는 두려움 없이. 그 역시 이미 그것이 꿈이라는 것을, 영원히 꿈으로 남으리라는 것을 마음속 깊이 깨달았기 때문이었다.

내 안으로 들어온 그의 성기를 느낌과 동시에 나는 여자만이 할 수 있는 방식으로 내 젖가슴과 엉덩이를 만지는 그의 손을 느꼈다. 그제야 나는 우리가 서로를 위해 만들어졌다는 것을 깨달았다. 우리가 함께 이야기할 때, 또는 우리가 우주를 완벽한 것으로 만들기 위해 존재하는 것이 틀림없는 두 영혼, 잃어버린 두 반쪽으로 만나 서로를 입문시킬 때, 그가 여자가 될 수 있었듯이 나 역시 남자가 될 수 있었으니까.

그가 내 안에서 왕복운동을 하며 날 애무하는 동안, 나는 그가 나만이 아니라 전 우주와 사랑을 나누고 있다는 것을 느꼈다. 우리에겐 시간이 있었고 애정이 있었다. 우리는 서로를 알았다. 그랬다, 떠나고자 하는 욕망으로 충만한 채 가방 두 개를 들고 왔다가, 즉시 바닥에 던져져 마치 범해지듯 사랑을 나누는 것은 멋진 일이었다. 하지만 밤이 결코 끝나지 않으리라는 것을, 그리고 지금 이 부엌 식탁 위에서, 오르가슴은 그 자체가 목적이 아니라 만남의 시작이라는 것을 아는 것 역시 멋진 일이었다.

그의 성기가 내 안에서 꼼짝도 않고 있는 상태에서 그의 손가락들이 분주히 움직였다. 나는 첫번째, 두번째, 그리고 세번째 오르가슴을 느꼈다. 나는 그를 밀쳐내고 싶었다. 쾌감의 고통이 너무 강해 죽을 것만 같았다. 하지만 나는 꿋꿋하게 견뎌냈다. 그것을 받아들였다. 아직 참아낼 수 있었다. 또 한 번의 오르가슴, 그리고 또 한 번…… 얼마든지……

……갑자기, 내 안에서 빛이 폭발했다. 나는 더이상 내가 아니라 내가 아는 모든 것보다 한없이 우월한 존재였다. 그의 손이 나를 네번째 오르가슴으로 이끌었을 때, 나는 모든 것이 평화인 장소로 들어갔다. 다섯번째 오르가슴 때, 나는 신을 만났다. 그의 손이 움직임을 멈추지 않은 상태에서 나는 내 안을 다시 더듬기 시작하는 그의 성기를 느꼈다. "오, 하느님!" 나는 그것이 천국인지 지옥인지도 모르는 채 쾌락에 나 자신을 내맡겼다.

그것은 천국이었다. 나는 땅이었고 산이었고 호랑이였다. 호수로 흘러드는 강이었고, 바다가 되는 호수였다. 그의 움직임이 점점 더 빨라졌다. 고통이 쾌락과 뒤섞였다. '더이상 못 하겠어'라고 말할 수도 있었을 것이다. 하지만 그건 공정하지 못했을 것이다. 그 단계에서는 그와 내가 동일한 존재였으니까.

나는 그가 원하는 만큼 내 안으로 들어오게 내버려두었다. 이제 그의 손톱이 내 엉덩이에 박혀 있었다. 부엌 식탁에 배를 댄 채 사랑을 나누면서 나는 사랑을 나누기에 이보다 더 좋은 장소는 없을 거라고 생각했다. 또다시 점점 빨라지는 호흡, 살을 파고드는 손톱, 그리고 점점 더 강하게 내 속을 파고드는 그의 성기. 살에 부딪히는 살. 나는 또다시 오르가슴을 향해 나아갔다. 그도 역시. 이 모든 것이 결코, 결코 거짓이 아니었다!

"와!"

그는 자신이 무슨 말을 하는지 알고 있었다. 나도 때가 되었다는 것을 알고 있었다. 내 온몸이 풀어졌다. 나는 더이상 내가 아니었다. 더이상 들리지도 보이지도 느껴지지도 않았다. 나는 감각 그 자체일 뿐이었다.

"와!"

나는 그와 합류했다. 그것은 11분이 아니라 영원이었다. 마치 우리가 우리 몸에서 벗어나 기쁨, 이해, 그리고 깊은 우정 속에서 천국의 정원을 거니는 것 같았다. 나는 여자이자 남자였고, 그는 남자이자 여자였다. 얼마나 지속되었는지는 모르겠다. 하지만 어느 순간 모든 것이 기도처럼 고요하여, 마치 우주와 삶이 더이상 존재하지 않는 듯, 이름도 시간도 없는 성스러운 무언가로 변해버린 듯했다.

곧 시간이 돌아왔다. 나는 그의 외침을 들었고, 나도 그와 함께 외쳤다. 식탁 다리가 덜거덕거리며 힘차게 바닥에 부딪혔다. 그나 나나 세상 사람들이 어떻게 생각할지에 대해서는 전혀 신경 쓰지 않았다.

그가 불쑥 나에게서 나왔다. 나는 웃었다. 나는 그를 향해 돌아섰다. 그도 웃고 있었다. 우리는 생애 최초로 사랑을 나눈 사람들처럼 서로를 껴안았다.

"날 축복해주오."

그가 말했다.

나는 내가 무엇을 하고 있는지도 모르는 채 그를 축복해주었다. 나는 내게도 축복을 내려달라고 그에게 부탁했다. 그가 말했다.

"내가 많이 사랑한 이 여자에게 축복을."

그의 말은 아름다웠다. 우리는 또다시 포옹했다. 우리는 어떻게 단 11분이 한 남자와 한 여자를 그 모든 것으로 이끌 수 있는지 이해하지 못한 채 한참 동안을 그러고 있었다.

우리는 피곤하지 않았다. 우리는 거실로 갔다. 그는 음악을 틀었다. 그리고 정확하게 내가 기대했던 그것을 했다. 그는 벽난로에 불을 피우고 잔에 와인을 따랐다. 책 한 권을 가져와 소리내어 읽어주었다.

태어날 시간, 죽을 시간
심어야 할 시간, 심은 것을 뽑을 시간
죽일 시간, 치유할 시간
파괴할 시간, 건설할 시간
눈물의 시간, 웃음의 시간
애도의 시간, 춤출 시간

돌을 던질 시간, 돌을 모을 시간

포옹할 시간, 포옹을 풀 시간

가져야 할 시간, 잃어야 할 시간

지켜야 할 시간, 던져버릴 시간

찢어버릴 시간, 꿰맬 시간

침묵을 지킬 시간, 말할 시간

사랑할 시간, 증오할 시간

전쟁의 시간, 그리고 평화의 시간

그것은 마치 작별인사처럼 들렸다. 하지만 내가 여태껏 살아오면서 알아온 모든 것 중에서 가장 아름다웠다.

나는 그를 꼭 껴안았다. 그 역시 나를 꼭 껴안았다. 우리는 벽난로 앞 양탄자 위에 누워 있었다. 마치 내가 늘 현명하고, 행복하고, 활짝 피어난 여자였던 것처럼 어떤 충만감이 느껴졌다.

"당신은 어떻게 창녀를 사랑할 수 있었어요?"

"그때는 나도 이해할 수 없었소. 하지만 지금 가만히 생각해 보면 당신의 육체가 결코 나만의 것이 될 수 없다는 것을 알았기 때문에, 당신의 영혼을 정복하는 일에 집중할 수 있었던 것 같소."

"그럼 질투는?"

"우리는 '봄이 좀더 일찍 찾아온다면 더 오래 봄을 즐길 수 있을 텐데'라고 말할 순 없어요. 단지 이렇게 말할 수 있을 뿐이오. '어서 와서 날 희망으로 축복해주기를, 그리고 머물 수 있는 만큼 머물러주기를.'"

바람에 흩어질 말들. 하지만 나는 그 말을 듣고 싶었고, 그는 그 말을 하고 싶었다. 나는 잠이 들었다. 그리고 꿈을 꾸었다. 향기가 대기를 가득 채우는 꿈이었다.

마리아가 눈을 떴을 때, 열린 블라인드를 통해 몇 줄기 햇살이 비치고 있었다.

'이 사람과 두 번 사랑을 나눴어.'

곁에 잠들어 있는 남자를 바라보며 그녀는 생각했다.

'그런데 마치 평생을 함께 보낸 사이 같아. 내 삶을, 내 영혼을, 내 육체를, 내 빛을, 내 고통을 이미 다 알고 있는 사람 같아.'

그녀는 일어나 부엌으로 커피를 타러 갔다. 복도에 놓인 가방 두 개가 보였다. 모든 것이 떠올랐다. 맹세, 성당에서 올린 기도, 그녀의 삶, 현실이 되어 마법을 잃겠다고 고집하는 꿈, 완벽한 남자, 육체와 영혼이 하나이며 똑같고, 쾌락과 오르가슴은 별개인 사랑.

그녀는 남을 수도 있었다. 잃을 것이 없었다. 또 한 번의 환상을 빼고는. 그녀는 시를 떠올렸다. 눈물의 시간, 웃음의 시간. 하지만 다른 구절도 있었다. 포옹할 시간, 포옹을 풀 시간. 그녀는 커피를 준비했고, 부엌 문을 닫았고, 전화로 택시를 불렀다. 그녀는 자신을 이렇게 먼 곳까지 이끌어온 모든 의지력, 그녀에게 떠날 시간을 알려주고, 그녀를 보호하고, 어젯밤의 추억을 온전히 간직하게 해줄 그 '빛'의 에너지를 끌어모았다. 그녀는 옷을 입고 가방을 들고 밖으로 나왔다. 그가 잠에서 깨어나 가지 말라고 붙잡기를 간절히 바라면서.

그는 깨어나지 않았다. 밖에서 택시를 기다리는 동안, 한 집시 여자가 꽃다발을 들고 지나갔다.

"하나 드릴까요?"

마리아는 꽃다발을 샀다. 여름이 가고 가을이 왔다는 신호였다. 이제 당분간 제네바에서는 카페 테라스에 내놓은 탁자들도, 산책하는 사람들로 북적이는 햇살 가득한 공원도 볼 수 없을 것이다. 그녀는 아쉬워해서는 안 되었다. 그녀는 떠날 것이다. 그것이 그녀의 선택이니까. 아쉬워할 것은 아무것도 없었다.

마리아는 공항에 도착해 커피 한 잔을 주문하고 네 시간 동안 파리 행 비행기를 기다렸다. 그가 어디선가 불쑥 나타날지도 모른다고 기대하면서. 잠들기 직전에 그에게 출발 시간을 말해줬으니까. 영화에서는 늘 그랬다. 마지막 장면에, 여자가 비행기를 타려는 순간에, 남자가 절박한 표정으로 나타나 여자를 붙잡아 키스를 퍼붓고는 항공사 직원들이 흐뭇한 표정을 지으며 쳐다보는 가운데 그녀를 자신의 세계로 다시 데려간다. 그리고 '끝'이라는 자막이 뜨면, 관객들은 그들이 영원히 행복하게 살 거라고 확신하며 자리에서 일어난다.

'영화에서는 그 다음에 일어나는 일은 결코 이야기하지 않아.'

마리아는 위안 삼아 스스로에게 말했다. 결혼, 요리, 아이들, 점점 줄어들어가는 성관계, 정부情婦가 보낸 첫 연애편지, 순순히 넘어가지 않겠다는 결심, 두 번 다시 그런 일이 없을 거라는 남편의 약속, 또다른 정부가 보낸 연애편지, 또다른 스캔들과 결별의 위협, 하지만 이번에는 남편도 그리 확실한 다짐을 주지 않는다. 아내에게 그냥 사랑한다고 말하는 것으로 만족한다. 세번째 정부가 보낸 연애편지, 아내는 남편이 더이상 그녀를 사랑하지 않는다고, 그러니 떠나든지 말든지 마음대로 하라고 말할까봐 두려워 입을 다물기로, 아무것도 모르는 척하기로 마음먹는다.

아니, 영화들은 그런 것은 이야기하지 않는다. 영화는 실제 세계가 시작되기 전에 끝난다. 그것에 대해서는 생각하지 않는 편이 나았다.

그녀는 잡지 한 권, 두 권, 세 권을 읽었다. 공항 대합실에서 거의 영원처럼 오랜 시간을 기다렸다. 마침내 그녀가 탈 비행기의 탑승을 준비하라는 안내방송이 나왔다. 그녀는 비행기에 올랐다. 안전벨트를 매자마자 어깨에 와 닿는 손길이 느껴져 돌아보니 그가 서서 환히 웃고 있는 마지막 장면을, 그녀는 상상했다.

하지만 아무 일도 일어나지 않았다.

제네바에서 파리로 가는 짧은 여정 동안 그녀는 잠을 잤다. 고향에 돌아가 무슨 이야기를 할 것인지 생각할 시간을 갖지 못했다. 하지만 그녀의 부모는 귀향한 그녀를 반갑게 맞이할 것이고, 농장과 노년을 편안히 보낼 집을 갖게 되었다는 사실에 몹시 기뻐할 것이다.

비행기가 착륙하면서 요동을 치는 바람에 그녀는 잠에서 깨어났다. 여승무원이 다가와 그녀는 C터미널에 내리게 되는데, 브라질 행 비행기는 F터미널에서 출발하므로 그쪽으로 이동해야 한다고, 하지만 전혀 걱정할 필요 없다고, 연착하지 않았으니 시간은 충분할 거라고, 지상 근무 요원에게 부탁하면 친절하게 길을 안내해줄 거라고 설명해주었다.

비행기가 승강 통로로 접근하는 동안, 그녀는 사진도 찍고 고향에 돌아가 자랑도 할 겸 파리에서 한 나절 보내는 것도 괜찮지 않을까 생각했다. 혼자 거닐며 생각에 잠길 시간이 필요했다. 지난밤의 추억들을 마음속 깊이 묻어둘 시간. 그래야 훗날, 살아 있다고 느끼고 싶을 때, 그 추억을 불러낼 수 있을 테니까. 그렇다, 파리는 탁월한 아이디어였다. 그녀는 그날 비행기를 타지 않을 경우에 대비해 승무원에게 다음번 브라질 행 항공편을 물어보았다.

하지만 그녀의 표를 살펴본 승무원은, 죄송하지만 그 표로는 다음번 항공편을 이용할 수 없다고 말했다. 마리아는 그처럼 아름다운 도시를 혼자 구경하다가는 의기소침해질지도 모른다며 스스로를 달랬다. 그녀는 냉정함을, 의지력을 유지하려고 애썼다. 아름다운 풍경이나 한 남자에 대한 그리움 때문에 모든 것을 망칠 수는 없었다.

그녀는 비행기에서 내려 공항경찰의 검문을 통과했다. 그녀의 가방은 브라질 행 비행기로 곧장 옮겨질 것이다. 문들이 열리고, 승객들이 달려가 마중 나온 아내, 어머니, 자식들을 포옹했다. 마리아는 그 모든 것에 무심한 듯 행동했지만 또다시 혼자가 되었다는 생각이 들었다. 그러나 이번에는 그녀에게도 비밀이, 꿈이 있었다. 마음이 그리 아프지는 않았다. 삶은 훨씬 수월해질 것이다.

"파리는 언제나 거기 있을 거요."

누군가의 목소리가 들렸다.

관광 가이드가 아니었다. 택시 운전사도 아니었다. 다리가 후들거렸다.

"파리는 언제나 거기 있을 거라고요?"

"내가 좋아하는 영화에 나오는 말이오. 에펠 탑을 구경하고 싶소?"

그랬다. 그녀는 에펠 탑을 무척이나 구경하고 싶었다. 랄프는 손에 장미 한 다발을 들고 있었다. 그의 두 눈은 첫날의 빛으로, 바깥바람이 차가워 그녀가 앉아 있기 불편해했던, 그가 그녀의 모습을 그렸던 그때의 빛으로 가득했다.

"어떻게 나보다 먼저 도착했어요?"

놀라움을 감추기 위해 그녀가 물었다. 대답에는 전혀 관심이 없었다. 그저 정신을 차릴 약간의 시간이 필요했다.

"공항에서 잡지를 읽고 있는 당신을 봤어요. 다가갈 수도 있었지만, 나는 어쩔 수 없는 낭만주의자인가봐요. 파리로 먼저 날아가 공항을 거닐면서 세 시간을 기다리고, 비행기 도착 시간을 수도 없이 물어보고, 당신에게 줄 꽃을 사고, 〈카사블랑카〉에서 릭이 사랑하는 여인에게 하는 말을 당신에게 들려준 뒤 놀라는 당신 얼굴을 상상하는 것이 더 낫겠다고 생각했소. 그것이 당신이 원하는 것이라는 걸, 당신이 날 기다리고 있다는 걸, 세상의 모든 결심과 의지로도 게임의 규칙을 수시로 바꾸는 사랑을 막지는 못할 거라고 확신하고 싶었소. 영화에서처럼 낭만적이 되는 건 그리 어려운 일이 아니오, 그렇지 않소?"

그녀로서는 그것이 어려운지 어떤지 알 수 없었다. 솔직히 알고 싶지도 않았다. 그녀가 지금 이 남자를 만났고, 그들이 몇 시간 전에 처음으로 사랑을 나누었고, 그 전날 그가 그녀를 자기 친구들에게 소개했다는 것을 알 뿐이었다. 또한 그가 그녀가 일하는 나이트클럽의 단골손님이었고, 그가 결혼을 두 번이나 했다는 것도. 말하자면 그는 흠잡을 데 없는 신랑감은 아니었다. 그녀에겐 농장을 살 돈이 있었고, 창창한 앞날이 있었고, 삶에 대한 많은 경험과 강인하고 독립적인 영혼이 있었다. 하지만 선택은 늘 그녀 대신 운명이 했다. 그녀는 또 한 번 위험을 무릅쓰는 것도 나쁘지 않을 거라고 생각했다.

그녀는 그를 힘껏 껴안았다. 스크린에 '끝'이라는 자막이 뜬 다음에 일어나는 일에 대해서는 더이상 궁금하지 않았다. 다만, 어느 날 누군가가 그녀의 이야기를 소설로 쓸 생각을 한다면, 마치 한 편의 동화처럼 시작하라고 요구해야겠다고 생각했다.

"옛날 옛적에⋯⋯"

모든 사람이 그렇듯(이번 경우에 나는 일반화를 거부하지 않으려 한다), 나 역시 성_性의 성스러운 의미를 발견하는 데에는 꽤 많은 시간이 걸렸다. 내 청년기는 엄청난 자유, 새로운 발견, 과도함의 시대와 일치했고, 그것은 실제로 매우 심각한 결과를 초래한 여러 극단적 행동에 대해 치러야 했던 대가, 즉 보수주의와 억압의 시대로 이어졌다.

과도함의 시대인 1970년대에, 작가 어빙 월리스는 미국의 검열 제도에 관한 글에서 자신이 섹스에 관한 소설을 출판하려다 정부로부터 당한 법적 기만을 폭로한 바 있는데, 그 소설이 바로 『7분』이었다.

검열에 대한 논쟁을 불러일으킨 『7분』의 내용은 월리스의 다른 소설들 속에 암시조차 되어 있지 않고, 성이라는 주제 역시 거의 언급되어 있지 않다. 나는 출판이 금지당한 그 소설의 내용이 어떠했을지 궁금했다. 만약 내가 그런 작품을 써본다면?

하여튼 윌리스는 이 존재하지 않는 책에 대해 매우 자주 언급했고, 따라서 같은 주제의 작품을 한번 써볼까 했던 나의 생각은 자연히 무산될 수밖에 없었다. 그저 그 제목(나는 성교의 평균 지속 시간을 의미하는 윌리스의 기준이 지나치게 인색하다고 생각되어 시간을 조금 연장하기로 했다)과 성을 진지하게 다루는 것이 무척 중요한 일이라는 생각만 남았을 뿐이었다.

1997년 이탈리아의 만토바에서 강연을 마친 후, 나는 호텔로 돌아갔다. 그리고 누군가가 나에게 전해달라며 프런트에 맡겨놓은 원고 하나를 전달받았다. 지금은 공식 절차를 밟지 않고 보내온 원고는 읽지 않는 것을 원칙으로 삼고 있지만, 그것은 읽어보았다. 한 브라질 출신 창녀가 자신이 겪은 다양한 모험과 법적 문제들, 그리고 결혼생활에 대해 쓴 글이었다. 그리고 2000년, 나는 취리히에 들렀다가 소냐라는 가명을 사용하는 그 여성을 만났다. 나는 그녀의 소설이 마음에 든다고 말하고 내 책을 출간하는 브라질 출판사에 원고를 보내보라고 권했다(결국 그 출판사는 그 원고를 출판하지 않기로 결정했지만). 소냐는 당시 이탈리아에 살고 있었지만, 나를 만나기 위해 기차를 타고 취리히까지 왔다. 그녀는 나와 내 친구와 당시 나를 취재하고 있던『블릭』지의 여기자를 그 도시의 홍등가인 랑슈트라세로 초대했다. 나는 소냐가 자기 동료들에게 우리의 방문을 이미 알렸다는 사실을 모르고 있었고, 놀랍게도 나는 거기서 여러 언어로 번역된 내 책들에 사인을 해줘야 했다.

바로 그 시점에서 나는 성에 관한 책을 쓰기로 마음을 먹었지만, 플롯이나 주요인물은 아직 가닥이 잡히지 않은 상태였다. 처음에 나는 성스러운 것의 탐구를 지향하는 이야기를 생각했다. 하지만 랑슈트라세를 방문한 경험이 무언가를 일깨워주었다. 성의 성스러운 측면에 대해 쓰려면 그것이 왜 그토록 세속화되었는지를 이해할 필요가 있었다.

스위스 잡지 『릴뤼스트레』의 기자와 대화를 나누면서 나는 랑슈트라세에서 뜻하지 않게 책에 사인을 해주게 된 일화를 이야기했고, 그 기자는 그걸 크게 기사화했다. 그 결과, 제네바에서 열린 내 사인회에 여러 명의 창녀들이 책을 들고 나를 찾아왔다. 나는 그들 중 한 명에게 깊은 인상을 받았다. 우리는 나의 에이전트이자 친구인 모니카 안투네스와 함께 커피를 마시러 나갔다. 그 자리는 저녁 식사로, 그리고 다음날의 만남으로 이어졌다. 그렇게 『11분』의 주요 줄거리가 탄생하게 된 것이다.

이 자리를 빌려 스위스에서 활동하는 창녀들의 법적 상황에 대한 정보들을 제공해준 나의 스위스 출판업자 안나 폰 플란타에게 감사하고 싶다. 또한 취리히에서 만난 (가명으로 알려드리자면)

마르타, 안테노라, 이사벨라에게 감사한다. 만토바에서 처음 만난 소냐에게도(당신의 책 역시 언젠가 출판될 겁니다!). 제네바에서 만난 에이미, 루시아, 안드레이, 바네사, 패트릭, 테레즈, 그리고 안나 크리스티나(역시 모두 가명이다)에게도 고맙다는 인사를 전하고 싶다.

마리아의 일기 부분에 『열정의 과학』에서 빌려온 몇몇 구절을 사용할 수 있도록 허락해준 안토넬라 차라에게도 감사드린다.

마지막으로, 현재 결혼하여 남편과 사랑스러운 두 딸과 함께 로잔에 살고 있는, 이 소설의 토대가 된 자신의 이야기를 여러 차례의 만남에서 나와 모니카에게 들려준 마리아(역시 가명이다)에게 감사의 말을 전한다.

파울로 코엘료

지은이 **파울로 코엘료**

전 세계 170여 개국 88개 언어로 번역되어 3억 2천만 부가 넘는 판매를 기록한 우리 시대 가장 사랑받는 작가. 1986년 산티아고 데 콤포스텔라 순례에 감화되어 첫 작품 『순례자』를 썼고, 이듬해 자아의 연금술을 신비롭게 그려낸 『연금술사』로 세계적 작가의 반열에 올랐다. 이후 『다섯번째 산』『아처』『히피』『스파이』『불륜』『아크라 문서』『알레프』『브리다』『베로니카, 죽기로 결심하다』『피에트라 강가에서 나는 울었네』『악마와 미스 프랭』『오 자히르』『포르토벨로의 마녀』『승자는 혼자다』등 발표하는 작품마다 세계적으로 엄청난 반향을 불러일으켰다. 2009년 『연금술사』로 기네스북에 '한 권의 책이 가장 많은 언어로 번역된 작가'로 기록되었다.

옮긴이 **이상해**

전문번역가. 한국외국어대학교 대학원 불어과 졸업 후 프랑스 스트라스부르 대학, 릴 대학에서 박사과정을 수료했다. 『낭만적 영혼과 꿈』『베로니카, 죽기로 결심하다』『악마와 미스 프랭』『지옥 만세』『돌의 집회』『로맹 가리』등을 우리말로 옮겼다.

문학동네 세계문학

11분

1판 1쇄 2004년 5월 11일 | 1판 41쇄 2023년 3월 31일

지은이 파울로 코엘료 | 옮긴이 이상해
책임편집 최정수 | 디자인 이승욱 이원경 | 저작권 박지영 형소진 오서영
마케팅 정민호 김도윤 한민아 이민경 안남영 김수현 왕지경 황승현 김혜원
브랜딩 함유지 함근아 박민재 김희숙 고보미 정승민
제작 강신은 김동욱 임현식 | 제작처 한영문화사(인쇄) 경일제책사(제본)

펴낸곳 (주)문학동네 | 펴낸이 김소영
출판등록 1993년 10월 22일 제2003-000045호
주소 10881 경기도 파주시 회동길 210
전자우편 editor@munhak.com | 대표전화 031) 955-8888 | 팩스 031) 955-8855
문의전화 031) 955-1927(마케팅) 031) 955-2646(편집)
문학동네카페 http://cafe.naver.com/mhdn
인스타그램 @munhakdongne | 트위터 @munhakdongne
북클럽문학동네 http://bookclubmunhak.com

ISBN 89-8281-822-7 03890

www.munhak.com

> "세상은 경이로움으로 가득 차 있고,
> 인생은 매순간 그 경이로움을 만나는 모험여행이다."

연금술사

『연금술사』는 자기성장의 성경과도 같은 작품입니다. 자존감이 무너졌거나, 성취를 위해 애쓰느라 지친 이들에게 위안과 용기를 주지요. 누군가 꿈을 찾고 있다면, 꼭 추천하고 싶은 책입니다. **김미경** (MKYU 학장)

연주여행을 가기 위해 비행기에서 긴 시간을 보낼 때면 이 책을 거듭 손에 잡게 된다. 성악가로서 세계를 떠돌다보니 왜 난 이렇게 집시처럼 떠돌아다녀야 하는지 생각을 많이 했다. 그런데『연금술사』를 읽고 나서 인생은 자아를 발견하기 위한 영원한 여행이라는 생각에 위안을 얻게 됐다. 내가 찾아 헤매던 답을 찾아준 책이라고나 할까.
조수미 (성악가)

인생에서 진정 찾고자 하는 것은 무엇인지 차분히 생각해볼 기회를 주는 책. 주인공 산티아고의 여정을 통해 그동안 잊고 지내던 인생을 살아가는 진리를 다시 한번 되새기게 된다. **한완상** (전 대한적십자사 총재)

『연금술사』를 읽으면 자기 앞에 놓인 빈 공간을 새로운 색깔들로 채워나가고 싶은 마음이 든다. **최윤영** (아나운서)

기막히게 멋진 영혼의 모험이다. **폴 진델** (퓰리처상 수상 작가)

아름다운 문체, 결 고운 이야기, 마음을 움직이는 감동… 코엘료는 혼탁한 생의 현실 속에서도 참 자아를 지켜갈 수 있는 힘을 보여준다. **정진홍** (서울대 종교학과 명예교수)